2020 제11회

젊은작가상
수상작품집

2020 제11회

젊은작가상
수상작품집

문학동네

| 차례 |

대상

—

강화길

음복(飮福)

· · · · · · · · · ·

작가노트
아는 것과 모르는 것

해설 오은교
여성주의 가족 스릴러

강화길
2012년 경향신문 신춘문예에 단편소설 「방」이 당선되어 등단. 소설집
『괜찮은 사람』 『화이트 호스』, 장편소설 『다른 사람』, 중편소설 『다정한
유전』 등이 있다. 한겨레문학상, 2017년 젊은작가상, 구상문학상 젊은
작가상을 수상했다.

음복(飮福)

너는 아무것도 모를 거야.

*

그러니 말해보자면, 고모가 그 집의 악역이었다. 집안마다 한 명씩 있는 그런 사람 말이다. 장례식장에서 다른 가족들이 일하는 동안 본인 앞으로 들어온 조의금을 세어보는 사람. 식구들이 모이면 사정 뻔히 알면서 너는 성적이 어느 정도이고 취직은 언제 할 생각이냐고 묻는 사람. 너 친구는 있니? 살이 너무 찐 거 아니야? 운동을 해라 운동을, 응? 그리고 몇 년 만에 갑자기 말을 걸어와서 이렇게 묻는 사람. 너는 아직도 용돈 받니? 우리 애는 이제 독립했는데, 너는 결혼은 안 해? 남자친구는 있니?

결혼 후 첫 제사였다.

다른 날 같았으면 퇴근길에 사온 서넉거리를 소파에서 다 먹어 치운 뒤 남편의 무릎을 베고 누웠을 것이다. 그리고 76부작짜리 중국 드라마를 봤겠지. 후궁들의 암투를 그린 청나라 배경의 사극이었는데, 주인공을 함정에 빠뜨린 악역의 계략이 한창 밝혀지던 중이었다. 남편과 나는 그 드라마를 좋아했다. 주인공이 악역 못지않게 악독했던 것이다. 심지어 그녀는 다른 남자와의 사이에서 생긴 아이를 황제의 아이로 속이기까지 했다. 아주 능숙하고 대담하게. 그 에피소드를 보고 우리는 매우 흥분했다. 와, 이제 다른 후궁들은 끝났다. 모두 다 죽을 것이다. 아주 처참하게 몰락할 것이다. 그런데 아이의 정체는 밝혀질까. 그래서 다들 모든 진실을 알게 되려나. 지금도 남편은 종종 이야기한다.

"그만한 드라마가 없어. 참 시시해."

그러나 그날 저녁 나는 후궁들의 팔자를 궁금해하는 대신, 시댁 소파에 앉아 고모가 건넨 말의 저의를 파악하느라 애쓰고 있었다. 인사를 마치기가 무섭게 그녀가 내게 이렇게 말했던 것이다.

"오늘 내가 컨디션이 안 좋아. 조카며느리가 이해 좀 해줘?"

순간 나는 살짝 날이 섰다. 늦게 왔다고 타박하는 걸까. 제사상 차리는 걸 안 도왔다고? 나는 그녀의 말을 전혀 알아들을 수 없었다. 대체 뭘 이해하라는 거야?

나와 달리 남편은 속 편해 보였다. 한참 동안 거실을 둘러보더니 새집 냄새가 다 빠지지 않은 것 같다는 말만 겨우 꺼내놓았으니까. 석 달 전, 그러니까 우리가 결혼한 직후 시부모님은 굳이 넓은 집에서 살 이유가 없다면서 시 외곽의 작은 아파트로 이사했다. 도심에서 멀어지고 집은 좁아졌지만, 이제 시부모님 집에서는 발코니 창문 건너 저수지와 하늘이 맞닿는 풍경이 보인다. 여름이라 그랬나, 아니면 그 동네에서는 흔해빠진 광경이었으려나. 그날, 해가 지면서 주변이 온통 주홍빛으로 물들었다. 구름이 낮게 가라앉으며 저수지 위에 그림자를 드리웠다. 듣기로 그 동네에서 사는 것이 시어머니의 오랜 소원이었다고 한다. 그런데 한 가지 문제가 있었다. 이사를 간 후 할머니의 치매 증세가 약간 심해진 것이다. 전에는 식구들 얼굴을 헷갈려하는 정도였는데, 이제는 뭘 묻든 맥락에 전혀 관계없는 동문서답을 한다고 했다. 그리고 그 모든 대답은 한때 그녀가 열심히 봤던 일일 드라마의 내용이었다.

"그런데 애는 안 낳아?"

"네?"

느닷없는 질문에 정신이 들었다. 아마 그날 내가 가장 많이 반복한 말이었을 것이다. 무슨 말인지 몰라서 되묻는 것이 아니라, 너무 잘 알아들은 바람에 순간적으로 튀어나오는 말.

네?

그러나 고모는, 지금 생각하면 일부러 그런 것 같기도 한데, 말귀를 못 알아듣는 내가 답답하다는 듯 천천히 또박또박 다시 말해주었다.

"아기 말이야, 아기. 안 낳아?"

바로 그 순간 나는 깨달았다. 이 사람이구나. 다른 식구들의 신경을 긁어대는 인간. 미움받을 소리를 잔뜩 늘어놓고 내가 아니라

너희들이 못돼처먹은 거라고 말하는 사람. 같은 공간에서 숨쉬는 것조차 부담스럽고 싫은 사람. 그래, 바로 그녀였다.

하지만 사실 나는 당황스러웠다. 우리는 칠 년이나 연애했는데, 그동안 그는 고모의 험담을 한 적이 없었다. 물론 원래도 그는 남에 대해 쉽게 이야기하지 않았고, 가족에 대해서는 더더욱 그랬다. 하지만 고모의 경우는 뭐랄까, 험담이 문제가 아니었다. 고모는 그가 내게 말해준 사람과 전혀 달랐다. 뭐라고 했더라. 아버지의 여동생이고 세 살 터울이라고 했다. 초등학교 선생님이고, 그와 동갑인 딸이 하나 있다. 이름은 이정원이다. 정원은 남편과 달리 굉장히 공부를 잘했다. 하지만 수능에 실패하는 바람에 재수를 했고, 이후 어쨌든 약대를 졸업한 뒤 원하던 대로 멋지게 살고 있다…… 실제로 정원이 멋지긴 한 것 같았다. 왜냐하면 그녀는 해외출장을 핑계로 우리 결혼식에 오지 않았는데, 그날도 업무가 너무 많다며 얼굴을 내밀지 않았으니까. 그가 고모와 사촌에 대해 이야기한 건 이게 전부였다.

아, 한 가지 더.

"정원이가 원래 소심한 성격이 아닌데, 재수할 때 많이 힘들었던 것 같아. 살이 십 킬로쯤 빠졌어. 그즈음에 고모가 고모부랑 이혼하기도 했고."

이후 고모는 훨씬 편해지신 것 같다고 했다. 만나는 사람이 있는 것 같지도 않다고 했다.

"있어도 말씀 안 하실 거야. 진중하고, 속이 깊으시거든."

다…… 거짓말이었니?

그래도 나는 고모에게 최대한 공손하게 대답했다.

"아직 계획 없어요."

이에 쏘아붙이는 듯한 대답이 되돌아왔다.

"왜 계획이 없어? 결혼했으면 당장 그 계획부터 세워야지."

나는 고개를 끄덕이며 애써 미소를 지었다. 그때만큼 그에게 화가 난 적이 없었던 것 같다. 왜 아무 말도 하지 않고 가만히 앉아 있기만 하는 거야? 이런 일이 벌어질 줄 몰랐어?

그러나 그는 거실만 계속 둘러볼 뿐이었다. 새집 냄새가 아직도 걱정되는 모양이었다. 주변을 살피는 그의 눈빛은 조금씩 자주 변했다. 염려하다가 안심하다가, 다시 살짝 불안해하다가 고민하다가. 그러다 나와 눈이 마주쳤다. 나는 그의 걱정이 잠잠해지는 것을 보았다. 서서히, 고요하게, 모든 그늘이 사라진 얼굴. 내가 좋아하는 얼굴이었다.

그때 시어머니가 부엌에서 걸어나오며 말했다.

"고모는 뭘 그런 걸 물어보고 그래요."

그녀는 특유의 쾌활한 말투, 톤이 높고 웃음기가 배어 있는 목소리로 덧붙였다.

"우리 애들이 다 알아서 할 거예요."

나는 그녀가 '우리'라는 단어에 힘을 주어 말하는 걸 느꼈고, 덕분에 기분이 조금 풀어졌다. 생각해보면 내가 시어머니를 좋아하는 편이어서 더 그랬던 것 같다. 그녀는 이십 년 넘게 간호사로 일했고, 그때도 요양병원의 야간근무를 자임할 정도로 에너지가 넘쳤다. 사회생활에 능숙한 사람들에게서 느껴지는 어떤 태도가 몸에 배어 있었다. 적당한 선을 유지하면서 충분히 친절하고 다정한 마음을 전달할 줄 알았달까. 때문에 그녀를 만나고서 나는 남편의 일부를, 그러니까 내가 그의 어떤 점을 좋아하는 건지 조금 더 명확히 알게 되었다. 물론…… 그는 시어머니만큼 눈치가 빠르지는 않았지만. 어쨌든 남편과 내가 결혼식을 가족들 앞에서만 작게 올리고 싶다고 했을 때 가장 먼저 흔쾌히 허락한 사람도 시어머니였다. 처음에는 그의 부모님 때문에 상처받을 일이 생길지도 모른다고 생각했는데, 내 부모님을 설득하는 일이 더 어려웠다. 결국 나는 엄마를 끌어안고 속삭여야 했다.

"엄마가 나를 이해해줘야지. 엄마가 아니면 누가 나를 이해해줘."

고모를 향한 시어머니의 대답은 결혼식을 준비할 때처럼 간단명료하면서 아주 분명했다. 그녀에게 보호받고 있다는 기분이 은근히 나쁘지 않았다. 고모는 이제 더는 무례한 질문을 하지 않을 것이다. 어쩌면 말도 걸지 않을지 모르지. 반면 남편은 아직도 상황을 파악한 것 같지 않았다. 고모와 자신의 엄마를 번갈아 바라보며 헐렁하고 실없는 미소를 지었을 뿐이었다. 나도 모르게 헛웃음이 흘러나왔다. 그때 고모의 날카로운 목소리가 들려왔다.

"네. 알아서 잘하도록 언니가 도와주시겠죠."

나는 입을 다물고 바닥을 쳐다봤다. 금방이라도 싸움이 벌어질 듯 팽팽한 긴장감이 주위를 에워쌌다. 두 사람 중 누구와도 시선을 마주치고 싶지 않았다. 살짝 후회가 되었다. 그냥 대충 대답할 걸 그랬나. 언젠가는 계획이 생기지 않겠냐고 말이다. 쓸데없는 말을 덧붙이며 수다를 떨어도 좋았을 텐데. 전혀 계획은 없는데 아기 생각을 하면 이상하게 딸이 먼저 떠올라요. 그것도 저를 꼭 닮은 모습으로요. 그래서 계획을 못 세우나봐요…… 그러나 조용했다. 아무 일도 일어나지 않았다. 후텁지근한 바람만 밀려들었다. 시어머니는 무심한 표정으로 제사상 귀퉁이의 먼지를 닦아냈고, 고모는 소파에 지그시 등을 기대고서 창밖을 바라보았다. 그리고 우리가 도착했을 무렵부터 제문을 적기 시작한 시아버지는 이제 마지막 한자를 쓰고 있었다. 내가 잘못 들은 걸까. 너무 예민했던 걸까. 내심 민망했다. 두 사람은 어쩌면 원래 저렇게 대화하는 사이일 수도 있겠다는 생각까지 들었다. 엄마와 외삼촌도 그랬으니까. 하지만 두 사람은 진짜로 사이가 나빴고, 내가 여덟 살 때인가 결국 절연하지 않았던가…… 나는 복잡한 기분으로 남편을 쳐다보았다. 내가 사랑하는 그 남자는 어느새 꺼내든 핸드폰으로 국제정치 기사를 읽고 있었다. 중국이 중요하다고 했다. 그래, 언제나 중국이 중요하지.

생각해보면 그는 시어머니와 고모의 사이에 대해서도 별다른 말을 한 적이 없었다.

그런데, 그가 갑자기 떠올랐다는 듯 시어머니에게 물었다.

"엄마, 할머니는?"

"응? 방에 계시지."

시어머니의 말이 끝나기도 전에 그가 자리에서 일어났다. 얼결에 나도 따라 일어났다. 시어머니가 손사래를 쳤다.

"아이고, 나중에 인사해. 지금 주무셔. 아홉시가 다 되어가잖니."

그러자 고모가 혀를 차며 작게 웃었다. 나는 시어머니의 미간이 아주 천천히 구겨지는 것을 보았다. 그리고 바로 그 순간이었을 것이다.

그 음식, 제수(祭需), 제찬(祭饌), 제물(祭物). 새빨간 양념에 버무려진 뼈가 붙은 큼지막한 고깃덩어리. 제사상 한가운데 그 요리가 놓여 있었다. 그걸 왜 그때야 발견했을까? 다진 셀러리와 싱싱한 고수가 양념 위에 듬뿍 얹혀 있고, 덕분에 주홍빛 양념 색깔이 더욱 강렬하게 두드러지는 그 요리를. 고추장이라고 하기에는 양념 색이 좀 묽고 옅었다. 그럼 토마토인가? 어디 요리인지는 알 수 없었다. 동남아? 중국? 아니면 유럽? 하지만 무엇보다 내 눈길을 끌었던 건, 그 이국적인 요리가 딱 봐도 지름이 삼십 센티미터는 되어 보이는 검은색 르크루제 무쇠 냄비에 담겨 있다는 사실이었다. 제기에 얌전히 담긴 나물 반찬과 생선조림, 깎은 생밤과 삶은 달걀, 사과와 배 같은 음식들 사이에 말이다.

"할아버지가 좋아하시던 요리야."

옆에서 남편이 속삭였다. 나는 낮게 웃음을 터뜨렸다. 내내 아무것도 눈치 못 채더니, 내가 이걸 궁금해하는 건 어떻게 용케 알아챘구나? 그는 의아한 눈빛을 하면서도 나를 따라 웃었다.

"그래? 할아버지가 외국 요리를 좋아하셨나봐?"

"응, 참전하셨거든. 그 이후로 입맛이 완전히 변하셨대."

"참전? 베트남?"

"응."

처음 듣는 이야기였다. 나도 모르게 마음이 조금 상했다. 나는 그의 할아버지가 젊은 나이에 가족을 꾸렸고, 소규모 도매업을 하다가 역시 제법 이른 나이에 과로와 성인병으로 돌아가셨다는 말만 들었다. 아, 그를 굉장히 예뻐했다는 말까지. 반면 나는 그에게 온갖 이야기를 다 했다. 엄마와 외삼촌의 절연이 사 년이나 갔고, 이후 외갓집에 갔을 때 무언가 달라져버린 느낌을 받았다고. 그래서 결국 이모와 외삼촌의 아이들, 내가 그렇게 좋아했던 언니 오빠들과 더는 어울릴 수 없었다고 말이다. 그것뿐이었던가. 그들은 어느 날 나만 남겨두고 자기들끼리만 모여 옆집 할머니 생신 잔치에 갔다. 낡고 오래된 한옥에 나 혼자 남아 있었다. 화가 난 나는 마당에 핀 코스모스를 다 뜯어서 거꾸로 파묻어버렸다. 잘린 줄기가 허공에 삐죽삐죽 솟았다. 이후 나는 외사촌들과 말 한마디 나누어본 적이 없다. 그런데 너는 고모가 얼마나 짜증나는 인간인지는 고사하고, 할아버지의 베트남 참전 이야기도 해주지 않았던 거지.

하지만 나는 능청스럽게 물었다.

"그럼 베트남 요리야?"

"글쎄, 모르겠네."

그가 시어머니를 향해 물었다.

"엄마, 이거 베트남 요리예요?"

"응? 아니야."

그녀가 대답했다.

"아, 그래? 그럼 어느 나라 음식이야?"

그러자 시어머니가 약간 난처한 표정으로 내 눈치를 살폈다. 왜 그러시지? 설마 여기서 또다른 비밀이 튀어나오려나. 그녀가 말끝을 흐리며 대답했다.

"그냥 고기찜이야. 토마토 고기찜."

더는 묻지 말라는 듯한 말투였다. 나는 계속 신경이 쓰였다. 시어머니답지 않다고 해야 할까. 그녀는 묘하게 소극적이었고, 뭔가를 숨기고 있었다. 그 순간 고모가 대화에 끼어들었다.

"어디 요리긴 어디 요리야. 한국 요리지. 언니가 만들었잖아요."

그리고 남편에게 말했다.

"네 할아버지가 저런 맛을 계속 찾으셨거든. 시큼하고 느끼하고 짭짤하고…… 한식 잘 안 드셨잖아."

그러더니 고모는 갑자기 뭔가 떠올랐다는 듯 남편을 똑바로 쳐다보았다.

"그런데 너 할아버지 기억은 나니?"

남편이 웃었다.

"아 그럼요. 당연하죠. 저 할아버지랑 밥 먹는 거 좋아했어요."

고모는 여전히 신경질적이고 예민한 시선으로 그를 뚫어지게 쳐다봤다. 그가 일부러 쾌활하게 대답하는 건지 아니면 진짜로 옛일을 기억하며 웃는 것인지 궁금해하는 것 같았다.

그녀가 물었다.

"그래?"

"네. 빵이랑 고기랑, 이런 것만 먹으니까 좋을 수밖에 없었죠. 용돈도 많이 주시고."

"좋았구나."

"네, 진짜 좋았죠."

아마 그때였을 것이다. 처음으로 나는 고모가 짜증나지 않았다. 그 대화, 한 명은 계속 말을 빙빙 돌려가며 공격하고 다른 한 명은 전혀 알아듣지 못한 채 쾌활하게 웃는 그 기괴한 대화가 이들 사이에 아주 여러 번 반복되어온 것 같다는 느낌을 받았던 것이다. 그러니까, 나는 알아차렸던 것이다.

고모는 내 남편을 미워했다. 그리고 남편은 그걸 몰랐다.

왜일까. 나를 향한 무례한 질문이나 시어머니를 향한 신경질적인 대답 역시 그런 감정의 일부일지 모르겠다는 생각도 했다. 그러니까 왜일까. 어째서 그녀는 조카에게 그런 날카로운 심지를 품고 있는 것일까. 얼마나 오래된 것일까. 서른두 해. 그가 살아온 내내 고모에게 그런 시선을 받아왔을지도 모른다는 생각을 하자 문득 마음이 착잡했다. 고모가 비겁한 사람이라는 생각도 했다. 어른이 꼭 이렇게밖에 할 수 없는 걸까.

그러나 돌이켜보면 그때 그녀는 나름대로 그런 감정을 억누르려 매우 노력했던 것 같다.

바로 그 어른이라는 이유 때문에.

그래서였겠지. 고모는 시어머니에게 빨리 제사를 시작하자고 말했다.

"언니, 저 빨리 끝내고 집에 갈래요."

남편이 놀란 목소리로 고모에게 말했다.

"벌써요? 아직 아홉시도 안 됐는데요?"

결국 고모는 짜증이 오를 대로 오른 목소리로 남편에게 쏘아붙였다.

"우리 늙은 거 안 보이니? 피곤하니까 일찍 끝내고 집에 가야지. 그리고 항상 일찍 시작해서 열시 전에 끝냈어. 하긴 너는 전혀 모르겠지만."

사실이었다. 그는 살면서 제사에 신경써본 적이 없었다. 부모님이 아무 말도 안 했다고 했다. 그러면 그날 뭐했는데? 대답은 아주 간단했다. "공부하고, 학원 가고 친구들 만나고…… 뭐했지?" 때문에 그는 시어머니가 열성적으로 제사를 챙기는 걸 이해할 수 없다고 말했다. "외할아버지도 아니고 친할아버지야. 엄마가 왜 그러는지 나는 정말 모르겠어."

그러나 적어도 그때, 남편은 고모가 자신에게 화를 내고 있다는 건 알아차렸다. 고모를 바라보는 그의 낯빛이 잠시 어두워졌다. 하지만 언제나 그렇듯 오래가지 않았다.

"죄송해요, 고모. 제가 생각이 짧았어요."

그러더니 그는 시어머니에게 당장 제사를 시작해도 되냐고 물었다. 그 목소리를 들으며, 나는 고모에 대한 그의 다정한 소개를 다시 한번 떠올렸다. '진중하고 속이 깊으신 분이야.'

나는 고모가 앞으로도 남편을 미워할 것 같다고 생각했다.

대답은 시아버지가 했다.

"그래, 이제 제사를 치르도록 하자."

*

그리고 내 남편은 자신을 미워하는 사람을 미워하지 않는다.

여전히.

*

시아버지가 제사상 앞에 나가 잔에 술을 부었다. 그리고 두 번 절했다. 이어 온 식구가 함께 절을 했다. 두번째 절을 하고 고개를 숙였을 때, 나는 곧장 일어나려 했지만 아무도 움직이지 않아 머쓱한 기분으로 고개를 들었다 내렸다. 얼마나 지났을까. 이제 끝났다 싶었는데 시아버지가 남편을 불렀다. 귀에 대고 무슨 말을 속삭였다. 어떻게 해야 하는지 알려주는 듯했다. 나는 남편이 시아버지처럼 잔에 술을 붓고 두 번 절하는 모습을 지켜보았다. 이어 시아버지가 제문을 낭독했다. 가락을 붙여 한자의 음을 읽는 것이었고, 당연히 나는 무슨 말인지 전혀 알아듣지 못했다.

그런데 시아버지의 목소리를 길게 들어보는 건 그때가 처음이었다. 활발한 시어머니와 달리 그는 늘 과묵했고 눈에 잘 띄지 않았다. 결혼식 날 남편이 큰절을 올리지 않은 걸 두고 잠시 잔소리를 했을 때 딱 한 번 모두의 시선을 받았을 뿐이었다.

시아버지의 목소리가 멈췄다. 이제 정말 끝난 건가. 시아버지의 목소리가 다시 들렸다.

"세나도 인사드려야지."

"네?"

잠시 나는 일부러 그 자리에 버티고 섰다. 시어머니의 반대를 기다렸던 것이다. 하지만 시어머니는 나를 도와주지 않았다. 아무 일도 아니라는 듯, 아니, 아무 일도 없다는 듯 조용했다. 그래, 시어머니는 제사를 열성적으로 챙기는 분이었지. 나는 빠르게 포기하고 앞으로 걸어나갔다. 어차피 분란을 일으키러 온 것이 아니었다. 도중에 남편과 눈이 마주쳤다. 그가 내게 짧은 윙크를 보냈다. 나는 그의 뜻을 알아들었다.

'좋아, 해치워버리자.'

나는 가볍게 심호흡을 한 뒤 상 앞에 앉았다. 시아버지가 따르는 술을 받았다. 향냄새와 술냄새가 뒤섞여 내 얼굴에 달라붙었다. 첫번째 절을 했고, 다시 몸을 수그려 두번째 절을 했다. 이마가 바닥에 닿았다. 마음먹고 엎드리긴 했지만 역시 이상했다. 낯선 집에서, 나를 잘 모르는 사람들 사이에서, 그것도 내가 단 한 번도 본 적 없는 죽은 이를 위해 절을 하고 있었으니까. 나는 속으로 한번 더 중얼거렸다.

'그래, 해치워버리자. 이번 한 번이니까. 처음이자 마지막이니까.'

사실 그것이 그날 우리의 진짜 목적이었다. 남편과 나는 부모님께 앞으로 제사를 모시지 않겠다는 허락을 받을 생각이었다. 남편에게는 당연히 유별난 일이 아니었고, 나도 마찬가지였다. 친가는 큰아버지가 워낙 엄격한 천주교인이라 진작부터 제사를 지내지 않았고, 외가의 경우 엄마와 외삼촌 덕에 그렇게 됐다. 두 분이 화해한 이후에도 우리 가족은 외가 제사에 가지 않았다. 그런데 내가 일 년에 한 번씩 그의 할아버지 제사를 모셔야 한다고? 남편도 똑같이 생각했다. 그래서 우리는 그날 하루만 의미를 부여할 생각이었다. 처음이자 마지막으로. 그 한 번으로 적당히 생색을 내며 예의

22

를 차리고 다시는 가지 않을 생각이었다.

절을 마치자 시아버지가 다시 술잔을 건넸다. 나는 받은 술을 빈 접시에 부었고, 다시 받고, 부었다. 세 번을 그렇게 했던 것 같다. 시어머니가 밥그릇 뚜껑을 열었다. 숟가락을 밥 가운데 꽂았다. 젓가락은 육적 그릇 위에 올려놓았다. 이어 시아버지 혼자서 절을 두 번 했다.

그리고 모두 뒤로 물러나라 했다.

"이제 식사하러 오실 거다."

그 말에 나도 모르게 창문을 바라보았다. 바람이 흘러들어오고 있었다.

거실은 비좁았고 다섯 사람이 함께 있을 공간을 찾기는 어려웠다. 반면 시부모님은 그런 것에 별로 구애받지 않는 것 같았다. 그들은 거실과 부엌이 만나는 경계에 자리를 잡고 앉았다. 고모가 시어머니 옆에 떨떠름한 표정으로 앉는 것이 보였다. 남편도 그쪽으로 다가갔고, 나도 그 뒤를 따랐다. 이상하게도 그곳으로 갈수록 공기가 서늘했다. 아무리 해가 지며 선선해졌다지만 여름이었다. 끈끈한 날씨에 향까지 피운 터였으니 당장이라도 그 자리에 주저앉고 싶었지만, 싫었다. 뭐랄까, 시댁 부엌에 알아서 내 발로 걸어들어가고 있다는 느낌 때문이기도 했고, 그 자리 특유의 분위기 때문이기도 했다. 거기서 느껴지는 한기란, 글쎄, 그곳에는 오랫동안 빠져나가지 못한 공기가 잔뜩 고여 있는 것 같았다. 게다가 고모가 어색한 눈길로 우리를 힐끔힐끔 쳐다보는 것도 싫었다. 그녀는 남편이나 내가 행여 자신의 옆에 앉을까봐 신경을 곤두세우고 있는 것 같았다.

결국 나는 몸을 돌렸다. 현관 쪽 방 근처에 혼자 서 있을 생각이었다.

남편이 당혹스러운 목소리로 나를 불렀다.

"세나야, 어디 가?"

조용히 넘어갔으면 했는데, 그 바람에 시부모님이 나를 쳐다봤다. 정말 눈치도 없지. 물론 고모는 고개를 돌리지 않았다. 나는 멋쩍게 대답했다.

"나 그냥 여기 서 있을게."

남편이 웃었다. 무슨 소리를 하는 거냐고 했다. 그러지 말고 이쪽으로 와. 아니야 이쪽에 있을게. 각자의 이쪽을 두고 실랑이를 벌였다. 살짝 짜증이 났다. '당신이 그냥 이쪽으로 오면 되잖아.' 그런 생각을 했던 것 같다. 그러다 고개를 돌리던 순간, 그러니까 아주 순식간이었는데, 제사상에 놓인 할아버지의 영정사진이 눈앞을 빠르게 스쳐지나갔다.

나는 고개를 똑바로 들었다.

할아버지의 얼굴을 제대로 쳐다보았다. 짙은 눈썹 사이가 좁고 볼이 툭 불거진, 젊지도 늙지도 않은 남자. 고요한 얼굴.

놀라울 정도로 남편과 똑같은 얼굴이었다.

"세나야."

그의 목소리가 들렸다.

그때, 등뒤에서 문이 열렸다.

*

기억나?

*

네가 나를 이해해줘야지. 네가 아니면 누가 나를 이해해줘.

*

남편과 시아버지가 제사상 양끝을 잡고 방향을 돌렸다. 중앙에 상이 놓이자 거실은 더 비좁아 보였다. 만일 식구들이 많았다면 서로 다닥다닥 붙어앉아야 했을 것이다. 그런 생각을 하니 약간 어지러웠고, 왜 이렇게까지 해서 함께 밥을 먹어야 하는지 이해할 수 없었다. 솔직히 나는 어린 시절부터 제사를 지낸 후 음식을 나누어 먹는 일이 왜 복이 된다는 건지 납득이 안 됐다. 기껏해야 귀신이 먹고 남은 음식을 먹을 뿐이지 않나. 그런 걸 복이라고 할 수 있나.

남편은 복을 누리는 것 같았다. 그는 기다렸다는 듯 토마토 고기찜을 앞접시 한가운데 가득 퍼 담았다. 그리고 큰 고깃덩어리를 손으로 집어 한입 크게 베어물었다. 붉은 양념이 그의 입가에서 접시로 뚝 떨어졌다. 언제는 할아버지가 좋아하는 음식이라더니,

사실 네가 좋아하는 거였구나.

"얘, 정우야. 굴비도 좀 먹어. 너 요즘 너무 말랐어."

시어머니의 말에 나는 건너편에 앉은 고모를 슬그머니 쳐다봤다. 그녀는 피곤해 보였다. 시금치나물을 한 젓가락 집어 밥그릇 위에 올려놓은 뒤 먹는 둥 마는 둥 하고 있었다. 그녀는 불편해 보였다. 그러나 꼭 기분 때문만은 아니었다. 누군가 그녀의 왼손을 꽉 쥐고 있었던 것이다.

할머니였다.

조금 전 문을 열고 나왔을 때만 해도 잠이 덜 깬 듯했는데, 이제는 정신이 맑아 보였다. 병명을 몰랐으면 전혀 문제가 없는 사람으로 생각했을 것이다. 실제로 할머니는 치매를 앓기에는 젊은 나이였다. 신체 건강도 좋았다. 통통한 체격에 허리는 곧고 눈은 총명하게 반짝였다. 말하는 게 어눌하다거나, 인지능력이 부족하다거나, 아무튼 이상해 보이는 증상은 거의 없었다. 오히려 젊은 시절의 어떤 흔적이라고 할까, 말과 행동에 묘하게 억척스러운 구석이 있었다. 이전에 남편은 할아버지 벌이가 시원찮을 때, 할머니가 담뱃가게를 꾸려 생계를 겨우 유지했다고 말했다. 그건 할아버지가 베트남에 가기 전이었을까, 다녀온 이후였을까. 남편은 당연히 그런 이야기를 해주지 않았다. 두 분 금슬이 좋아서 네 식구가 어려운 시기를 잘 넘겼다는 말만 해줬을 뿐이다.

할머니가 고모의 손을 어찌나 세게 잡았는지, 눌린 부분이 하얗게 변해 있었다. 그녀는 시아버지는 찾지도 않았다. 설마 자식 한 명을 아예 잊었나? 그녀는 고모가 앞접시에 놓아준 반찬에 손도 대지 않고 주위를 가만히 둘러보기만 했다. 그 모습에서 언뜻 남편이 보이는 것 같기도 했다. 집에 들어오자마자 새집 냄새가 난다면서 걱정스러워하던 남자. 주변에서 무슨 말을 하는지 알아듣지 못하는 남자. 그래서인지 나는 할머니에게서 쉽게 눈을 뗄 수 없었다.

그러다 할머니와 눈이 마주쳤다.

그녀가 나를 알아보는 것 같았다. 그럴 리 없었다. 그녀와 나는 거의 처음 보는 것이나 마찬가지였으니까. 그녀에게 나는 내가 아니었다. 그녀가 쳐다보고 있는 사람은 나일 수가 없었다.

누구일까.

당신이 보고 있는 사람은.

그 순간, 할머니가 내게 숟가락을 던졌다.

"세상에, 엄마!"

고모의 외침과 함께 숟가락이 나와 남편 사이로 날아왔다. 남편이 토마토소스가 묻은 손으로 떨어진 숟가락을 집어들었다. 동시에 할머니가 상을 앞으로 밀었다. 힘이 약해 상이 엎어지지는 않았다. 그러나 그릇들이 흔들렸고 시끄러웠다. 정신이 없었다. 시어머니와 시아버지가 뭐라고 하는 소리가 들렸고, 할머니의 목소리도 들렸다.

꺼지라고. 제발 꺼지라고.

그녀는 그렇게 말했다. 그리고 고모가 할머니에게 그만하라고 외쳤다. 할머니가 대답했다. 그 소리는 잘 들리지 않았다. 혼잣말을 웅얼거리는 것 같기도 했고, 욕을 하는 것 같기도 했다. 어떤 말을 계속 읊조리고 있다는 건 알 수 있었다.

할머니는 분에 차 있었다.

나는 매우 놀랐다. 고모가 내게 괜찮냐고 두 번이나 물었다는 걸 나중에야 알았다. 남편이 내 어깨를 끌어안은 것도 알지 못했다. 할머니를 빨리 방으로 데리고 들어가라는 시아버지의 목소리, 거기서부터 제대로 기억난다. 고모가 시아버지에게 대답했다.

"안 돼. 그럴 수는 없어."

고모는 엄마는 조금 흥분한 것뿐이라고, 방에 혼자 두면 더 심해질 거라고 덧붙였다. 시아버지가 답답하다는 듯 말했다.

"네가 같이 있으면 되잖아."

고모는 대답하지 않았다. 그때 시어머니는…… 어디 있었더라? 기억나지 않는다. 그 풍경 속에서 시어머니는 존재하지 않는다. 시아버지를 흘겨보는 고모의 날카로운 시선. 자리에 주저앉으며 한숨을 쉬는 시아버지. 그리고 여전히 분이 풀리지 않은 표정으로 나를 노려보는 할머니만 생각난다. 그리고 남편.

그가 나를 위로했다.

"괜찮아. 놀라지 마. 지금 드라마랑 헷갈리시는 거야. 원래 저런 분 아니야."

그 말에 나는 겨우 정신을 차렸던 것 같다. 아무 일도 아니라고, 괜찮다고, 내가 옆에 있으니 걱정하지 말라고. 그의 말은 마치 주문처럼 들렸고, 그 덕에 정말로 안심이 되었다. 할머니는 미움 가득한 얼굴로 누구를 쳐다보는 걸까, 누구를 이렇게 지긋지긋해하는 걸까, 이런 생각을 했으니까. 다행히 몇 분 지나지 않아 분위기는 잠잠해졌다. 할머니는 더이상 화를 내지 않았다. 나를 노려보지도 않았고, 상을 밀치며 꺼지라고 하지도 않았다. '제발'이라고 말하지 않았다. 아무 일도 없었던 것 같았다.

조용했다.

시어머니는 남편 앞에 토마토 고기찜을 아예 냄비째 갖다놨다. 벌써 요리의 절반 이상이 사라져 있었다. 그런데도 남편의 손은 쉼 없이 냄비 안으로 들어갔다. 시어머니가 이 요리를 왜 이렇게 많이 했는지 알 것 같았다.

그때 고모가 할머니의 손등을 부드럽게 쓰다듬는 모습이 보였다. 할머니가 고모의 손을 꼭 잡고 웃었다. 아니, 찡그렸던가. 그 표정은 잘 구분이 되지 않는다. 그녀가 고모의 손을 아주 세게 잡았다는 건 분명하다. 그녀는 고모에게 아이처럼 매달린 것처럼 보이기도 했고, 애원하는 것처럼 보이기도 했다. 그녀는 고모의 일부를 꼭 부여잡은 채 놓아주지 않았다. 시선을 떼지 않았다. 그때 그 순간, 할머니에게 고모는 몇 살이었을까. 서른 살? 스무 살? 아니면…… 열두 살?

할머니가 말했다.

"삼 년을 기다렸어."

"알지."

고모가 대답했다.

"죽을까봐 얼마나 마음을 졸였는데."

고모가 지겹다는 듯 대답했다.

"아이고, 엄마. 다 지나간 일이에요."

지나간 일?

잠깐, 드라마로 착각하는 거라고 하지 않았어?

나는 남편을 쳐다봤다. 그는 여전히 토마토 고기찜을 먹고 있었다. 두 사람의 대화를 듣지 못한 것 같았다. 그러나 내게는 할머니와 고모의 목소리가 계속 들려왔다.

"내가 온종일 밥을 했어. 온종일."

"응. 그랬지."

"먹지를 않아."

"응."

"이상한 것만 먹으려고 해."

"알지."

"왔는데…… 돌아오지를 않아."

그리고 할머니가 나를 다시 쳐다보았다. 나는 흠칫 놀랐다. 하지만 곧 알아차렸다. 그녀가 보고 있는 사람은 내가 아니었다. 그녀의 시선이 아주 천천히, 옆으로 기울어졌던 것이다. 그래. 처음부터 내가 아니었다. 그 사람이었다. 내내 그 사람을 보고 있었다. 화를 내며 숟가락을 던진 사람. 죽을까봐 마음을 졸이며 삼 년을 기다린 사람. 살아 돌아와서 일 년 동안 집에 처박혀 있던 사람. 아내가 매일 출근하며 차려놓은 밥상엔 손도 대지 않은 사람.

그는 책꽂이 귀퉁이와 휴지통 옆에 몰래 사 먹은 미제 통조림 캔을 아무렇게나 버려두곤 했다. 아침에 일어나자마자 담배를 피우며 똥을 쌌다. 설탕을 가득 부은 우유를 아침으로 먹었다. 아내와 싸운 뒤 밖에 나가 참새들에게 돌을 던졌다. 며느리에게 죽은 새를 던져주며 쪄오라고 말했다. 소금을 뿌려라. 아주 많이 뿌려줘. 견디지 못한 며느리가 요리책을 뒤져 시큼하고 느끼하고 짭짤한 요리를 만들었다. 그는 그 요리를 떨떠름하게 대했다. 그러면서도 몇 번이나 다시 만들게 하고, 매번 게걸스럽게 먹어치웠다. 그래서 이후 해마다 생일이면 그 요리를 먹어야 했다. 해마다 월남에서 돌아왔던 날이면 그 음식을 먹어야 했다. 그러니까 아내가 만들 수 없는 음식, 먹고 싶지 않은 음식, 먹어본 적이 없는 음식, 함께 먹을 수 없는 음식, 그 제수, 제찬, 제물, 그것을 먹어야만 했다. 그래서 결국 혈관이 지방으로 막혀버렸다. 터져버렸다. 죽어버렸다. 그래서 부디 제발, 이제는 꺼져버렸으면 좋겠는데, 되풀이되는 기억 속에서 귀신처럼 들러붙어 계속 나타나는 사람. 돌아왔지만 돌아오지 않은 사람. 그래. 바로 그가 내 옆에 있었다.

*

그날 이후 우리는 제사에 가지 않는다. 시어머니는 지금도 제사를 모신다. 멋진 사촌도 가지 않는 것 같다. 글쎄, 간다고 해도 우리가 그녀의 소식을 알 수 있을 것 같지는 않다. 나는 그것만으로 그녀가 충분히 멋지다고 생각한다.

할머니는 일 년 전 돌아가셨다. 이후 시어머니는 제사를 더 열심히 챙긴다. 남편은 여전히 그녀를 이해하지 못한다. 이렇게 말한다.

"나에게 엄마는 영원한 미스터리일 거야."

토마토 고기찜은 더이상 만들지 않는다고 들었다.

대신 아주 가끔 내가 만든다. 시어머니가 준 르크루제 냄비에.

　그날, 할머니는 점점 수다스러워졌다. 정확히는 같은 말을 반복하고 있었고, 그 모든 이야기를 고모가 다 들어주고 있었다. 고모는 변함없이 피곤해 보였고 조금은 슬퍼 보였다.

　우리는 열시가 되기 전에 자리에서 일어났다. 어차피 더 오래 있을 생각도 없었지만, 시어머니가 빨리 집에 가라고 재촉했다. 그녀는 할머니가 뭔가를 또 던지거나 화를 낼까봐 걱정하는 것 같았다. 이해는 됐다. 하지만 이상하기도 했다. 그녀는 남편이 토마토 고기찜에 대해 물었을 때처럼 난처해 보였다. 우리를 위해 서두른다기보다는, 이 상황을 빨리 끝내고 싶어하는 것처럼 보였다. 정말로 이해는 됐다. 그랬기 때문에, 나는 시어머니가 할머니와 할아버지에 대한 뭔가를 내게 숨기려 하는 것 같다고 생각했다. 남편을 바라보던 할머니의 시선, 토마토 고기찜, 꺼지라고, 제발 꺼지라고 외치던 할머니의 격앙된 목소리…… 그래서 집에 가는 길에 남편에게 물어볼 생각이었다. 할머니가 당신을 할아버지로 착각하고 있는 거 알아? 혹시 아는 이야기 없어? 당신만 아는 이야기, 절대 모를 수 없는 이야기 말이야.

　때문에 네가 만일 이 이야기를 듣게 된다면 매우 궁금하겠지. 왜 결국 내가 너에게 아무것도 묻지 않았는지 말이야. 지금까지도.

　종종 충동은 들어. 확…… 말해버릴까.

　그러니까 내가 너와 함께 살기 시작하면서 알게 된 것들을 말이다. 이를테면 시어머니가 할머니를 모시며 함께 살고, 제사를 열심히 챙기기로 한 대신 시아버지는 너의 삶에 어떤 상관도 할 수 없게 되었다는 것. 그 약속에는 나의 삶까지 포함되어 있다는 것. 그리고 그 사실을 며느리인 내게만 말해주기로 역시 약속했다는 것. 조금 더 자세히 말해볼까. 나는 그날 집에 돌아가는 길에 그 내용이 담긴 장문의 문자를 받았다. 시어머니는 글 말미에 이렇게 썼다.

'그러니까 앞으로 제사에 오지 않아도 된단다.'

그녀는 강조했다.

'정우는 다 모르게 해줘.'

하지만 내가 진짜 말하고 싶은 건 따로 있다. 바로 네 고모가 이 집의 악역이라는 것이다. 그리고 그녀는 너를 좋아하지 않는다. 그녀는 신경 긁는 소리를 하는 데 아주 뛰어나다. 그리고 일부러 그렇게 말하는 것이 빤히 보인다. 사실 그녀는 자신이 일부러 그런 말을 한다는 걸 드러내고 싶어한다. 그녀는 뭐랄까, 나를 쳐다보며 이렇게 말하는 것 같다. 너는 나를 파악하고 있다고 생각하겠지만, 나는 그런 너의 시선까지도 파악하고 있단다……

네 부모님이 고모의 그런 성질머리를 내버려둔 건 할머니 때문이었다. 함께 사는 건 아들이었지만, 할머니가 의지하는 사람은 딸이었기 때문이다. 하소연하고, 짜증을 내고, 온갖 말을 다 쏟아내는 그런 사람. 그녀의 모든 걸 이해하는 사람.

만일 네가 알게 된다면 뭐라고 대답할까.

이렇게 말하려나.

그래, 고모가 아니면 누가 할머니를 이해하겠어. 고모가 할머니를 이해해줘야지.

그런데 말이야.

사 년 만에 외갓집에 갔을 때, 나는 외사촌들과 어색하긴 했지만 그렇게 나쁘진 않았다. 그때 나는 열두 살이었다. 그 세월 동안 나는 그들이 보고 싶었다. 그들도 그랬던 것 같다. 그러니까 내게 옆집 할머니 생신 잔치에 함께 가자고 말했던 거겠지. 나는 기뻤다.

하지만 나는 가지 않겠다고 대답했다.

왜냐하면 나는 엄마가 우는 걸 자주 봤으니까. 외할머니가 외삼촌을 너무 사랑해서, 자신의 큰딸을 여러 번 아프게 했다는 걸 알았으니까. 대학교를 갈 수 없게 했고, 결혼식에 돈을 보태주지 않았고, 사위를 마음에 들어하지 않았다는 걸 알고 있었으니까. 그리고 결국 그 사위가 보증 빚을 졌을 때 매일 전화를 해서 한숨을 쉬었다는 것도 알고 있었으니까. 그러면서도 할머니는 누군가에게 화가 나거나 속상한 일이 있으면 엄마에게 전화를 걸어 몇 시간이고 떠들어댔다. 울었다. 하소연하고 속을 풀었다. 네가 아니면 누가 나를 이해해주니. 네가 나를 이해해줘야지. 그리고 다시 전화를 해서 말했다. 너 대체 앞으로 어떻게 살래? 너 때문에 내가 잠이 안 와.

그리고 엄마는 외할머니가 보는 앞에서 외삼촌의 아이들에게 말했다. 너는 성적이 어느 정도니. 친구는 있니? 살이 너무 찐 거 아니야? 운동을 해라 운동을, 응? 아직도 용돈 받니? 우리 애는 이제 독립했는데, 너는 결혼은 안 해? 남자친구는 있니?

그래. 내 엄마가 우리집의 악역이었다.

그래서 나는 외사촌들에게 대답했던 것이다. 너희들과 가지 않겠다고. 엄마를 슬프게 한 다른 식구들과 어울리지 않겠다고. 나는 엄마 편이니까. 우리 엄마한테는 나밖에 없으니까. 나만은 엄마를 절대 미워하면 안 된다고.

하지만 시어머니의 문자 때문에 내가 입을 다문 건 아니다.

기억나?

*

우리는 시어머니의 재촉에 서둘러 현관으로 걸어갔다. 그런데 도중에 남편이 갑자기 몸을 돌렸다. 할머니께 인사드리는 걸 잊었다며 거실로 빠르게 되돌아갔다. 그가 할머니 앞에 무릎을 꿇고 눈을 마주했다.

"할머니, 저 이제 갈게요. 한동안 안 와요."

그녀가 남편을 물끄러미 바라보았다. 그러더니 잡고 있던 고모의 손을 놓고 남편의 양손을 잡아 쥐었다. 그녀가 남편에게 말했다.

"응, 우리 정우. 가서 공부 열심히 하고. 밥 잘 먹고."

남편이 웃음을 터뜨리며 할머니를 끌어안았다.

"와, 할머니 이번에는 안 헷갈리시네. 응, 정우예요. 나 여기 있어, 할머니."

약간 울컥한 목소리였다. 그는 옅은 한숨과 함께 몸을 일으켰다.

그런데 할머니가 손을 놓아주지 않았다. 고모가 옆에서 할머니의 손등을 쓰다듬으며 말했다.

"엄마, 이제 정우 집에 가야 돼."

그러나 할머니는 남편의 손을 놓지 않았다. 계속 잡고 있었다. 조금 전에 그랬던 것처럼 남편을 찬찬히 바라보았다. 그 시선은 어딘가 서글퍼 보이기도 했고, 잔인해 보이기도 했다.

그녀는 그를 알아보았을까?

고모가 할머니의 손을 살짝 잡아당기며 말했다.

"엄마, 이제 그만해. 괜찮아요. 괜찮아."

그 순간 할머니가 고모에게 소리를 질렀다.

"야, 너 정원이 재수 시키지 마라. 주제를 알아야지. 지가 무슨 약대를 간다고."

나는 숨을 멈췄다. 시간이 멈춘 것만 같았다. 어떻게 해야 할지 알 수 없었다. 민망하고 부끄럽고, 괴로웠다. 그때 시아버지가 못 들은 척 고개를 돌리는 모습이 눈에 들어왔다. 나는 고개를 푹 숙였다. 더는 아무것도 보고 싶지 않았다. 그러나, 어느새 할머니가 고모의 손을 다시 꽉 잡고 있는 걸 보았다. 있는 힘을 다해 아주 힘껏. 나는 도저히 그 광경을 견딜 수 없어서 재빨리 남편에게 속삭였다. 나가자. 어서 우리집으로 돌아가자. 그런데 그가 움직이지 않았다. 왜 그러는 거야? 나는 남편을 올려다봤다. 그가 참담한 표정으로 자신의 할머니를 쳐다보고 있었다. 방금 들은 말을 믿지 못하는 것 같았다. 심하게 충격을 받은 듯 그 자리에 굳어 있었다. 바로 그 순간에야, 나는 알아차렸다.

너, 아무것도 몰랐구나.

그때 뒤에서 누군가 웃음을 터뜨렸다. 시어머니였다. 그녀는 할머니가 또 어처구니없는 소리를 한다며 수다스럽게 떠들었다. 우리는 엉거주춤 자리에서 일어났다. 시어머니는 그 순간을 기다렸다는 듯, 남편과 나를 현관 쪽으로 떠밀었다. 거실을 빠져나갈 때 남편이 의심스러운 목소리로 시어머니에게 속삭이듯 물었다.

"정원이 이야기 아니야?"

시어머니가 고개를 저었다. 신경쓰지 말라고 했다. 할머니 정신이 왔다갔다하면서 한 번씩 기억들이 뒤집힌다고 했다. 그러나 남편의 얼굴은 쉽게 부드러워지지 않았다. 시어머니가 남편의 등을 문지르며 말했다.

"다 우연이야. 일일 드라마, 거기 나오는 딱 그 내용이야. 아주 똑같아."

그리고 덧붙였다.

"내가 말했잖니. 기억나?"

그 순간 시어머니와 내 눈이 마주쳤다. 그녀가 내게 미소를 지었다. 몇 분 후에 나는 그 의미를 알게 된다. '정우는 다 모르게 해줘.' 시어머니가 그의 등에서 손을 내렸다. 나는 섬찟 놀라 그 자리에 섰다. 속으로 중얼거렸다. 이건 아니야. 이건 아니지. 하지만 동시에, 나는 그의 얼굴에서 걱정이 잠잠해지는 것을 보았다. 서서히, 고요하게, 모든 그늘이 완전히…… 사라져버리는 것을.

내가 좋아하는 얼굴이었다.

*

돌아오는 길, 너는 내게 물었다.

"세나야, 있잖아. 근데."

"응?"

"딸일까, 아들일까."

"무슨 소리야?"

"황제 아이라고 속인 개 말이야."

나는 웃었다. 아마 그랬을 것이다.

"그게 그렇게 궁금해?"

"응. 궁금하지."

나는 대답했다.

"딸이었으면 좋겠어. 그리고……"

왜냐하면 너는 아마 영원히 모를 테니까. 뭔가를 모르는 너. 누군가를 미워해본 적도 없고, 미움받는다는 것을 알아챈 적도 없는 사람. 잘못을 바로 시인하고 미안하다고 말하는 사람. 너는 코스모스를 꺾은 이유가 사실 당신 때문이라는 걸 말하지 못하는 사람도 아니고, 누가 나를 이해해주냐는 외침을 언젠가 돌려주고 말겠다는 비릿한 증오를 품은 사람도 아니니까. 그럼에도 불구하고 당신 손을 잡을 수 있는 사람은 나밖에 없다고 생각하는 사람도 아니지. 그런 얼굴을 가진 사람이 아니야. 그래. 그래서 나는 너를 사랑했다. 지금도 사랑한다. 때문에 나는 말하지 않기로 했다. 사실 네가 진짜 악역이라는 것을.

그런데 말이야.

과연 그걸 선택이라고 말할 수 있는 걸까.

그래서 나는 계속 그날을 떠올린다. 이 이야기를 계속 중얼거린다. 너. 너와 나로 인한 너. 무심코 생각하면 나를 닮은 모습으로 불쑥 떠오르는 너. 그래서 나를 겁나게 했던 너. 어떤 계획도 세우고 싶지 않게 만들었던 너. 하지만 나는 늘 생각한다. 그럼에도 불구하고 네가 딸이었으면 좋겠다고. 그리고 부디 너를 위해 이것만큼은 내가 진짜로 선택할 수 있었으면 좋겠다고 말이다. 그래. 그래서 나는 그날 대답했던 거야. 이것이 너의 드라마, 복(福)이 되길 바라며.

어둠 속에서 나는 대답했다.

"걔는 아무것도 몰랐으면 좋겠어. 아무것도."

참…… 시시하지?

아는 것과 모르는 것

원래 구상에 따르면, 이 소설의 제목은 '음복'이 아니었다. 정원은 등장할 예정이었고, 중국 드라마 이야기를 할 생각은 없었다. 세나에게는 남동생 두 명이 있었으며, 그녀의 외삼촌과 엄마가 싸우는 장면이 있었다. (실제로 나는 이 장면을 썼다.) 정원과 정우가 대화하는 장면도 있었다. (이 장면도 썼다.) 그리고 정원이 세나에게 건네는 어떤 말들이 있었는데…… 결국 단 한 장면도 남기지 못했다.

사실 나는 이런 일을 너무 많이 반복한다. 쓰지도 못할 장면을 계속 쓴다. 온종일 30매를 쓰고, 다음날 몽땅 다 지운다. 처음부터 다시 쓰고, 지우고, 다시 쓰고, 정신 차려보면 실제로는 겨우 다섯 줄 썼다. 그래도 계속 쓴다. 어쨌든 이 과정을 겪어야, 소설의 윤곽을 잡을 수 있다는 걸 알기 때문이다. 동시에 매번 생각한다. 이럴

거면 구상노트는 뭐하러 쓰나……

사실 그 노트에는 개인적인 감정이 많이 들어가 있다. 어떤 분노와 짜증, 지나친 애정과 밑도 끝도 없는 어떤 확신 같은 것들. 처음의 계획이 무너지는 것은, 그러니까 그 과정은, 나의 이야기에서 어떤 인물들의 이야기로 이동하는 일이다. 이를테면 나는 정원에게 꽤 미련이 있었다. 하지만 방향이 틀어지면서 이 소설의 주인공은 그녀가 아니라 세나라는 것을 받아들이게 됐다. 정원이 굳이 등장할 필요가 없다는 걸 깨달았다. 이런 과정이 하나씩 천천히 쌓이면서, 내가 애초 알고 있던 것들을 지웠다. 모르는 것들이 등장했다.

그럼에도 불구하고 나는 소설을 쓸 때 여전히 구상노트를 쓴다. 쓰지 못할 장면들을 계속 쓴다. 날것의 어떤 감정들, 내가 이해하지 못하고, 절대 알 수 없을 어떤 것들. 시시하지만 무서운 것들. 경험들. 목소리들. 그것들을 자유롭게 적고 직시하는 과정이 있어야, 그것들을 모두 무너뜨려야 다음 단계로 넘어갈 수 있다는 걸 알기 때문이다.

그 경험이 없었다면 나는 세나의 마음을 결코 이해하지 못했을 것이다.

정말이지, 소설을 쓰는 건 정말 멋진 일이다.

여성주의 가족 스릴러

오은교

하룻밤의 제삿날 풍경을 그린 강화길의 가족 서사 「음복(飮福)」의 장르는 스릴러다. 스릴러는 일반적으로 앎과 모름이라는 인지의 시차를 이용하여 공포감을 자극하고, 그 기울기 조정을 통해 쾌락을 구성해나가는 장르다. 그리고 그 인지의 시차가 단지 객관적인 시각 차이가 아니라 성을 근간으로 한 권력의 차이임을 밝힐 때, 스릴러 장르의 문법은 여성주의 인식론과 결합한다. 가부장제의 핵심 상징 제의인 제사를 묘사한 이 소설에서 긴장감을 조성하는 축은 여성 인물들은 모든 걸 훤히 아는데 남성 인물들은 아무것도 모르는 사태를 촉발시킨 가족 내 성 기울이다. 여성 인물을 앎으로부터 소외시키는 방식으로 현실적인 공포를 물화하고 그것을 자극하며 쾌락을 추구해온 스릴러 장르의 역사에서, 그 인지 관계를 역전한 「음복」은 고전적인 스릴러 장르 기획에 대한 전복이기도 하다. 제사 또한 언젠가는 판에 박힌 장르 문법의 클리셰가 되어 더이상 그 어떤 신선한 감각도 불러일으키지 못하는 낡은 소재가 되는 날이 올까.

작가 강화길은 언제나 혐오스럽고 이상한 여성들의 삶에 관심을 보여왔다. 그는 모두가 동의할 수 있는 모범적인 페미니스트 서사가 아니라 여성들도 싫어하는 여성의 욕망을 탐구하는 일에 자신의 커리어를 바쳐왔다. 이 짧고 강렬한 소설에서 그가 탐구하는 여성들은 바로 '가부장제의 부역자'로 불리는 가족 내 여성 구성원들이다. 패악질을 일삼는 정신 나간 시할머니, 듣기 싫은 소리만 해대는 시고모, 자기 아들밖에 모르는 시어머니, 가족 행사에 혼자만 쏙 빠진 시사촌, 그리고 남자에 대한 사랑 때문에 구습 재생산에 가담하는 젊은 새댁인 화자 '나'까지, 결혼이라는 제도에 얽혀 가부장제도에 부속된 그 모든 혐오를 맨몸으로 입고 있는 이 전 세대 여성들의 다른 면모들이 서서히 그 모습을 드러낸다.

이 사납고 음울한 여성들은 가족 내 분란을 선동하는 악인일 뿐 아니라 가부장제 착취 구조의 피해자이자 나름의 방식으로 자신의 삶을 도모해야 했던 생존자들이기도 하다는 것을 말이다. 이들은 남편의 무능과 멸시 속에서 홀로 가족을 부양해야 했던 아내이고 남자 형제를 대신하여 상처받은 엄마를 돌봐야 했던 딸이자 시가족 내의 갈등 속에서 자식을 지켜야 했던 엄마이며 여자라는 이유로 교육 기회를 차별받은 손녀이고 다음 세대 여성에게 더 나은 자리를 마련해주고 싶은 여자 선배이기도 한 것이다. 소설은 진실의 구조를 밝혀낸 후 여성의 죄책감을 부추기는 대신 이 체제의 수혜

자인 남성의 무지를 겨냥하는 방식을 택한다. 한국문학사에서 가족 서사를 지배했던 장르, 즉 눈물과 감동을 자아내는 멜로드라마는 이제 첨예한 여성주의 의식과 압도적인 스토리텔링 기술을 보유한 강화길을 통해 지독하고 서늘한 여성주의 스릴러의 문법으로 갱신된다.

'무지'라는 권력, 아버지의 법과 여성 집행자들

절대적인 권력은 자의식을 가질 필요가 없다. 권력을 의식해야 하는 이는 권력의 피지배자들이다. 권력이 그저 존재한다는 사실만으로도 위력이 행사되는 곳에서는 아는 것이 힘이 아니라 모르는 것이 힘이다.

가부장이라는 권력이 절대적인 사회에서 앎은 온전히 젠더화되어 있다. '나'가 생전 처음 치르는 시댁 제사 자리에 가서 식사 한 끼만 해도 삼대손 집안의 알력 관계를 능히 꿰뚫어볼 수 있을 때, 평생을 나고 자란 집에서 일어나는 가내 정치에 대해 까맣게 모를 수 있는 남편의 그 산뜻하고 안온한 무지가 바로 권력이다. 후궁들 간의 암투를 그린 청나라 시대극에 빠져 있는 남편은 정작 자신의 삶에서 수십 년째 벌어지고 있는 진짜 대하드라마를 보지 못하고, 할머니의 이해할 수 없는 말들이 정말 "한때 그녀가 열심히 봤던 일일 드라마의 내용"(11쪽)일 뿐이라고 믿는다. 현실을 보지 않을 수 있는 남편은 그래서 종종 지루해한다. "그만한 드라마가 없어. 참 시시해."(10쪽)

칠 년을 연애하고 석 달을 함께 사는 동안 '나'는 남편에게 가족에 관한 "온갖 이야기를 다 했"(17쪽)던 반면 남편은 '나'에게 객관적인 정보 외에는 아무런 가족사도 전해주지 않았는데, 이는 가족 내에서 딸이자 며느리인 '나'의 경우 아주 사소한 정보마저도 짯짯이 공유하여 재빠르게 자신의 지위를 파악한 후 그에 맞는 전략을 세워야 하는 삶에 익숙하지만, 아들이자 사위인 남편은 그저 밥 잘 먹고 인사를 잘하는 것만으로도 도리를 다할 수 있는 삶을 살아왔기 때문이다. 가족 비극의 씨앗이 되었던 시할아버지의 베트남 참전 이력조차 말해주지 않았던 남편은 조부모가 "금슬이 좋아서 네 식구가 어려운 시기를 잘 넘"(26쪽)기며 살아왔으며 고모는 "진중하고, 속이 깊으"(12쪽)신 분이고, 아픈 할머니를 모시며 할아버지 제사도 꼬박꼬박 챙기는 "엄마는 영원한 미스터리"(31쪽)라고만 했을 뿐이다. 그 때문에 시댁 제사에 가서 계속해서 "처음 듣는 이야기"(16쪽)를 듣고, 예상치 못한 갈등관계를 알게 되는 '나'는 당황한다. "다…… 거짓말이었니?"(13쪽)

제사라는 가족 행사가 잘 보여주듯 가부장제의 법은 아버지의 것이지만, 그것을 집행하는 노동자는 여성들이다. '여자의 적은 여자'라는 범용한 여성혐오적 경구의 참뜻은 가부장제라는 차별적 이데올로기를 매끈하게 만드는 모든 지저분하고 치사한 인식, 행위, 감정노동 들을 여성들이 도맡고 있다는 뜻이다. 제사상의 주인은 시할아버지이지만 시댁의 살림을 이끌어온 이는 시할머니이고, 제사를 집전하는 이는 시아버지이지만 제사를 준비하는 이는 시어머니이며, 만찬을 즐기는 이는 남편이지만 제사가 무사히 진행되도록 뒤치다꺼리를 하는 사람은 시고모이다.

제기에 바르게 놓인 전통적인 제수용 한식들 사이에서 '검은색 르크루제 무쇠 냄비에 담겨 있는 토마토 고기찜'이라는 혼종적인 음식에는 이 모든 불평등한 사태가 응축되어 있다. 셀러리와 고수가 듬뿍 얹혀 있는 그 이국적인 요리는 귀환한 후 집안에 틀어박힌 채 유령처럼 지내면서 "아내가 매일 출근하며 차려놓은 밥상엔 손도 대지 않"으며 "시큼하고 느끼하고 짭짤한"(30쪽) 맛만 찾았던 시할아버지를 위해 시어머니가 고안해낸 특식이었다. "아내가 만들 수 없는 음식, 먹고 싶지 않은 음식, 먹어본 적이 없는 음식, 함께 먹을 수 없는 음식"(31쪽)인 토마토 고기찜은 바로 시할머니, 시고모, 시어머니의 울분과 노동력으로 빚어진 음식으로, 시어머니가 양껏 마련한 그 슬픈 음식에 지금 손을 대는 이는 시할아버지의 사랑을 듬뿍 받으며 그와 겸상할 수 있었던 장손인 남편뿐이다. 대체 여성이 일하고 남성이 누리는 이 가족 내 불평등구조는 어떻게 양산된 것인가.

아들과 딸, 젠더 분배의 성 정치

남성은 아들로 길러지고, 여성은 딸로 길러진다. 자녀의 성별은 본인의 의사와 무관하게 확정되어 그에 따른 사회적 역할을 배분받는데, 기울어진 사회에서 딸은 가족 내 육체적, 정서적 돌봄 노동에 대한 의무를 학습받으며 성장하게 된다.

소설의 딱 절반이 지났을 때 새로 등장하는 시할머니가 식사 도중 자신의 남편과 꼭 닮은 손자를 보고서 돌연 분노를 참지 못하고 "꺼지라고. 제발 꺼지라고"(27쪽) 소리치며 숟가락을 던진 끝에 밥상을 엎으려 했을 때, 시할머니의 두 자녀인 시아버지와 시고모의 상반된 반응은 아들과 딸에게 각기 배분되었던 가족 내에서의 역할이 무엇인지를 단박에 보여준다. 매사에 눈치도 행동도 빠른 시어머니와 달리 내내 과묵하기만 했던 시아버지가 시할머니를 방으로 격리하라는 자신의 말에 맞서는 여동생에게 말한다. "네가 같이 있으면 되잖아."(28쪽) 이 소설 표면을 팽팽하게 지배하는 긴장, 즉 남편을 중심으로 한 시고모와 시어머니 간의 긴장 관계의 숨겨진 상수는 바로 아들이므로 돌봄 노동을 면제받은 시아버지다.

　남편의 폭력에서 기인한 아내의 원한은 딸이라는 감정 처리반과 며느리라는 노동자를 거쳐 여성 가족들에게만 대물림된다. 시할머니는 딸인 시고모에게만 자신의 고통을 토로하고, 그렇게 평생 어머니의 아픔을 달래온 시고모는 오빠 내외, 그리고 자신의 딸과 동등한 항렬이지만 아들이므로 차별적 혜택을 누린 조카, 즉 '나'의 남편에게 분노를 송출한다. 그러나 시할머니를 모시고 제사를 열심히 챙기는 대신 시댁 식구가 아들 부부의 삶에 간여할 수 없도록 시아버지와 모종의 거래를 한 시어머니의 비호로 인해 남편은 아무것도 눈치채지 못한다. 그리고 남편에게서 튕겨져나온 시고모의 화와 욕을 대신 받게 된 '나'는 이 모든 사실을 시어머니의 문자 메시지를 통해 알게 되고, 남편의 평안을 위한 침묵의 사슬에 동참해줄 것을 강권받는다. "정우는 다 모르게 해줘."(33쪽) 딸들이 "네가 나를 이해해줘야지. 네가 아니면 누가 나를 이해해줘"(25쪽)라는 말을 들으며 모녀 관계에 단단히 옭아매져 질기고 억센 가족 내 감정노동에 휘말릴 때, 아들은 여성들의 희생을 통해 무지할 수 있는 권력을 대가 없이 승계받는다.

'나'가 시대의 악역인 시고모의 마음을 온전히 헤아릴 수 있는 이유는 유사한 관계 구조가 '나'의 가족 내에도 존재하며, 시고모와 같은 악역이 '나'의 엄마이기 때문이다. 외할머니의 아들 편애 때문에 대학 진학을 포기하고 경제적 지원도 받지 못한 '나'의 엄마는 한때 외삼촌과 절연했었고, 다시 화해한 후에도 "외할머니가 보는 앞에서 외삼촌의 아이들에게"(34쪽) 무례한 잔소리와 질문을 하는 방식으로 분풀이를 했다. 그리고 시할머니가 시고모에게 했던 것과 마찬가지로, 외할머니는 속상한 일이 생길 때마다 늘 엄마에게만 속을 풀어왔다. "하소연하고, 짜증을 내고, 온갖 말을 다 쏟아내는 그런 사람"(33쪽), 딸에게 말이다. 가족들 누구로부터도 존중받지 못한 채 미움만 사는 엄마의 눈물을 보며 성장한 '나'는 자신만이라도 가여운 엄마를 이해해야 한다고 다짐했던 바로 그만큼 시고모를 이해할 수 있다.

그리고 이제 '나'는 아들로서 자란 남편이 가진 그 무지라는 권력을 인정하고 또 이용하기로 하는데, 그것이 꼭 "시어머니의 문자 때문"(35쪽)만은 아니다. '나'가 시어머니에게 물려받은 냄비에 토마토 고기찜을 만들고, 시댁 가족 희비극 속에서 남편이 "진짜 악역이라는 것"(38쪽)을 알려주지 않기로 한 데에는 그를 향한 '나'의 사랑 또한 이유로 작용했기 때문이다.

여성 쾌락의 구조 역학과 내적 전복

작가가 반복적으로 묘사하는 남편의 얼굴, 그러니까 무슨 일이 벌어지면 조금 걱정을 하다가도 이내 "서서히, 고요하게, 모든 그늘이 사라진 얼굴. 내가 좋아하는 얼굴"(13쪽)은 무엇으로 이루어져 있나. '나'가 시댁에 들어선 후 "인사를 마치기가 무섭게"(10쪽) 시고모로부터 첫 공격을 받을 때 남편의 속 편한 코는 새집 냄새를 걱정한다. '나'가 난감한 질문 세례에 어쩔 줄 몰라할 때 남편의 무료한 눈은 핸드폰 속 "국제정치 기사를 읽고 있"(15쪽)다. '나'가 시고모의 "왼손을 꽉 쥐고 있"(26쪽)는 시할머니 때문에 시고모가 식사도 제대로 못하는 것을 알아차릴 때 남편의 게걸스러운 입은 쉴새없이 음식을 삼킨다. '나'가 시고모와 시할머니가 나누는 그 오래된 대화에 꼼짝없이 귀를 기울이게 될 때 남편의 무심한 귀는 바로 그 옆에 있음에도 꽉 막혀 있다. "절대 모를 수 없는 이야기"(32쪽)를 모르는, 자신을 향한 미움의 에너지조차 감지하지 못하는, 온 집안을 표표히 떠도는 그 모든 사랑과 증오의 정치로부터 자유로울 수 있는 그 구김살 없이 해사한 면상이 바로 권력의 얼굴이다.

집으로 돌아오는 길, 비밀을 지켜줄 것을 당부하는 시어머니의 문자를 받은 후 '나'는 남편의 천진하고 고운 그 얼굴을 가만히 떠올리며 되새긴다. "그래. 그래서 나는 너를 사랑했다. 지금도 사랑한다."(38쪽) 따라서 남편을 향한 '나'의 사랑은 권력에의 욕망이기도 하다. 그리고 이어 '나'는 '아무것도 몰라도 되는 딸'이라는 미래의 존재를 어둠 속에서 조용히 꿈꾼다. "걔는 아무것도 몰랐으면 좋겠어. 아무것도."(39쪽) 이상적인 의미에서 '무지한 딸'의 존재란 가족 내 성별 위계 구조가 완전히 철거되어 여성 또한 아무것도 알 필요가 없는 성평등한 세상의 도래를 뜻하지만, 현실적인 의미에서 그것은 여전히 어떤 특권을 뜻한다. 그러므로 작가가 남편의 얼굴을 향한 '나'의 응시를 검질기게 묘사하며 결국 건져올리는 것은 오만 추저분한 욕망을 덮는 거룩하고 성결한 로맨스가 아니라 한 여성의 집요한 성적 쾌락의 추구와 계급 상승의 열망이다.

여성주의 인식의 확산 속에서 차별 구조에 기여하는 모든 젠더화된 욕망을 단념해야 한다는 전도된 금욕주의가 슬그머니 고개를 내밀 때 강화길의 소설은 말한다. 여성들의 문제적인 욕망을 교정할 것이 아니라 그것이 배치되는 방식을 사유해야 한다고. 아버지의 법에 지배당하며 살아왔지만 이 법의 내용을 훤히 알게 된 집행자들로서 이제 여성들은 이 법률의 내용과 해석 체계 모두를 바꿔나갈 것이라고. 끝내 바뀔 때까지 여성들은 이 구조 내에서 가능한 한 많은 쾌락을 취하며 살아갈 것이라고. 여성들은 겨우 악역이 되는 일 따위에는 이제 더이상 두려움을 느끼지 않는다고 말이다. 주문처럼 소설 전체를 휘감고 있는 문장, "너는 아무것도 모를 거야"(9쪽)는 미래에 태어날 딸에 대한 염원이자 아무것도 모르는 남편을 향한 경고의 메시지다.

첩첩의 차별 구조 속에서 무력과 냉소를 학습하는 대신 도약과 전복의 야망을 품는 여성이 여기 있다. 후사의 정체에 대한 거짓도 진실로 만들어버리고 자신이 원하는 것을 모두 이뤄가는 드라마

속 주인공처럼 "아주 능숙하고 대담"(10쪽)한 여성 말이다. 어떤가.
이런 이야기가 여전히 참…… 시시한가?

오은교
2018년 문학동네신인상에 평론 「대화하는 인간, 진화하는 패턴—황정
은론」이 당선되어 등단.

최은영

아주 희미한 빛으로도

· · · · · ·

최은영
2013년 『작가세계』 신인상에 중편소설 「쇼코의 미소」가 당선되어 등
단. 소설집 『쇼코의 미소』『내게 무해한 사람』이 있다. 허균문학작가상,
김준성문학상, 이해조소설문학상, 2014년, 2017년 젊은작가상, 한국일
보문학상을 수상했다.

아주 희미한 빛으로도

그녀의 수업은 금요일 오후 세시 삼십분에 열렸다.

짧은 커트 머리에 갈색 뿔테 안경을 쓴 그녀의 얼굴은 강의계획서에 적힌 나이보다 대여섯 살쯤은 어려 보였다. 목소리는 낮고 허스키한 편이었다. 영문과 전공수업은 전부 영어 강의여서 그녀는 영어로 수업 소개를 하고 있었다.

"이 수업의 목표는 영어로 에세이를 작성하는 것입니다."

그녀는 한국어 억양이 강하게 드러나는 영어로 그렇게 말했다. 나는 원어민처럼 영어로 말할 수 있는 학생들이 섞인 강의실에서 한국어 억양이 강한 영어로 수업하는 것이 얼마나 부담스러운 일일지 어림하면서 그 자리에 앉아 있었다. 그녀는 분명하게 말하려고 노력했고, 자신이 강조하고 싶은 부분에 대해서는 조금 크게 말했다.

나는 그녀가 하는 말을 아무것도 놓치지 않고 이해할 수 있었다.

그녀는 강의 소개를 끝내고, 학생들의 질문을 받았다. 유창하게 말하는 학생들이 가장 먼저 질문을 했다. 그녀는 학생들의 말을 귀 기울여 듣고, 잘 이해하지 못했을 때는 한번 더 말해달라고 요청하고는 성실하게 답했다. 금요일 오후 수업이어서 수강 여부를 결정하지 못한 채로 강의실에 들어갔지만, 무채색 계열의 옷을 입고 한국어 억양이 강한 영어로 또박또박 자기 생각을 말하는 그녀를 보자, 질의응답이 끝날 무렵에는 내가 그녀의 수업을 좋아하게 될 거라는 희미한 예감이 들었다.

우리는 매 시간 그녀가 선정한 영문 에세이를 읽고, A4 용지 한 장 분량의 에세이를 써서 제출해야 했다. 읽어야 할 책의 양이 많은 탓에 수강신청 정정 기간 동안 많은 학생들이 빠져나갔고, 결국 수강생은 열댓 명 정도로 줄어들었다.

첫번째 수업시간에 우리는 조지 오웰이 버마에서 경찰관으로 일했을 때 쓴 에세이들을 읽었다. 그녀는 에세이를 한 줄 한 줄 따라 읽어내려가며 강독했다.

어떻게 말해야 할까. 나는 그 수업의 모든 부분이 마음에 들었다. 시멘트에 밴 습기가 오래도록 머물던 지하 강의실의 서늘한 냄새, 천원짜리 무선 스프링 노트 위에 까만 플러스펜으로 글씨를 쓰던 느낌, 그녀의 낮은 톤의 목소리가 작은 강의실에서 퍼져나가던 울림도 모두 마음에 들었다. 그녀가 과제로 내준 에세이들이 좋았고, 혼자 읽을 때는 별 뜻 없이 지나갔던 문장들을 그녀가 그녀만의 관점으로 해석할 때, 머릿속에서 불이 켜지는 느낌도 좋았다. 나도 마음

깊은 곳에서는 알고 있었지만 언어로 표현할 수 없었던 것을 발견할 때 행복했고, 나는 그 행복이야말로 내가 오랫동안 찾던 종류의 감정이라는 걸 가만히 그곳에 앉아 깨닫곤 했다. 가끔은 뜻도 없이 눈물이 나기도 했다. 너무 오래 헤매었다는 생각 때문이었다.

2009년 2학기, 그때 나는 스물일곱의 대학교 삼학년 학사 편입생이었다.

4주 차 수업 날이었다. 그날 나는 사흘째 생리중이었다. 보통 나는 생리 첫째 날, 둘째 날에 피의 양이 많은 편이었다. 셋째 날이 되면 쏟아져나오는 느낌은 사라지고, 넷째 날이 되면 피의 양이 미미해지는 수준이었다. 은행에서 일할 때는 일이 몰리는 시간에 화장실에 갈 수 없어 탐폰을 이용했는데 공중화장실에서 탐폰을 사용하는 일이 쉽지만은 않았다. 물론 약을 먹어야 할 정도의 생리통은 늘 있었지만, 피의 양 때문에 생활에 지장을 받을 정도는 아니었다. 문제가 생긴 건 편입을 하고 난 즈음이었던 것 같다. 갑작스럽게 피가 쏟아져나오는 경우가 있었다. 늘 조심했지만, 그날은 사흘째였고, 수업 직전에 생리대를 갈아서 큰 문제는 없으리라고 생각했다.

휴식시간 없는 세 시간짜리 수업이었고, 나는 청바지에 짧은 남방을 입고 있었다. 수업이 반 정도 지났을 때 바지에 피가 새는 느낌을 받았다. 다른 학생들과 뚝 떨어져서 맨 뒤쪽에 앉은 탓에 누군가에게 도움을 청할 수도, 바지를 가릴 외투도 없어서 나는 속수무책으로 나머지 시간을 견뎠다. 바지의 엉덩이 부분이 다 젖어서 차가웠다. 수업이 끝나고 우물쭈물하는 사이 학생들이 전부 바깥으로 나갔고 강의실에는 나와 그녀만 남아 있었다. 나는 당황스럽고 수치스러운 마음으로, 그렇지만 한편으로는 그녀가 나를 분명히 도와주리라는 믿음을 품고 그녀를 불렀다.

"선생님."

그녀는 처음에 내 목소리를 못 들었다. 몇 번 더 부르고 나자, 그녀는 내 쪽을 봤다.

"저, 갑자기 피가 너무 많이 나와서……"

나는 일어서지 못하겠다는 표시를 했다. 그녀는 내 쪽으로 걸어오더니 자신의 검은 재킷을 벗어줬다.

"우선 이거라도 둘러봐요."

나는 일어나서 그녀가 준 재킷을 허리에 둘렀다. 일어나보니 나무 의자에도 피가 묻어 있었다. 그녀는 가방에서 물티슈를 꺼내 내게 줬다. 나는 몇 번이나 물티슈로 의자를 닦고, 닦은 휴지를 학교 앞에서 받은 광고 팸플릿으로 말아 가방에 넣었다. 나는 그녀에게 고맙다는 말도 하지 못했다.

"집이 어디예요?"

그녀가 내게 물었다.

"이촌동이요."

"그럼 우리집 가서 옷부터 갈아입어요."

그녀는 나를 보고 그렇게 말하면서 미소 지었다. 그 순간 그녀가 얼마나 가깝게 느껴졌는지 나는 기억한다.

"걸어서 십 분 거리, 금방 가요."

가까이서 보니 그녀는 내가 강의실에서 봤던 것보다도 더 왜소

했다.

"오늘이 셋째 날이어서 방심하다가…… 아까 오후까지는 괜찮았었거든요."

"희원씨라고 했죠?"

"네."

"그럴 때가 있잖아요. 신경쓸 것 전혀 없어요. 나도 한 번 그런 적 있었는데……"

그녀의 집으로 가면서 우리는 생리에 대한 경험을 주고받았다. 내가 강의실에서 느꼈던 혼란스러움이 주고받는 이야기 속에서 조금은 녹아 사라지는 것 같았다. 그렇지만 피 묻은 바지를 갈아입기 위해 개인적으로 처음 이야기해본 강사의 집으로 가고 있다는 사실은 불편했다. 그녀의 집에 거의 다 왔을 때, 그녀가 뜻밖의 말을 했다.

"저번 주에 낸 에세이 재미있었어요."

그녀의 말에 나는 어둠 속에서 얼굴을 붉혔다. 그녀가 언급한 에세이는 내가 은행에서 스물넷부터 스물여섯까지 일하면서 느꼈던 인상을 간략하게 스케치한 글이었다.

"그러니까…… 다시 대학에 왔군요."

그렇게 말하고 그녀는 잠시 멈춰 서서 나를 봤다. 마치 우리가 예전부터 아는 사이였다는 듯이, 내가 은행에 들어가기 전부터도 알던 사이였다는 듯이.

"길을 바꾸기 어려웠을 텐데. 멋지네요."

그녀의 집은 오층에 있는 꽤 널따란 원룸이었다. 싱글 침대 하나에 삼 인용 가죽 소파, 옷장, 싱크대에 붙은 이 인용 식탁, 큰 책상을 제외하고는 사방이 책으로 뒤덮여 있었다. 그녀는 옷장에서 운동복 바지와 아직 포장을 뜯지 않은 팬티가 든 상자를 꺼냈다.

"새 팬티라 한번 세탁해야 하는데, 어쩔 수가 없네요."

그렇게 말하는 그녀 앞에서 나는 어정쩡하게 서 있다가, 그녀가 준 것들을 받고 화장실에 갔다.

옷을 갈아입고 나오자 그녀는 내 쪽을 보더니 "바지가 깡총하구나. 그게 그나마 제일 긴 바지였는데"라고 말하면서 소리 내어 웃었다.

"차 마실래요? 페퍼민트랑 루이보스 있는데. 초콜릿도 있어."

처음에는 사양했지만 그렇게 용건만 보고 나가는 것도 어색하기는 마찬가지여서 나는 쭈뼛거리며 이 인용 식탁으로 다가가 앉았다. 한입에 마실 수 없을 정도로 뜨거운 루이보스 차를 마시고 냉동실에서 꺼내 차갑고 딱딱한 다크 초콜릿을 먹으며 우리는 서로에 대해 묻고 답했다. 그곳에서 나는 그녀가 박사학위를 받은 지 삼 년 되었으며, 전공수업은 처음 맡았다는 사실을 알았다.

나도 그녀에게 은행에 다닐 때의 이야기를 했다. 은행에서 일할 때 만났던 다양한 사람들에 대해서. 그녀는 상체를 내 쪽으로 내밀고 앉아서 내 이야기를 들으며 반응했다.

"늘 궁금했어요."

내가 말했다.

"뭐가요?"

"사람이요. 저 사람 왜 저래? 그러면서 혼자 생각하는 거예요. 정말 왜 저럴까. 응대하다보면 개인적으로 얘기해보고 싶은 사람들도 있었어요."

"호기심이 많군요."

그녀는 그렇게 말하며 웃었다. 앞으로도 몇 번은 더 볼 표정, 그녀를 생각하면 가장 먼저 떠오를 표정으로 그녀는 나를 보고 있었다. 나를 흘겨보면서 내가 재미있는 사람이라는 듯, 웃기는 사람이라는 듯 짓궂게 미소 짓는 얼굴.

나는 재미있는 사람도, 웃기는 사람도 아니었다. 누군가에게 나는 비정규직 은행원이었고, 누군가에게는 다이어트가 필요한 어린 여자애였으며, 누군가에게는 빠른 일 처리가 필요한 기계였고, 누군가에게는 하소연을 들어줄 사람이었고, 누군가에게는 감정도, 생각도, 느낌도, 자기만의 언어도 없는, 반격할 힘도 없는 인형이었으니까. 나는 얼떨떨한 마음에 웃어 보이고는 이제 그만 집에 가봐야겠다고 말했다.

"선생님 재킷은 세탁해서 다음주에 드릴게요."

"그럴 필요 없는데. 그게 마음 편하면 그렇게 해요."

내가 주섬주섬 짐을 챙기고 나갈 채비를 하자 그녀가 물었다.

"원래 이촌 살았어요?"

"아니요. 원래 안양 살다가 고등학교 때부터 용산 쪽에서 살기 시작했어요."

"그렇군요."

나는 그녀가 내게 왜 그런 질문을 했는지 그다음날 알게 되었다.

그날 저녁, 나는 인터넷 창에서 그녀의 이름을 검색해봤다. 그곳에서 그녀의 석사, 박사 논문의 초록을 읽었고, 그녀가 번역한 책들의 정보를 얻을 수 있었다. 그녀 이름으로 나온 에세이집도 발견했다. 한 인터넷 매체에 주기적으로 올리던 글을 2008년 5월에 한 출판사에서 펴낸 것이었다. 인터넷 서점으로 들어가니 모두 절판으로 나와서 다음날 나는 광화문으로 나갔다.

두 군데 서점에서 허탕을 치고, 마지막으로 간 서점에서 재고 한 권을 발견했다. 사진 한 장 없는 심심한 디자인의 에세이집이었다.

책값을 계산하고 지하철에 올라 책을 읽기 시작했다. 이상한 기분이 들어 고개를 들어보니 지하철은 이미 용산을 한참 지나 영등포까지 와 있었다. 다시 반대편 지하철을 타고 집으로 가서 나는 내 방문을 닫고 스탠드를 켠 채로 정신없이 그 책을 읽었다. 카세트 플레이어의 재생 버튼을 누른 것처럼 나는 혼자서도, 그녀 없이도 그녀의 낮고 차분한 목소리를 들을 수 있었다.

자신이 번역한 책과 작가에 대한 감상에서 시작된 에세이는 자연스럽게 그녀의 자전적 이야기로 이어졌다. 그녀는 별다른 과장 없이 자신의 어린 시절과 자신이 겪었던 일들을 서술했다.

감정을 최대한 누르며 쓴 글이었지만 자신이 살았던 장소를 이야기할 때만은 목소리에서 나름의 애정이 묻어 나왔다. 자신이 나고 자란, 손가락으로 셀 수 없을 정도로 자주 이사 다녔던 용산에 대해 쓸 때 그랬다. 그제야 나는 그녀가 내게 이촌에 언제부터 살았는지 물었던 이유를 알 수 있었다. 우리는 용산의 어디에선가 스쳐 지나갔던 사람들일 것이다. 그렇게 생각하자 그녀의 글이 더 가깝게 다가오는 기분이었다. 책의 사분의 일을 차지하는 긴 에세이에서 그녀는 그녀가 용산에서 머물렀던 장소들에 대한 기억을 적었다. 그 글은 그녀가 지나온 장소의 세부가 낱낱이 묘사된, 목탄으로 그린 큰 그림 같았다.

나는 그녀의 눈으로 내가 직접 보지 못한 풍경을 볼 수 있었다. 어린 그녀의 눈에는 한없이 높아 보이던 콘크리트 담장, 그 앞을 지날 때면 늘 그녀를 쫓아오던 황구, 햇볕이 잘 드는 담장 앞에 쪼그려앉아 황구의 머리를 쓰다듬어주던 장면, 다시 길을 가려고 하면 졸졸 쫓아오는 황구가 자기 집을 못 찾아갈까봐 쫓아오지 마, 쫓아오지 마, 소리치며 뒤를 돌아보지 않으려고 애썼던 골목, 동네 아이들이 고무줄놀이를 하는 옥상을 올려다보며 자기도 같이 놀고 싶다고 바라던 마음, 그때 그 건물에 붙어 있던 피아노 교습소 간판, 공사장들, 어린 그녀의 눈에는 어느 날 갑자기 나타난 것처럼 보이던 큰 건물들, 그리고 그녀가 많은 시간을 보낸 지하 전자오락실.

오락실 주인이 돈을 쥐여주면서 이제 그만하라고 할 때까지 그녀는 '죽지 않고' 게임을 이어나갔다. "나는 홀로 몰두할 수 있는 모든 일을 잘했다. 몰두하면 시간이 가고, 시간이 가면 그곳에서 더 빨리 벗어날 수 있으리라는 걸 알았으니까"라고 그녀는 썼다. 도서 대여점과 상가건물 삼층에 있던 교회, 용산역사와 철길, 기차와 전철이 오가는 소리와 한강, 밤에 보던 한강철교, 남자 여럿이 자동차를 타고 '어린애들은 가면 안 된다'던 골목으로 줄줄이 들어가던 모습, 웃으며 지나가던 그 남자들을 골목 입구에 서서 쏘아보던 일, 장마가 지나가고 난 뒤에 거리에서 나던 냄새, 극장 앞에서 암표를 팔던 상인의 모습. 그녀는 장소에 대해 한참이나 묘사하고 나서 "나는 그곳을 떠나고 싶었다"라고 썼다. 그 문장은 같은 에세이 안에서 여러 번 반복되었다.

영인문고에 대한 이야기가 나온 건 에세이 마지막 부분에서였다. 그곳은 그녀가 묘사한 장소 중 내가 유일하게 알고 있고, 자주 방문했던 데였다. 영서를 많이 팔던 작은 중고 책방의 풍경이 눈앞에 그려졌다. 그곳에는 천장까지 올라가는 책장이 서점의 삼면에 자리했고, 가운데에는 기다란 평대가 있었다. 책장들이 각각의 주제에 따라 잘 정리되어 있는 것과는 다르게, 평대 위에는 그날그날 다른 책들이 놓였다. 나는 별다른 분류 없이 평대에 놓인 책들을 구경하는 것이 좋았고, 그곳에서 실제로 책을 여러 권 구하기도 했다.

"무슨 이유로 그곳에 가게 되었는지는 모른다." 그녀는 그렇게 쓰고 그 장소에서 보낸 시간들에 대해 이야기했다. 서점에는 다리가 가느다란 식탁 의자가 있었고, 그녀는 그곳에 앉아 책을 읽었다. 구매한 책을 하루에 다 읽는 건 어려웠으므로, 그녀는 책을 산 다음 날에도, 그다음날에도 서점의 식탁 의자에 앉아서 책을 읽었다. 주인은 그녀에게 별 관심이 없었다. 나는 서점 주인의 모습을 떠올렸다. 계산대에 가만히 앉아서 손님이 오는지 가는지 신경쓰지 않던 모습을. 그런 주인 덕분에 나는 서점에서 편안함을 느낄 수 있었다. 그녀 또한 그 서점에서 나와 비슷한 경험을 했다는 사실이 나는 반가웠다.

"그곳은 용산에서 갈 수 있는 가장 먼 곳이었다." 그녀는 그렇게 썼다. 영어 페이퍼백 소설들을 읽으며 그녀는 용산으로부터도, 자신의 언어로부터도 멀어질 수 있었다. "영어는 나와 관계없는 말이 었다. 나와 가까운 사람들이 쓰던 말이 아니었다. 내게 상처를 줬던 말이 아니었다."

재수를 하면서 그녀는 그곳에서 아르바이트를 하기도 했다. 손님들은 가지각색이었는데, 한국어를 잘 모르는 외국인들도 있었다. 잘 모르더라도 한국어를 쓰려고 노력하던 사람도 있었고, 빠르고 공격적인 영어로 말하면서 그 말을 이해하지 못하는 그녀를 조롱하듯 웃던 사람도 있었다. 그러나 그때 만났던 손님들은 대부분 좋은 사람들이었다고 그녀는 회고했다.

계산대에서 현관문의 유리창을 통해 그녀는 찻길과 가로수들, 차와 사람들이 분주하게 오가는 모습을 볼 수 있었다. 늦봄이 되면 현관문을 열어놓고 영업을 했는데, 큰비가 내리면 문을 닫아야 했다. 그녀는 비가 오던 날들이 오래 기억난다고 적었다. 비에 먼지가 씻기는 냄새를 맡을 때, 빗방울이 세차게 내리쳐 콘크리트 바닥을, 주차된 차를, 가로수를 두드리는 소리를 들을 때, 건물의 홈통에서 빗물이 쏟아져나오는 모습을 볼 때, 빗방울이 시야를 가려버릴 정도로 내리칠 때 그녀는 책방을 가득 채운 오래된 책 냄새를 맡으며 홀린 듯이 거리를 바라보았다. 그럴 때면 그녀는 그 거리와 도시에 어쩔 수 없는 친밀함을 느끼곤 했고, 그 느낌이 예전처럼 싫지만은 않았다.

그 글의 마지막에서 그녀는 "나는 그곳을 언제나 떠나고 싶었지만, 내가 떠나기도 전에 내가 깃들였던 모든 곳이 먼저 나를 떠났다. 나는 그렇게, 타의로 용산을 떠난 셈이 되었다"라고 썼다.

그녀의 책에는 내가 그때까지 읽어왔던 에세이들과는 다른 결이 있었다. 그녀의 글에서 그녀는 성공한 사람도, 자유로운 사람도, 세상 다른 사람들보다 어딘가 특별하고 특출한 사람도 아니었다. 다만 그녀는 자신을 타인처럼 여기고 있었다. 타인을 바라보는 시선에도 여러 종류가 있겠지만 자신을 바라보는 그녀의 시선은 무심했고, 더 나아가 무정하기까지 했다. 이겨내기 어려웠을 것이 분명한 비참한 순간에 대해 기록하고는 바로 다음 단락에서 슈퍼 앞 플라스틱 의자에 앉아 태연하게 스크류바를 먹는 장면을 적어넣는 식이었다. 본인이 의도했든 그렇지 않았든 그런 식의 구성이 여러 번 반복되었는데, 그것이 내 마음을 아프게 했다. 그녀에게는 그런 아프고 폭력적인 순간들이 스크류바를 먹는 순간만큼이나 평범하고 일상적인 일이었다는 느낌을 줬기 때문이다.

　그녀는 자신이 쓴 글을 읽을 독자의 판단을 신경쓰지 않는 것처럼 자신이 인간적으로 지닌 약점과 단점, 세상 사람들로부터 비난받을 수도 있는 감정의 흐름을 적어내려갔다. 이 사람 뭐지, 호감가는 사람이 아니네, 라고 생각할 정도로, 아니, 그런 반응을 기대라도 하듯이 아무것도 미화하지 않고 노골적으로 썼다. 나라면 이런 식으로 솔직하게 쓰지 않았으리라고, 나는 앞으로도 결코 이런 식으로 나에 대해 쓸 수 없으리라고 느끼면서 나는 그녀가 용기 있는 사람이라고 생각했다. 그리고 그 책을 구해 읽었다는 걸 그녀에게 말하지 않는 편이 낫겠다고 판단했다.

　강사는 영어로 강의를 해야 한다는 규칙이 있었지만, 토론수업에서는 모두 한국어로 말할 수 있었다. 내가 그녀의 도움을 받은 바로 다음 주 수업에서, 우리는 어느 사학년 학생이 써온 에세이를 같이 읽었다.

"이것은 내가 서른네번째 쓰는 자기소개서다"라는 첫 문장 뒤로 그녀는 자기소개서에 쓸 수 없었던, 혹은 자기소개서에 썼으나 사실이 아니었던 내용에 대해 담담하게 써내려갔다. 아이를 낳고 퇴사한 첫째 언니, 계약직으로 일하면서 서른다섯이 되면 더이상 고용될 수 없으리라는 불안을 지니고 사는 둘째 언니에 대한 이야기를 하면서 그녀는 자신의 삶이 두 언니들과 어떻게 다를 것인지 궁금하다고 썼다. 면접장에서 전원이 남성인 회사 간부들을 볼 때마다 숨이 막힌다는 말도 있었다. "나의 삶에는 특별할 것이 없다. 특별한 것이 있다면 이런 자기소개서 같은 건 쓰지 않았을 것이다." 그 글은 그런 식으로 끝났던 것 같다.

나는 그 글이 지닌 거칠고 강한 느낌이 좋았는데, 모두가 그런 느낌을 받은 건 아니었다. 글의 결론이 모호하고, 무슨 말을 하고 싶은 건지 알 수 없다는 지적이 있었다. 발표자는 자신이 평소에 느끼는 자신의 삶에 대한 생각을 적은 것일 뿐, 특별한 주제를 의식하고 쓴 것은 아니라고 답했다.

"불안정한 일자리 문제나 구직의 어려움이 사회적 차별의 결과라고 은근히 주장하는 것 같은데요."

누군가 그렇게 말하자 발표자는 고개를 저었다.

"저는 그저 저와 제 가족에 대해서 쓴 것뿐입니다. 그렇지만……"

발표자는 망설이다 말을 이었다.

"저는 저나 저희 언니들이 겪는 문제를 모두 저희들 탓으로만 생각하지 않아요. 그렇게 생각한다면 미안한 일이죠. 저나 저희 언니들에게나."

발표자가 그렇게 말하자 누군가가 의견을 더했다.

"너무 극단적인 상황들만 나와 있으니까, 읽는 사람에게 자신의 생각을 강요하는 걸로 읽힐 수 있을 것 같아요."

발표자는 수긍한다는 듯이 고개를 끄덕였다. 진심으로 수긍해서가 아니라, 빨리 그 시간이 지나기를 바라는 것처럼 보였다.

"저는……"

나도 모르게 말이 나왔다.

"이 글에 나온 내용이 극단적이라고는 생각하지 않아요. 우리도 모두 알지 않나요. 평범한 이야기잖아요. 제가 비정규직으로 일했던 회사도 그랬어요. 비정규직 다수가 어린 여자들, 간부들 다수가 남자들, 그걸 차별이 아니라고……"

내가 말을 마치기도 전에 다른 학생 하나가 내 말을 자르고 자기 이야기를 시작했다.

"중요한 건 그런 게 아니라 노동 유연화 정책, 신자유주의적 경제 개편이거든요. 한국이 97년에……"

"지금 뭐라고 했죠?"

강사가 토론 중간에 끼어든 적이 거의 없었기에 모두가 그녀를 바라봤다.

"노동 유연화 정책이…… 문제라고 말했습니다."

"아니, 그 전에 뭐라고 했죠?"

그는 당황하여 귀가 붉어진 채로 기억하지 못한다고 말했다.

"앞서 얘기한 학생의 의견이 중요하지 않다고 말했죠. 그것도 말을 끊어가면서."

그녀는 거기까지 말하고 웃음기가 걷힌 얼굴로 그를 바라봤다.

"내 수업에서 다시는 이런 일이 없었으면 합니다. 지금 이 자리에서 앞의 학생에게 사과하세요."

그는 온통 붉어진 얼굴로 내게 사과했다. 당황한 건 나도 마찬가지였다. 나는 그가 내 말을 끊었을 때, 그리고 내 발언을 평가절하했을 때 약간 무안했을 뿐 별다른 생각이 없었다. 누군가가 내 말을 끊고, 내 의견이 중요하지 않다고 말하는 상황이 내게는 익숙했다.

그녀는 자신이 한 말을 개인적인 일로 받아들이지 말라고 그에게 말하고 수업을 이어나갔다. 수업이 끝나고, 학생들이 강의실을 다 빠져나가고 나서 나는 그녀에게 다가갔다.

"저번 주엔 감사했어요."

나는 그렇게 말하며 세탁한 재킷과 운동복 바지를 담은 종이봉투를 건넸다. 그녀는 옷을 받아들더니 안경을 고쳐 쓰고 나를 봤다.

"아까 내가 심했나요?"

나는 그녀가 나를 약하고 어리숙한 사람으로만 생각하는 것이 싫었고 내가 꼭 오늘처럼 당하고만 살지는 않는다는 말을 하고 싶었다. 나는 거짓말을 해서라도 그녀에게 잘 보이고 싶었다.

"저도 아까, 한마디할 생각 있었어요."

그녀는 내 말을 듣고 웃어 보였다.

"지금 집에 가요?"

내가 그렇다고 하자, 그녀는 자기도 오늘 용산역으로 갈 일이 있다고 말했다.

"같이 가도 돼요?"

나는 망설이지 않고 그러자고, 같이 가자고 답했다. 그녀와 함께하는 일이 설레면서도 불편했지만 대수롭지 않은 것처럼 연기했다. 나는 그녀가 나를 어린 학생들을 보는 것과는 다르게 바라봐주기를 바랐다. 그녀에 대한 동경과 호기심, 어려움이 섞인 마음을 감추려고 나는 그녀와 눈을 맞추며 이야기하려고 노력했다.

우리는 마을버스 정류장까지 나란히 걸어가서 버스를 탔다. 지하철역으로 가는 길에 나는 그녀에게 저번 주에 도와줘서 고마웠다고 여러 번 말했다. 그녀가 아니었으면 난감했을 일이었다고 말이다.

"그럼 희원씨가 내 입장이었으면 어떻게 했을까?"

그녀는 그렇게 묻고 나를 바라봤다.

"희원씨라도 그렇게 했겠지. 그러니 자꾸 고맙다고 하지 마요. 자꾸 고맙다고 하고 미안하다고 하고 그러지 마, 희원씨."

우리는 버스에서 내려 지하철역으로 걸어갔다.

"용산 어디로 가세요?"

내가 물었다.

"응, 거기 친구들이 있어서 만나기로 했어요."

나는 그녀의 글을 읽지 않은 것처럼, 아무것도 모른다는 듯이 그녀에게 말했다.

"용산 사는 친구분들이 있으세요?"

"아, 나도 용산 살았어요. 거기서 태어나서 대학원 가기 전까지
는 계속 살았어."

그녀는 담담하게 용산에서 살았던 시절에 대해서 이야기했다.
이상하게도 지하철에 나란히 서서 그녀의 이야기를 듣고 있자니 마
음이 가라앉았다. 그녀의 이야기를 듣고 나도 내가 살았던 용산에
대해서 이야기했다. 지난겨울의 그 일이 있고 나서부터 더이상 그쪽
길로 걸어다니지 않고 버스를 타고 비켜 다닌다고, 그렇지만 가족
들에게조차 내 마음을 이야기하지는 못했다고 말했다.

"걸어서 이십 분 거리에 있어요. 집이. 그 건물에서."

나는 그렇게 말하고 애써 웃으려고 노력했다. 건물주가 나가라면
나가야지, 어디 도시 한복판에서 행패야. 아빠는 그렇게 말했다. 그
사람들 어떻게 됐든 그게 나랑 무슨 관곈데? 우리 먹고살기도 빠듯
해 죽겠다. 그렇게 말하는 엄마에게 오빠는 뭐라고 말했지. 태어날
때 가난한 건 죄가 아니지만, 죽을 때 가난한 건 자기 죄야. 나는
아무 말도 하지 않았지만 길을 걸으면서도, 잠들기 전에도 혼자 울
었다.

우리는 그 새벽 우리가 무엇을 하고 있었는지 이야기했다. 나는
그 전날 마신 술 때문에 내내 누워 자고 있었다고 말했고, 그녀는
소논문을 쓰고 있었다고 말했다. 우리는 한동안 별말을 하지 않았
다. 그녀는 주제를 돌려 내가 알 만한 장소들을 물었다. 나는 가봤
다, 아직 못 가봤다, 답을 하면서 그녀가 여전히 그날에 대해 생각
하고 있다는 걸 짐작했다. 애써 밝게 말하려 했지만 목소리가 계속

잠기고 있었고 웃어도 웃는 것처럼 보이지 않아서였다. 같은 시간 그런 일이 벌어지고 있을 때 책상에 앉아서 논문을 쓰고 있었다는 사실만으로도 누군가는 자신의 마음에 상처를 낼 수 있다는 걸 나는 그녀의 얼굴을 보며 이해했다. 터놓고 말하면서 내가 괴로웠다, 내가 상처 입었다, 라고 말할 자격조차 없는 건 나도 마찬가지였으므로. 그렇지만 상처받았다는 사실은 사실 그대로 내 마음에 남아 있었다.

지하철이 한강을 건너가고 있었다. 검은 밤하늘과 검은 강이 배경이 되어 차창으로 우리의 모습이 비쳐 보였다. 키가 크고 골격이 큰 편인 나와, 나보다 머리 하나는 작고 왜소한 그녀가 붙어서 있는 모습이었다. 그렇게 작고 마르고 뼈대가 가는 사람이 그때의 내 눈에는 누구보다도 강한 사람처럼 보였다. 나도 그녀처럼 되고 싶다고 생각했다. 그녀처럼 강한 사람이 되고 싶다고. 나는 고개를 돌려 내 곁의 그녀를 바라봤다. 어깨에 크로스백을 메고 차창을 바라보는 그녀의 모습을 보니 이상하게도 슬프고 그리운 마음이 들었다.

서로의 에세이를 읽고 토론하는 수업이어서 그녀가 강의를 하는 비중보다는 학생들이 말하는 비중이 더 컸다. 상대의 말을 자르거나, 상대의 의견을 무시하는 태도를 지양해야 한다는 원칙은 그때의 수업 이후로 잘 지켜지는 편이었다. 한 학생이 대화를 독점하려고 할 때도 그녀의 개입이 이루어졌다. 그런데도 그녀가 따로 지적할 수 없는 부분에서 은근하게 상대를 존중하지 않는 학생들이 있었다. 그들은 상대는 이런 지식을 알지 못하리라고 확신하듯 '~거든요'라는 종결어미를 즐겨 썼다.

때로는 그녀에게도 그런 식으로 말하곤 했다. 그럴 때면 그녀의 얼굴에 흥미롭다는 미소가 어렸다. 버지니아 울프는 1939년에 죽었거든요. 누군가 그렇게 말하면 흥미롭게 바라보다 아니죠, 1941년이죠, 라고 수정해주는 식이었다. 그녀가 버지니아 울프로 박사논문을 썼음에도 불구하고, 자신들이 그녀를 가르칠 수 있다고 무의식적으로 믿고 있는 것처럼 보였다. 그들이 정교수의 수업이나 남자 강사의 수업에서는 결코 그런 식으로 말하지 않는다는 것 또한 나는 잘 알고 있었다. 그러나 그녀는 그들의 그런 무례에 대해서 단한 번도 지적하지 않았다. 그럴 가치조차 없다는 듯이.

학기가 끝날 무렵, 나도 에세이를 발표했다. '통근'이라는 제목의, 내가 은행에 다니던 시절 걸어다니던 통근 길에 대한 글이었다. 나는 생각이나 판단을 최대한 줄이고, 통근 길에 내 눈에 보이던 것들, 소리, 냄새에 대해 묘사하는 방식으로 글을 써나갔다. 빛에 따라서, 계절에 따라서, 혹은 내 마음 상태에 따라서 그 거리가 어떻게 다르게 보였는지 묘사했다. 외벽에 직사각형 타일을 붙여 마감한 건물, 아침이나 저녁이나 셔터가 내려가 있던 철물점, 화분을 종류별로 가게 앞에 내다놓은 백반집, 버스 정류장 옆의 작은 복권 판매소 같은 풍경들을 그렸다. 글의 후반부에서 나는 그 길에서 사라진 것들에 대해서 이야기했다. 비어버린 건물들, 비어버린 상가들에 대해서. 사람들은 어디로 갔을까. 내가 궁금한 건 오로지 그것뿐이었다고. 사람들은 어디로 갔을까. 나는 그 문장을 반복해서 썼다.

발표가 끝나자 글의 구성과 문법상의 오류에 대한 지적이 이어졌다. 필요 없을 만큼 외부 묘사가 구체적이라는 견해도 있었다. 그런 관계로 가독성이 떨어지고 지루해졌다는 평도 있었다. 몇몇은 내 글이 지닌 장점들을 이야기해주기도 했다. 무난하게 발표가 끝나갈 무렵, 평소에는 별다른 말을 하지 않던 학생 하나가 입을 열었다.

"이 글은 어떤 주장도 하고 있지 않지만, 사실 그 이면에는 어떤 글보다도 분명한 관점이 깔려 있습니다. 도시개발을 부정적으로 바라보는 시각이죠."

그의 말에 다른 학생 하나가 자기 의견을 더했다.

"저도 그렇게 읽었어요. 사람들은 어디로 갔을까, 라는 문장이 계속 반복되고, 개발이 은유적으로 사람을 죽이고 있다는 생각이 들었고요. 여기 동네가 어디예요?"

"용산이요."

내가 대답하자, 강의실에 한동안 침묵이 흘렀다. 몇몇 학생들이 그때의 일을 기억하면서, 그 일이 남긴 충격에 대해 이야기했다. '희생자들'이라는 단어가 나오자 처음 문제제기를 한 학생이 다시 입을 열었다.

"많은 언론에서 말하고 있듯이, 그 사건에는 일방적인 피해자가 없었습니다. 폭력적인 시위가 문제였던 거고요."

맞은편에 앉아 있던 학생 하나가 그 말이 끝나자마자 입을 열었다.

"무슨 언론 보셨는데요. 해외 기사도 보셨나요? 그게 경찰특공대에 철거 용역까지 투입할 상황이었나요. 시위대 폭력이라고요? 고작 이천오백만원 던져주면서 나가라고 하면 저항도 못하고 끌려나

가야 하나요. 정말 그렇게 믿어요? 그 정도의 잔인함이 옳다고?"

나는 아직도 그 말을 하던 사람의 얼굴을 기억한다. 그가 잔인함을 잔인함이라고 말하고, 저항을 저항이라고 소리 내어 말할 때 내 마음도 떨리고 있었다. 누군가가 내가 느꼈던 감정과 생각을 날것 그대로 말하는 모습을 보며 나는 한편으로는 덜 외로워졌지만, 한편으로는 지금까지 그럴 수 없었던, 그러지 않았던 내 비겁함을 동시에 응시할 수 있었기 때문이다.

"다들 너무 격양된 것 같은데, 발표자 글이 그 사건을 다루는 글도 아니잖아요. 발표자는 그래도 편향되지 않고 균형감 있게 잘 쓴 것 같은데요."

누군가 그렇게 말했을 때, 나는 아무렇지 않은 척했지만 수치스러웠다. 내가 그 글을 쓰면서 남들에게 어떻게 읽힐지 의식했다는 사실을 나도 알고 있었기 때문이다. 내가 하고 싶은 말, 표현하고 싶은 생각이나 느낌을 그대로 담았을 때 감상적이라고, 편향된 관점을 지녔다고 비판받을까봐 두려워서 나는 안전한 글쓰기를 택했다. 더 용감해질 수 없었다.

"지금 이 발표자의 글이 그렇다는 건 아니지만."

그녀가 입을 열었다. 그녀는 어떤 사안에 대한 자기 입장이 없다는 건, 그것이 자기 일이 아니라고 고백하는 것밖에 되지 않는다고 말했다. 그건 그저 무관심일 뿐이고, 더 나쁘게 말해서 기득권에 대한 능동적인 순종일 뿐이라고. 글쓰기는 의심하지 않는 순응주의와는 반대되는 행위라고 말했다. 내 글을 지적하는 말이 아니라는 것을 알면서도 나는 그녀의 말을 들으면서 고개를 들 수 없었다.

순응주의, 능동적인 순종. 그런 말들에서 나의 글이, 삶에 대한 나의 태도가 자유롭지 않다는 것을 누구보다도 내가 잘 알고 있었기 때문이다. '지금 이 발표자의 글이 그렇다는 건 아니지만'이라는 말은 나를 모욕하지 않으려는 배려였을 뿐, 그녀가 속으로는 분명 다른 판단을 내렸으리라고 나는 짐작했다. 나는 그때 강의실을 둘러싼 이상한 열기를 기억한다. 그녀의 발언에 대한 지지와, 한편으로는 분명한 반감이 뒤섞인 공기를. 그 학기 내내, 그녀의 수업시간에는 그런 긴장감이 돌곤 했다.

그 일이 있고 한 달쯤 지나서였다. 그날은 금요일이 아니었다. 늦은 오후였고, 지하철을 타려고 플랫폼으로 걸어가는데 그녀와 우연히 마주쳤다. 그녀는 수업시간에는 입고 오지 않던, 후드가 달린 푸른색 코트를 입고 흰 운동화를 신고 있었다. 모른 척하고 지나갈까 했는데 그녀가 나를 알은체해서 우리는 지하철에 같이 올랐다. 지난 발표 이후, 둘이 따로 이야기한 적이 없어서 조금 어색하고 떨렸지만 잡담을 나누면서 긴장이 서서히 풀렸다. 나는 내 글을 그녀가 진심으로 어떻게 생각했는지 궁금해하면서도 내색하지 않고 별 의미 없는 이야기들을 이어나갔다.

지하철에 한 자리가 나서 나는 그녀에게 앉으라고 하고 그녀 앞에 섰다. 그녀는 무릎 위에 크로스백과 책을 올려놓았다. 그 책은 가즈오 이시구로의 *Never Let Me Go*였다. 회사를 다니던 시절에 영인문고에서 사서 읽었던 책이었다. 반가운 마음에 나는 나도 그 책을 재작년에 재미있게 읽었다고 이야기했다.

그녀도 그 책을 거의 다 읽어간다고 말했다. 우리는 그 책에 대해 많은 이야기를 했다. 인물들의 성격에 대해, 헤일섬이라는 공간에 대해서. 나는 그녀와 책에 대해 이야기할 수 있어 기뻤다. 나는 그녀에게 그런 이야기를 했다. 화자인 캐시가 자신이 어린 시절 전체를 보낸 기숙학교 헤일섬의 위치를 모른다는 점이 의아했다고. 운전을 하고 이곳저곳을 다니면서 어쩌면 저곳이 헤일섬이 아닐까, 추측하다가 그렇지 않을 거라고 다시 마음먹는 것이 마음 아팠다고 말이다. 모두를 보내고, 세상에 뚝 떨어져 남은 캐시가 헤일섬을 찾을 수 없다는, 굳이 찾으려 하지 않는다는 설정이 슬펐다고 말했다.

그녀는 캐시가 죽음을 앞두고 계속해서 헤일섬에서의 일을 기억하려 하는 것이 아름다웠다고 답했다. 캐시는 헤일섬을 기억하는 행동으로 자신의 친구 루스와 토미의 영혼을 증명하고 있는 것 같다고. 자기 자신의 영혼조차도. 헤일섬은 그러니까 하나의 장소가 아니라 캐시 자신일 수도, 루스일 수도, 토미일 수도 있다고 말했다. 나는 아직도 그녀가 내게 했던 말을 기억한다. 기억하는 일이 사랑하는 사람들의 영혼을, 자신의 영혼을 증명하는 행동이라는 말을.

나는 망설이다 그녀에게 말했다.

"저, 선생님이 쓰신 책 봤어요."

"출판사가 없어졌죠. 그거 나오고."

그녀는 그렇게 말하고 예의 그 짓궂은 표정으로 웃었다.

"나도 없어요, 그 책. 사람들한테 다 나눠줘서."

"제가 운이 좋았네요."

"글쎄요."

"영인문고에 대해 쓰신 것도 읽었어요. 저 이 책도 영인문고에서 샀었거든요."

"그래요?"

"네."

"그 책 나올 때까지만 해도 있었어요, 영인문고."

"사장님 소식 아세요?"

"아니요."

그녀는 그렇게 말하더니 가만히 책표지를 내려다봤다.

나는 그녀에게 영인문고에서 보낸 시간에 대해 이야기했다. 책방인데도 늦게까지 문을 열어서 퇴근 후에 둘러보기도 하고, 가끔은 책방에 비치된 의자에 앉아서 졸기도 했다고. 주인이 철저히 무심한 사람이어서 손님들에게 관여하지 않았고, 그런 이유 때문에 자주 갔던 것 같다는 말도 했다. 주인이 계산대에 앉아서 가게 한쪽에 마련된 작은 텔레비전으로 일일 드라마를 보곤 하던 기억이 떠오른다고 말할 때, 그녀는 잠시 소리 내어 웃었다.

"저번 수업시간에 내가 했던 말 있잖아요."

그녀가 말했다.

"누가, 희원씨 글 읽고 편향되지 않아서 좋다고 얘기해서 내가 했던 말 있잖아."

그녀는 두 손으로 책을 만지작거리면서 말을 이었다.

"난 편향되지 않아 좋다는 말 자체를 이야기하고 싶었지, 희원씨 글이 자기 입장 없는 글이라고는 생각 안 했어. 그건 그 친구가 잘못 읽은 거지. 혹시 오해할까봐 얘기해요."

그녀는 그 자리에서 그간 내가 제출한 에세이들에 대해 좋은 평을 했다. 명료하게 자기 생각을 보여주는 글도 있지만, 한쪽으로 비켜서서 응시하는 글도 있으며, 어떤 방식이 더 좋은 것인지는 분명히 이야기할 수 없다고 했다. 사람들이 어떤 말을 하느냐에 휘둘리느라 자기 목소리를 잃어서는 안 된다고 그녀는 내게 넌지시 말했다. 하나의 글을 놓고 여러 명이 부족한 부분을 중심으로 지적하는 식의 수업이 얼마나 도움이 되는지 모르겠다고 혼잣말처럼 이야기하기도 했다. 나는 그런 말을 하며 책 모서리를 만지작거리는 그녀의 기다란 손가락을 바라봤다.

그녀는 기말고사 주간에 같이 영화를 보자고 했다. 출석 체크는 하지 않을 거고, 같이 영화를 볼 사람만 나오라고 했다. 극장 앞에 가보니 그녀를 포함한 여섯 명이 모여 있었다. 우리는 극장 가운데 열에 나란히 앉아서 영화를 봤다. 극장에서 나오자 어두운 거리의 노점 불빛이 보였고, 밤 굽는 냄새, 오징어 굽는 냄새가 났다. 우리는 그녀를 따라 극장에서 가까운 닭갈빗집에 갔다. 일곱 명이 다닥다닥 붙어앉아 먹을 수 있는 곳이었다. 연말이고 크리스마스가 가까운 금요일 밤이어서 우리는 밖에서 잠시 기다리며 영화에 대한 감상을 나눴다.

은근한 우애가 느껴졌던 밤으로 기억한다. 우리는 한 학기 동안 수업에서 느꼈던 마음을 공유했다. 겉으로 말을 하지는 않았지만 지적인 자극을 주는 젊은 여자 선생님을 만난 것만으로도 그들 역시 나처럼 좋은 시간을 보냈던 것 같았다. 그녀는 수업시간의 진지

한 표정을 지우고 우리의 대화에 자연스럽게 참여했다.

닭갈비를 먹고, 밥을 볶아 먹는 동안 우리는 술을 마시지도 않고 기분이 좋아져 서로에 대해 묻고 답했다. 장래에 대해 이야기를 나누기도 했다. 누군가는 은행에, 누군가는 출판사에, 누군가는 외국계기업에 취업하고 싶다고 말했고, 우리는 서로를 격려했다. 그녀도 그런 꿈들에 대해 긍정적으로 반응했다.

"언니 은행 다녔다고 하지 않았어요?"

은행에 지원한다는 학생이 내게 물었다. 나는 일의 장점과 단점에 대해 이야기했다.

"왜 관둔 거예요?"

나는 재수를 하고 싶었지만 하지 못했던 일, 성적을 맞춰 들어간 학과 공부가 맞지 않아 괴로웠지만 쫓기듯이 취직을 해야 했던 일 같은 것들을 이야기했다.

"근데 다른 곳도 아니고 왜 대학으로 다시 온 거죠?"

은행에 취업하고 싶다던 학생이 내게 물었다. 그 학생 옆에 앉아 있던 그녀도 궁금하다는 듯 나를 쳐다봤다. 따로 몇 번 만나 이야기를 하면서도 그녀는 내게 그 질문을 하지 않았었다.

"대학원 가고 싶어서요."

나는 내 대답에 그녀의 얼굴에서 미소가 사라지는 모습을 봤다.

"오래 생각한 건가요?"

그녀가 장난기 없는 얼굴로 내게 물었다.

"네."

나는 그렇게 말하고 그 짧은 순간, 그녀가 내 말에 긍정적으로 반응하기를 기대했다.

"바로 결정해야 할 일은 아니니까, 희원씨."

그녀는 그렇게 말하고 잠시 망설이다 말을 이었다.

"공부는 대학원 아닌 곳에서도 할 수 있는 거, 희원씨도 알죠."

그때 내 표정이 어떠했는지 나는 모른다. 그러나 그녀의 말에 한동안 침묵이 흐르고, 다른 학생들이 그 상황을 불편해했던 것은 분명하다. 나는 당혹감을 숨기지 못했을 것이다. 그때 나는 그녀가 나를 공부할 능력이 부족한 사람으로 판단했다고 생각했다. 다른 사람들이 나의 미래에 대해 비관적으로 말하는 건 괜찮았다. 그렇지만 내가 공부하고 싶은 분야의 선생님이자 선배인 그녀의 입에서 나온 그 말은 나를 슬프게 했다. 다른 학생들의 꿈에 대해서는 응원해줬으면서 왜 나에게만 이렇게 회의적으로 반응하는 것일까. 나는 가라앉은 마음을 모른 체해가며 그 자리에 앉아서 내내 아무렇지 않은 척하려 노력했다. 그렇지만 내가 원하는 만큼 능숙하게 내 감정을 감추지는 못했던 것 같다.

우리는 닭갈빗집에서 나와서 뿔뿔이 흩어졌다. 나는 걷고 싶어서, 시청역 쪽으로 가겠다고 했다. 그녀는 자기도 그쪽으로 가야 한다고 말하고 내 곁에서 걸었다. 우리는 인파로 북적이는 종로 거리를 헤치며 걸었다. 분식 냄새, 튀김 기름 냄새에 겨울 밤공기가 섞인 냄새가 났다. 우리는 별말 없이 걷다가 보신각 앞까지 왔다.

그녀는 내게 시간이 있느냐고 물었다. 나는 아까 그녀의 말에 상처받았다는 걸 들키고 싶지 않아서 태연히 웃으며 시간이 있다고 답했다. 우리는 길을 건너 카페에 들어갔다. 사람들로 가득차서, 겨우 남아 있는 한 테이블에 앉았는데 호프집이라고 해도 믿을 수 있을 정도로 시끄러웠다.

"희원씨, 아까는 내가……"

그녀는 망설이다 말을 이었다.

"나도 뒤늦게 대학원 갔던 거 알죠. 책에 썼으니까."

"네."

그녀는 나를 한참 바라보다가 입을 열었다.

"지금 내가 무슨 말을 하든, 희원씨 입장에서는 받아들이기가 힘들 테니까. 가봐요. 그리고 아니라는 생각이 들면 바로 나와요."

"저, 큰 환상 없어요. 이십대 초반도 아니고, 직장생활도 했어요."

나는 그녀가 나를 세상 물정 모르는 순진한 사람으로 보는 것이 싫어서, 내가 그런 사람이 아니라는 걸 보여주기 위해 애썼다.

"그래요, 그래요, 희원씨."

그녀는 나를 보고 내 마음을 이해한다는 듯, 희미하게 웃었다. 나는 대화의 주제를 돌려 내가 그녀의 수업에서 얼마나 많은 영향을 받았는지 이야기했다.

"편안한 수업은 아니었지."

그녀는 그렇게 말하고 장난스럽게 웃었다. 무슨 뜻인지 알잖아, 하는 표정이었다. 그 순간, 무슨 이유였는지 나는 그녀에게 토를 달던 학생들에 대해 말하고 싶은 욕구를 느꼈다.

"선생님은 저희한테 과분했죠. 무례한 애들, 선생님이 젊은 여자 강사가 아니었다면 그렇게 하지 않았을 거예요."

"글쎄."

그녀는 엷게 웃으며 말을 흐렸다.

"선생님이 정교수였다고 해도 그러지 못했을 거고요."

거기까지 말하고, 나는 그녀의 얼굴에서 미소가 사라지고 있다는 걸 알아차렸다. 그런 식으로 그녀의 자존심을 건드려서는 안 됐다고, 나는 내 말을 끝내는 동시에 깨달았다.

그녀는 시선을 탁자에 두고 자세를 여러 번 고쳐 앉았다. 내가 앞에 있다는 걸 잊은 것처럼 침묵했는데, 내 말에 대해 곰곰이 생각하는 것처럼 보였다. 한참의 시간이 흐르고 그녀는 고개를 들어 나를 봤다.

"정말 그렇게 생각하나요."

그녀가 작은 목소리로 물었다. 나는 고개를 끄덕였다.

"기분 나쁘셨다면 죄송해요."

"아니에요. 나는 단지……"

그녀는 망설이다 말을 이었다.

"희원씨가 앞으로 겪을 일들을 그런 식으로만 생각하지 않았으면 좋겠어서."

그녀의 말이 내게는, 자격지심이나 피해의식을 갖지 말라는 충고로 들렸다. 그런 식의 생각이 얼마나 어리고 미성숙한 것인지 왜 모르느냐는 채근으로 들렸다. 나는 내가 그런 어린애가 아니라고 항변하고 싶었지만 어떻게 말해야 하는지 알 수 없어서 그녀의 말에 그다지 타격을 입지 않았다는 듯이 선선히 고개를 끄덕였다.

우리는 차 한 잔을 다 마시고 밖으로 나왔다. 조금 더 쌀쌀해진 거리를 걷다가 그녀는 버스 정류장 앞에 멈춰 섰다.

"나는 여기서 가요."

그녀가 말했다.

"가시는 것만 보고 갈게요."

나는 그녀 곁에 서서 가방 안에서 지갑을 찾는 그녀의 모습을 바라보고 있었다. 그녀는 가방에서 지갑을 꺼내고 나를 보더니 입을 열었다.

"아까 희원씨가 했던 말, 내가 여자 강사여서 그랬다는 말 있잖아."

"네."

"나도 모르는 거 아니야. 난 희원씨가……"

그녀는 거기까지 말하고 망설이다가 긴 숨을 뱉었다. 흰 입김이 찬 공기 안에서 퍼져나갔다. 그녀가 기다리던 버스가 정류장에 도착했다.

나는 그때 그녀가 무슨 말을 하려던 것인지 종종 상상하곤 했다. 나도 모르는 거 아니야. 난 희원씨가 세상 탓하면서 해소되지도 않을 억울함 느끼는 것 바라지 않아. 나도 모르는 거 아니야. 난 희원씨가 어린 여자라는 이유로 무례하게 대하는 사람들, 그냥 무시해버렸으면 좋겠어. 나도 모르는 거 아니야. 난 희원씨가 상처의 원인을 헤집으면서 스스로를 더 괴롭게 하지 않았으면 좋겠어.

하지만 시간이 지날수록, 그다음 문장이 어떻게 완성되었을지는 그렇게 중요한 일이 아니라는 생각이 들었다. 그것이 어떤 문장이든, 그녀는 내가 자신보다는 나은 경험을 하기를, 자신이 겪었던 일을 겪지 않기를 바랐을 것이다. 그리고 그것이 그녀의 자존심이자 힘이었으리라는 생각도 한다. 자신의 조건을 탓하지 않고, 자신이 겪는 부당함을 인지하면서도 인정은 하지 않으려는 마음 같은 것 말이다. 그 마음이 그녀를 지켜주었는지도 모른다. 비록 동의할 수 없지만, 이해할 수는 있는 마음이라고 지금의 나는 생각한다.

대학원을 다니면서, 논문을 쓰면서 나는 그녀를 종종 떠올렸다. 그녀가 더 자주 생각났던 건 강의를 시작하고서부터였다. 나는 그녀가 진행했던 수업과 나의 수업을 견주어보았고, 그녀가 그녀의 위치에서 경험했을 감정들을 조금 더 가까이 느낄 수 있었다. 십 년 전 어느 날, 나는 그녀에게 그녀가 여자 강사이기 때문에 겪어야 했던 무례를 이야기했었다. 마치 내게는 그런 일이 아주 멀고 무관하기만 할 것처럼.

시외버스를 타고 강의를 다녀와 피로를 억누르며 책을 펼칠 때, 강사 평가서를 읽으며 내가 누군가에게는 한시도 견딜 수 없는 형편없는 강사임을 확인할 때, 무례한 학생에게 감정적으로 대응하고 후회할 때, 이미 짜인 커리큘럼 안에서 나조차도 지루함을 느끼며 형식적인 강의를 할 때, 성과를 위해 억지로 논문을 쓸 때, 학회 간사로 일하며 교수들에게 전화를 하고 메일을 보내느라 하루가 다 갈 때, 무너지지 않으려고, 아니, 무너지지 않은 것처럼 보이려고 안간힘을 쓸 때, 현관문을 열기 전까지 울어서는 안 된다고 참으며 집으로 걸어갈 때에도, 나는 어딘가에 있을 그녀에게 묻고 싶었다. 그녀가 어떻게 그 시간을 지나왔는지, 지금 어떻게 살고 있는지.

어느 순간부터 나는 그녀의 이름으로 나온 글이나 번역서를 찾아볼 수 없었다. 십 년 전의 내 눈에는 누구보다도 똑똑하고 강해 보였던 그녀가 어디에도 자리잡지 못하고, 글이나 공부와 무관한 사람으로 살아간다는 사실이 때로는 나를 얼어붙게 한다. 나는 나아갈 수 있을까. 사라지지 않을 수 있을까. 머물렀던 흔적조차 남기지 않고 떠난, 떠나게 된 숱한 사람들처럼 나 또한 그렇게 사라질까. 이 질문에 나는 온전한 긍정도, 온전한 부정도 할 수 없다. 나는 불안하지 않았던 시간을 기억하지 못한다.

그녀가 공부하는 사람이 되기로 마음먹었던 순간에 대해 쓴 글을 나는 아직도 기억한다. 퇴근을 하고 책상 앞에 앉아 책에 밑줄을 긋고 자신의 생각을 정리하는 순간에 투명 망토를 두른 것 같았다고 그녀는 썼다. 세상에서 사라지는 기분이라고. 그녀는 이미 세상에서 사라져버린 사람들과, 그 사람들의 머릿속에서 그려진 세상이 언제나 자신이 살고 있는 세상보다도 더 가깝게 느껴졌다고 썼다. 그럴 때면 벌어진 상처로 빛이 들어오는 기분이었다고, 그 빛으로 보이는 것들이 있다고 했다. "더 가보고 싶었다." 그녀는 그렇게 썼다. 나는 그녀의 문장에 밑줄을 긋고, 그녀의 언어가 나의 마음을 설명하는 경험을 했다.

나도, 더 가보고 싶었던 것뿐이었다.

어쩌면 그때의 나는 막연하게나마 그녀를 따라가고 싶었던 것 같다. 나와 닮은 누군가가 등불을 들고 내 앞에서 걸어주고, 내가 발을 디딜 곳이 허공이 아니라는 사실만이라도 알려주기를 바랐는지 모른다. 어디로 가는지 모르지만, 적어도 사라지지 않고 계속 나아갈 수 있다는 걸 알려주는 빛, 그런 빛을 좇고 싶었는지 모른다.

그리고 나는 그 빛을 다른 사람이 아닌 그녀에게서 보고 싶었다. 그 빛이 사라진 후, 나는 아직 더듬거리며 내가 어디까지 왔는지 어림해보곤 한다. 그리고 어디로 가게 될 것인지도. 나는 그녀가 갔던 곳까지는 온 걸까. 아직 다다르지 않았나. 내가 그렇게 생각하는 동안에도 그토록 조급하게 사람들을 몰아내고 건물을 부수었던 자리는 공터로 남아 있었다. 내가 늦깎이 대학생에서 대학원생으로, 시간강사로 나아가는 동안, 빛나던 젊은 강사였던 그녀가 더이상 내가 찾을 수 없는 사람이 되어버리는 동안에도 그곳은 여전히 빈터였다. 나는 이제 그곳을 피해 지나가지 않는다. 건물을 부수고 사람들을 내쫓느라 그렇게도 분주하고 그렇게도 가혹했던 마음이 어디로 가지 않고 여전히 이곳에 머무르고 있다는 사실을 바라보면서.

선생님.

어느 날 퇴근하던 길, 나는 그녀를 마음속으로 부르고 긴 숨을 내쉬었다. 나의 숨은 흰 수증기가 되어 공중에서 흩어졌다. 나는 그때 내가 겨울의 한가운데에 있다는 사실을 알았다. 겨울은 사람의 숨이 눈으로 보이는 유일한 계절이니까. 언젠가 내게 하고 싶은 말을 참으며 긴 숨을 내쉬던 그녀의 모습이 눈앞에 보일 것처럼 떠올랐다.

그 모습이 흩어지지 않도록 어둠 속에서, 나는 잠시 눈을 감았다.

'우리'라는 말

　작가 생활을 한 지 육 년이 조금 더 되었다. 오 년 정도는 꾸준히 글을 써왔는데, 작년 한 해는 소설을 제대로 쓸 수 없었다. 소설은커녕 생활 자체가 어려웠다.

　가장 가까운 사람에게 돌이킬 수 없는 상처를 주고도 인간과 윤리를 말한다며 글을 쓰고 발표하는 사람을 봤다. 눈물 흘리는 사람에게 지나간 일을 왜 자꾸 언급하느냐고 도리어 화를 내는 사람을 봤다. 나의 고통이 법의 언어로 받아들여지지 않는 경험을 했다. 가끔은 이제 내가 예전의 나일 수 없다는 것이 슬프기도 했다. 더이상 사람과 세상을 예전만큼 믿을 수 없게 되어버린 내 모습을 받아들이기가 어려웠다. 내가 이렇게 망가지고도 글을 계속 쓸 수 있을지 몰라서 우는 날이 길었다.

　'이런 고통을 겪지 않았다면 얼마나 좋았을까'라고 때때로 생각하다가도 '나는 글을 쓰는 사람이야'라는 생각을 붙잡고 일어나려고 노력했다. '나는 망가진 것이 아니라 어두운 일과 싸웠던 거야'라고. 나는 내가 이번 일로 겪은 상처로 인해 더 강해졌다고 생각하지 않는다. 내가 통과하고 있는 이 고통에 끝이 있는지 없는지도 모른다. 그래서 더 진실해지고 싶다. 내 글이 내 삶과 유리되지 않도록 나를, 내 글을 지키고 싶다. 나를 믿었던 사람들을 배반하고 그들에게 상처 주고 싶지 않다.

「아주 희미한 빛으로도」는 내게 한 시기의 끝을 의미하는 소설이기도 하다. 이 소설을 쓰고 십 개월 동안 소설을 쓰지 못하다 작년 11월에 다시 펜을 들었다. 아직 온전히 회복되지 못해서 예전처럼 집중할 수는 없지만 매일 도서관에 가서 몇 줄이라도 쓰고 온다. 매일 몇 줄이라도 쓸 수 있다는 것이 얼마나 감사한 일인지 예전에는 잘 알지 못했었다. 다시 쓸 수 있어서 행복하다. 삶으로 기어나온 것 같다.

'글쓰는 일은 혼자 하는 일이어서 좋다'라는 말을 종종 했다. 그러나 그건 내 착각이었던 것 같다. 내가 두려움에 맞서도록 도와준 사람들, 나의 글을 끝까지 믿어준 사람들, 쓰는 사람으로서의 나를 지지해준 사람들이 아니었더라면 나는 계속 글을 쓰기 어려웠을 것이다. 친구들에게 고맙다. 나는 나의 행복만큼 내 친구들의 행복을 원한다. 우리가 계속 밝은 곳으로 가려는 마음을 버리지 않을 수 있기를, 자신을 내팽개치지 않기를 바란다. 내 입에는 자꾸 '우리'라는 말이 맴돈다. 내가 사랑하는 사람들이 다치지 않는 세상을 꿈꾼다.

다시 글을 쓰는 사람으로 살고 싶다. 언젠가 지금을 돌아봤을 때, 그렇게 주저앉아 있다가도 일어나 글을 쓸 수 있었던 시기였다고 기억하고 싶다.

다시 살아가고 싶다.

희미한 그러나 '빛'
— 여성 서사에 대한 소론

선우은실

    최은영의 「아주 희미한 빛으로도」를 '여성 서사'라 말할 때, '여성 서사'를 무어라 이해할 수 있을까.

    이 소설에는 여성 화자가 등장한다. 화자는 여성 인물에 대해 말하고, 또다른 등장인물이 자신과 언니의 삶에 대해 이야기하기도 한다. 여성 인물이 등장해 공적/사적 영역 속 여성의 삶에 대해 성찰한다는 데서 '여성 서사'의 한 모습을 발견할 수 있지만 그게 다는 아니다. 설정과 소재 면에서 드러난 '여성' 또는 '여성문제'를 이 소설이 어떤 방식으로 바라보고 해석하고 있는가 하는 질문이 더해질 때 소재나 주제에 국한되지 않고 '여성 서사'에 대해 더 깊이 있는 질문을 던질 수 있을 것이다.

    '여성 서사'라는 키워드를 가지고 소설 읽기를 시작하며 이런 질문을 던져본다. 개인적인 일이란 무엇인가. 공과 사를 구분하고 공적 영역에서의 자기와 사적 영역에서의 자기를 분리하여 생각하는 것은 통념처럼 정말 가능한가? 분리된 영역에 대한 인식은 어떤 삶의 오류/어려움을 발생시키며 어떤 식으로 봉합되고 추슬러져 삶을 다음으로 나아가게 할까. 소설의 제목 '아주 희미한 빛으로도'는 이에 대한 하나의 대답처럼 보인다. 몇몇 장면에 주목하며 소설을 읽어본다.

개인적인 일/평범한 이야기란 무엇인가—인식의 구조/방식

소설은 희원이 십 년 전 '선생님'의 수업을 들었던 시점에서 시작된다. 다니던 은행을 그만두고 대학교로 돌아온 희원은 한 영어 에세이 수업에서 선생님을 만난다. 어느 날 수업을 받다가 예기치 않게 생리혈이 샌 희원은 선생님에게 도움을 요청한다. 그녀는 재킷을 건네주고 자신의 집에 데려가 속옷과 옷을 빌려준다. 그녀에게 도움을 받았다는 사실과 더불어, 자신을 질책하는 대신 "나도 한 번 그런 적 있어"(59쪽)라고 말해주는 선생님의 태도에서 희원과 독자는 경험(적 유사성)에 기반하여 형성되는 친밀감을 느낀다. 이렇듯 경험의 동질성은 '여성 서사'를 이해하는 하나의 근거가 될 수 있지만, 경험적인 것에만 소설의 의미가 한정된다면 조금 아쉬울 것 같다. 그렇다면 어떤 질문이 더 필요할까?

나는 재미있는 사람도, 웃기는 사람도 아니었다. 누군가에게 나는 비정규직 은행원이었고, 누군가에게는 다이어트가 필요한 어린 여자애였으며, 누군가에게는 빠른 일 처리가 필요한 기계였고, 누군가에게는 하소연을 들어줄 사람이었고, 누군가에게는 감정도, 생각도, 느낌도, 자기만의 언어도 없는, 반격할 힘도 없는 인형이었으니까.(61쪽)

희원은 선생님의 집에 들러 도움을 받고 이런저런 이야기를 나눈다. 이야기를 들은 선생님이 "호기심이 많"(61쪽)다고 말하며 웃자 희원은 위와 같이 생각한다. 희원은 공적 영역에서 부과된 역할로써 자신을 설명한다. 사적 영역 안에서의 자기의 가치에 대해서는 언급되지 않으며 자신의 감정이나 성격 같은 내면에 대한 평판은 부정된다("재미있는 사람도, 웃기는 사람도 아니었다"). 여기에서 희원이 이러한 자기 인식을 하도록 만든 맥락을 살피는 것이 중요하다. "비정규직 은행원" "다이어트가 필요한 어린 여자애" "기계"와 같은 표현은 공적 영역에서 희원의 삶이 불안정/불완전한 것으로 인식되고 있음을 드러내는데, 이는 '여성'이라는 정체성과 얽혀 있다. 희원에게는 능력/기술적 측면에서 사회적 필요를 증명하는 동시에 '날씬한 여자'가 되기를 요구하는 성별에 대한 이중 억압이 부과되어 있다. 이렇게 볼 때 젠더는 그저 개인적인 것이 아니라 개인적인 동시에 사회적인 것이다.

독자가 소설의 인물과 자신을 부분적으로 동일시할 수 있다면 그것은 경험적 유사성은 물론 '사회적인 젠더의 구성에 대한 이해'에 의해 가능하다. '사적 영역'의 개인과 '공적 영역'의 개인을 구분

해서 생각할 필요가 있다는 점을 인지하면서, 실제 개인의 삶에서
그 영역은 완전히 분리되지 않음을 고려할 때 여성 서사 및 그 서
사와 관계 맺는 개개인의 삶에 대한 이해의 영역이 넓어진다. "감정
도, 생각도, 느낌도, 자기만의 언어도 없는" "인형"이라는 희원의 자
기표현은 개인적인 것이 소거당한 여성 화자의 자기 인식으로 읽을
수 있고, 그것은 아주 개인적인 동시에 사회 구성적인 문제라는 해
석이 가능하다. 희원은 어째서 이러한 사고를 하게 되었을까?

　　"이것은 내가 서른네번째 쓰는 자기소개서다"라는 첫 문장 뒤로
　그녀는 자기소개서에 쓸 수 없었던, 혹은 자기소개서에 썼으나 사실
　이 아니었던 내용에 대해 담담하게 써내려갔다. 아이를 낳고 퇴사한
　첫째 언니, 계약직으로 일하면서 서른다섯이 되면 더이상 고용될 수
　없으리라는 불안을 지니고 사는 둘째 언니에 대한 이야기를 하면서
　그녀는 자신의 삶이 두 언니들과 어떻게 다를 것인지 궁금하다고
　썼다.(67쪽)

　　"저는 저나 저희 언니들이 겪는 문제를 모두 저희들 탓으로만 생
　각하지 않아요. 그렇게 생각한다면 미안한 일이죠, 저나 저희 언니
　들에게나."(68쪽)

　한 학생이 자신 및 자신과 관계된 삶(자신의 언니들의 삶)에 대한
에세이를 발표한다. 발표자는 여성의 삶에서 발생하는 문제에 대해
말한다. 육아의 문제와 고용 불안정이 여성에게 부과되는 사회적인

역할과 결합됨으로써 발생한다는 것을 안다면 이 학생이 제기하고 있는 문제적 현실은 개인의 문제로 국한될 수 없다. 우리는 무엇이 어떤 문제들을 사적/공적인 것이라 말하면서 가치판단하고 있는지 생각해야 한다.

발표가 끝나지 어떤 학생이 발표자의 글을 '극단적'이라 평하고, 이에 희원은 그것이 극단적인 즉 소수의 문제가 아니라 "평범한 이야기"(68쪽)이지 않느냐고 반문한다. 그러자 다른 학생이 희원에게 "중요한 건 그런 게 아니라 (……) 신자유주의적 경제 개편"(같은 쪽)이라 반박한다. 극단적이라 여겨지는 이야기는 평범한 이야기가 될 수 없는가? 평범한 이야기라면 중요한 것이 아니게 되는가. 사회적인 구조가 개인의 삶을 이해하는 방식에 영향을 미치는 것을 모두가 이해하고 있음에도 그 이해의 방식에 어째서 젠더적인 측면─그와 관련하여 극단적이라 여겨질 만큼 두드러지는 억압적인 형태의 압박이 있다는 것─은 포함되지 않는지 질문할 필요가 있다. 희원이라는 한 개인의 자기 인식은 이러한 내외부적 담론 속에서 구성된다. 평범과 극단, 중요와 사소의 영역을 오가며 학습되고 내재화되면서, 그러나 그 요구들에 모종의 거부감을 느끼면서.

사회적인 일/중요한 이야기는 무엇인가─말하기의 방식

삶에서 '중요한' 이야기란 도대체 무엇일까.

학기가 끝날 무렵, 나도 에세이를 발표했다. '통근'이라는 제목의, 내가 은행에 다니던 시절 걸어다니던 통근 길에 대한 글이었다. (……) 글의 후반부에서 나는 그 길에서 사라진 것들에 대해서 이야기했다. 비어버린 건물들, 비어버린 상가들에 대해서. 사람들은 어디로 갔을까. 내가 궁금한 건 오로지 그것뿐이었다고. 사람들은 어디로 갔을까. 나는 그 문장을 반복해서 썼다.

(……)

"다들 너무 격양된 것 같은데, 발표자 글이 그 사건을 다루는 글도 아니잖아요. 발표자는 그래도 편향되지 않고 균형감 있게 잘 쓴 것 같은데요."

누군가 그렇게 말했을 때, 나는 아무렇지 않은 척했지만 수치스러웠다. 내가 그 글을 쓰면서 남들에게 어떻게 읽힐지 의식했다는 사실을 나도 알고 있었기 때문이다. 내가 하고 싶은 말, 표현하고 싶은 생각이나 느낌을 그대로 담았을 때 감상적이라고, 편향된 관점을 지녔다고 비판받을까봐 두려워서 나는 안전한 글쓰기를 택했다.(73~75쪽)

희원이 쓴 에세이에서 "비어버린 상가"로 암시되는 "그 사건"은 용산 재개발과 관련하여 정부와 주민이 대치하는 과정에서 벌어진 '용산 참사'다. '중요한 문제'와 관련하여 논점은 희원이 용산 참사를 언급했다는 사실을 지나 그것을 '어떤 관점에서 어떤 방식으로 말하고자 했는가'에 맞춰진다. 희원이 한 사건을 자신의 관점에서 말하고자 했을 때 타인의 평가를 우려하여 선택한 말하기 방식과 그

결과 토론의 현장에서 느낀 수치심은 그것과 관련이 있다. 희원이 수치스러운 이유는 자신의 이야기를 했기 때문이 아니라, "그 사건"에 대해 방어적으로 굴고자 했음을 스스로 알고 있기 때문이다.

여기에서 희원의 용산 참사를 다루는 태도의 온당성이나 정치적 입장에 대한 비판적 고찰이 가능하지만 소설이 희원과 선생님의 관계 속에서 구축된다는 점을 주목해볼 필요도 있다. 선생님은 이 글을 둘러싼 토론을 지켜보다가 "어떤 사안에 대한 자기 입장이 없다는 건 (……) 더 나쁘게 말해서 기득권에 대한 능동적인 순종일 뿐"이며 "글쓰기는 의심하지 않는 순응주의와는 반대되는 행위"(75쪽)라 말한다. 이는 글쓰기라는 행위에 수반되는 '사적이고도 공적인 문제를 발견하는 시선'에 대한 논평이다. 그런 점에서 희원이 수치스럽게 생각하는 자신의 소극적인 글쓰기는 행위 면에서 실은 선생님의 에세이 쓰기와 크게 다르지 않다. 그녀가 자신의 에세이에서 용산으로부터 벗어나고 싶음을 고백함과 동시에 삶에서 느끼는 지독한 염증에 대해 "아무것도 미화하지 않고 노골적으로"(66쪽) 쓴 것은 글쓰기의 방식에서는 희원과 대비된다. 그렇지만 글로써 드러내고자 했던 것과 끝내 드러내지 못한 것을 바라봄으로써 다음 단계를 도모한다는 점은 두 글쓰기의 교집합이다. 중요한 이야기는 내용의 경중에 따라 결정되는 것이 아니라 그것을 다루는 방식/시선과 관련된다. 따라서 '중요한 이야기는 무엇인가' 하는 질문은 '중요한 이야기는 어떻게 중요한 것이 되는가'로 대체된다.

희원은 수업을 들으며 타인의 언어가 자신을 규정하는 방식을 그대로 수용하는 일 또는 타인의 시선을 염려하여 자신의 신념을 검열하는 일에 대해 진지하게 생각하기 시작한다. 여기에 소설의 한 장면을 덧붙여보자.

"선생님은 저희한테 과분했죠. 무례한 애들, 선생님이 젊은 여자 강사가 아니었다면 그렇게 하지 않았을 거예요."
(……)
"선생님이 정교수였다고 해도 그러지 못했을 거고요."
거기까지 말하고, 나는 그녀의 얼굴에서 미소가 사라지고 있다는 걸 알아차렸다. 그런 식으로 그녀의 자존심을 건드려서는 안 됐다고, 나는 내 말을 끝내는 동시에 깨달았다.(82~83쪽)

희원은 단체 영화 관람 이후 선생님과 따로 갖게 된 자리에서 그녀가 여성이자 비정규직 강사라는 복합적 사회적 조건으로 인해 겪은 부당한 대우에 대해 토로한다. 이 말에 오류나 실수가 있었다면 그것은 무엇일까. 우리는 때로 사실을 말하기만 한다면 그것이 어떤 형태로 발화되든지 어떤 추가적인 의미를 얻든지 크게 상관하지 않는 것 같다. 어떤 것이 사실이라면 그대로 말해도 괜찮은가? (희원의 말을 빌리자면) "자존심"에 상처를 입어가며 '여성-강사'가 당면한 부당한 현실을 인정하는 것이 무엇을 해결할 수 있는가. 남성이 되거나 정교수가 되는 것으로 문제는 단순하게 해결되지 않는다. 남성이 되거나 정교수가 된다고 하더라도 그 과정에서 여성이자 비정규직인 선생님이 어떤 불공정한 일을 겪어내고 극복해야 할지

(그리고 그녀의 뒤를 이을 또다른 '여성 강사'도 과연 동일한 방법으로 문제를 해결할 수 있을지) 우리는 예상할 수 있기 때문이다.

희원은 물론 선생님의 편을 들고 싶은 마음에 그렇게 말했을 것이나 이후 둘은 다시 얼굴을 보기 어려워진다. 진심이 어떠했든 어떤 실수는 관계를 완전히 망쳐 이전과 같은 상태로 회복할 수 없게 만들기도 한다. 희원의 말이 맞는가 틀렸는가 하는 문제 이상의 관계의 복잡성이 개입해 있음을 놓치지 말기로 하면서 이후의 장면을 살핀다.

> "나도 모르는 거 아니야. 난 희원씨가……"
>
> (……)
>
> 하지만 시간이 지날수록, 그다음 문장이 어떻게 완성되었을지는 그렇게 중요한 일이 아니라는 생각이 들었다. 그것이 어떤 문장이든, 그녀는 내가 자신보다는 나은 경험을 하기를, 자신이 겪었던 일을 겪지 않기를 바랐을 것이다.(84쪽)

> 나와 닮은 누군가가 등불을 들고 내 앞에서 걸어주고, 내가 발을 디딜 곳이 허공이 아니라는 사실만이라도 알려주기를 바랐는지 모른다. 어디로 가는지 모르지만, 적어도 사라지지 않고 계속 나아갈 수 있다는 걸 알려주는 빛, 그런 빛을 좇고 싶었는지 모른다.(86쪽)

선생님이 자기가 한 말에 어떤 말을 덧붙이려고 했는지 희원은 끝내 알지 못한다. 하지만 그녀가 나중에 생각하듯 그것은 그리 중요한 일이 아닐 수 있다. 이는 희원이 대학원에 진학하고 강사로 일하는 등 선생님과 유사한 길을 밟으며 그녀를 다시 떠올리는 시점에 조금 더 분명해진다. 앞서 사실을 말한다고 해서 그것이 밝은 미래로 나아갈 지침이 되지는 않음을 확인했다. '사실-현실'을 부정하자는 의미는 아니다. 희원이 언급한 "자존심"은 시간이 흐르면서 "빛"이 되기도 한다. 빛, 즉 우리가 승인하는 젠더의 위계와 사회구조적인 불평등이 정말로 '사실'로서 인정되어야 하는지 묻던 선생님의 빛나는 삶의 궤적은 '사실'의 '다음'을 생각하도록 만든다. 희원이 얻고자 했던 한줄기 확신은 처음부터 남으로부터 얻어질 수는 없는 것이었을지 모른다. 그러나 현실 속에서 반복되며 점점 더 공고해졌던 젠더 정체성, 그리고 사회규범에 대한 인식은 사실을 그대로 말하는 대신 '그것이 정말일까, 왜 그렇게 되었을까' 묻는 순간 전복될 가능성을 지닌다. 선생님이 희원에게 "사람들이 어떤 말을 하느냐에 휘둘리느라 자기 목소리를 잃어서는 안 된다"(79쪽)고 말했던 것과 같이.

어떤 사실은 종종 삶을 매우 슬프게 만든다. 나를 억압하는 인식들은 어떤 구조 속에서 사실로 굳어졌을까. 그것이 삶을 망치지 않도록 하기 위해 얼마만큼 부정하고 또 인정해야 할까. 그러나 삶이 늘 슬픈 것은 아니다. 어떤 사실이 관계에 의도치 않은 균열을 낼 것임을 염려하는 순간에도 누군가는 '사실'에 대한 의문을 던져왔음을 알게 되기 때문이다. 그들의 언어가 나의 언어와 완전히 동일하지는 않겠지만 비슷한 방향을 향해 가며 서로를 지탱해줄 것임을, 빛을 보고자 하는 자는 안다. 이 소설 또한 앞서거나 뒤서는 서사들에 사실 이상의 역할을 해줄 것이다. 그런 의미에서 나는 이 소설에서 '여성 서사'의 한 모습을 본다.

선우은실
2016년 경향신문 신춘문예에 평론 「lim부정(否定)의 프레임n─이장욱 「기린이 아닌 모든 것」 「천국보다 낯선」을 중심으로」가 당선되어 등단.

이현석

다른 세계에서도

⋮

이현석
2017년 단편소설 「참(站)」으로 중앙신인문학상을 수상하며 등단.

다른 세계에서도

그해 성탄절 새벽을 나는 기억합니다.

나의 동생 해수가 내가 일하던 종합병원에 인턴으로 들어온 그해, 산부인과 전공의 사 년 차였던 나도 그 병원에서의 마지막 나날을 보내고 있었죠. 서울로 올라와 인턴과 레지던트 수련을 하며 오년을 채워가는 중이었지만 부족한 전공의 숫자 때문에 그해 연말까지 이삼 일에 한 번은 당직을 섰습니다. 그날 새벽에도 골반염이 의심된다는 노티를 받고 중증응급구역으로 향하는데 반대편인 소아응급구역의 입식 책상 앞에서 선 채로 졸고 있는 해수가 보이더군요. 12월 한 달간 해수는 소아청소년과 인턴이었고 아기들의 가느다란 팔에서 채혈을 하랴, 응급실 초진을 보랴 많이 지쳐 있었죠. 그런 와중에 해수가 전날 오후 '언니야! 내 합격해따!!'라는 카톡을 보내왔습니다. 대구 사투리를 고칠 생각이 없는 해수의 말투가 고스란히 담긴 그 메시지는 본인이 지원한 영상의학과에 전공의로 뽑혔다는 뜻이었어요. 혼자서 꺅, 소리를 지른 나는 저녁에 구내식당에서 콜라로라도 축배를 들자고 답장을 보냈습니다. 하지만 해수는 해수대로, 나는 나대로 바빠 시간을 맞추지 못하다가 시장 바닥 같던 응급실마저 한산해진 새벽에야 겨우 조우한 것이었지요. 골반염 환자를 살피고 입원 처방을 내린 나는 담당 간호사에게 환자를 병동에 올려달라고 부탁했습니다. 그리고 응급실 정문으로 나가 야외 주차장 자판기에서 콜라 캔을 하나 뽑았어요. 나는 새벽공기만큼 차가운 캔을 쥐고서 유성 펜으로 캔 따개 위쪽에 엄지손톱만한 하트를 그렸습니다. 하트 속을 검게 채우는 동안 해수의 빰에 캔을 대고 놀랠 생각을 하며 피식피식 웃고 있자니 문득 희진 언니가 생각나더군요. 희진 언니는 내가 인턴이었을 때 산부인과를 택한 나를 진심으로 축하해준 거의 유일한 사람이었습니다. 주변에서 '왜 사서 고생하냐'고 말리거나 '여자가 갈 만한 과가 별로 없지'라는 말로 힘을 빼놓던 그때, 언니만은 정말 잘됐다며 나중에 꼭 같이 일하자고 반 옥타브쯤 올라간 목소리로 기뻐해주었어요. 언니와의 통화를 떠올리면서 한쪽 입꼬리를 올리고 있는데 진녹색 구형 마티즈 한 대가 주차장으로 요란스레 들어왔습니다. 서둘러 내린 두 사람이 응급실로 달려오는 모습이야 이상하지 않았으나 중년 남성 두 명이 강보에 싼 신생아를 각기 안은 모습은 좀체 보기 드문 일이었지요. 그들을 따라 나도 안으로 들어가니 책임간호사가 목청껏 "무명아기1, 무명아기2 도착했습니다!"라고 외치는 게 들렸습니다. 소아응급구역으로 뛰어간 두 남자가 아기들을 작은 침상에 누였고 해수는 포대기를 차례차례 풀어헤쳤어요. 잔업에 몰두하던 의료진들도 호기심어린 얼굴로 해수 주변에 모여들었죠. 쌍둥이인 듯 똑같이 생긴 두 아기는 작디작은 손발을 쉴새없이 꼬물거렸습니다. 연분홍빛 살결은 반사과민반응을 확인하는 해수의 손길을 따라 부들부들 빛이 났어요. 조심스레 아기들을 살핀 해수가 "둘 다 건강합니다"라고 말하자 숨죽이고 두 아기를 바라보던 사람들의 얼굴에 저마다 미소가 번지더군요. 나로서는 매일 받는 신생아였음에도 무명아기들과 아기들을 둘러싼 이들의 모습을 보니 왠지 모르게 벅차오르는 느낌이었습니다. 하지만 고양된 스스로가 이내 의아해졌는데, 그런 풍경 앞에서도 온전히 감정에 머리를 맡기지 못하는 내 심성이 밭은 것 같아 코웃음이 나왔습니다. 연락을 받고 내려온 소아청소년과 후배가 해수의 진찰을 확인하는 사이 의료진들은 제자리로 돌아갔어요. 하지만 해수만은 아기들에게서 눈을 떼지 못한 채 멍하니 서 있었죠. 살금살금 해수에게 다가간 나는 뒷덜미에 콜라캔을 슬며시 댔습니다. 깜짝 놀라 돌아보는 해수에게 "축하해"라고 속삭이자 해수가 싱겁게 웃고는 아잇적으로 돌아간 듯 내 품에 안겼어요. 나는 그런 동생을 안고서 부쩍 마른 등을 쓰다듬었지요. 그런데 그 순간 내 뒷목으로 서늘한 기운이 스쳐지나가더군요. 아주 잠시였지만 매우 분명하게 말입니다.

돌이켜보면 그 한 해는 우리 자매가 가까이서 지낸 예외적인 한때였습니다. 해수가 중학생이 됐을 무렵 외고 자퇴생이었던 나는 기숙학원에 들어갔고, 해수가 고등학생이 됐을 때는 내가 대전에 있는 의대로 진학한 뒤라 우리는 줄곧 떨어져 지냈죠. 일곱 살이란 나

이 차에 아웅다웅할 틈 없이 자란 우리는 둘 다 무뚝뚝하기까지
해 여느 자매들처럼 살가운 편은 아니었습니다. 하지만 그날 새벽
에 느낀 서늘함은 분명, 원래 해수와 나 사이에 있던 적당한 거리감
과는 전혀 다른 무엇이었어요. 아마도 그것은 무명아기를 보며 해
수가 느꼈을 순도 높은 감정과 내가 얼핏 느낀 이질감 사이의 간극
같은 것이 아니었을까. 어쩌면 우리는 그 간극만큼이나 다르게 자
라왔고 다르게 살아가도록 예정되어 있지는 않았을까.

나는 이런 생각을 오랫동안 해왔습니다.

당신을 알게 된 것은 작년 11월의 어느 일요일로, 그 성탄절 새벽
으로부터 몇 해가 지나서였어요. 그즈음 나는 일요일 오후마다 합
정의 한 스터디 카페로 향했는데 그날따라 강변북로로 빠지는 길
이 유난히 막혔습니다. 난데없는 정체였지만 조바심이 일지 않은 까
닭은 희진 언니의 제안을 내가 수락했음에도 언젠가부터 그곳에
가는 일이 피곤해진 탓이었죠. 나보다 삼 년 먼저 산부인과 전문의
가 된 희진 언니는 지도전문의 자격을 갖추고도 병원 대신 시민단
체 상근직을 택한 열정적인 활동가였습니다. 동시에 언니는 젠더 건
강 분야에서 손꼽히는 칼럼니스트이기도 했는데 촘촘한 논리 끝
에 마음을 울리는 언니의 글은 적잖은 사람들의 지지를 받고 있었
지요. 작년 가을, 언니가 오랜만에 연락해온 이유는 낙태죄 헌법소
원을 계기로 재생산권 이슈가 뜨거워지자 저명한 진보 시사지에서
언니에게 필진을 모아달라고 요청했기 때문이었어요. 매주 한 꼭지
씩 재생산에 관한 전문가 칼럼을 연재하고 헌재 결정을 전후해 계

열 출판사에서 책으로 묶어 낸다는 기획이었습니다. 언니는 "네가 깐깐하니 잘 쓰잖아"라는 말로 내게 합류를 권했습니다. 하지만 언니가 말해준 다른 필진 대부분이 언니처럼 헌신적으로 활동해온 이들이었기에 그간 활동에 소극적이었던 나는 쉽게 대답하지 못했습니다. 그러자 전화기 너머에서 언니가 "이번엔 달라야 하지 않겠니?"라고 강건한 말투로 묻더군요. 언니의 말은 이전의 낙태죄 헌법소원에 합헌 결정이 내려졌던 수년 전을 떠올리게 했고, 그해 여름밤 언니와 나눈 통화를 복기한 나는 투항이라도 하듯 그러겠노라 답했습니다.

한때는 너무 붙어다녀 내가 희진 언니의 복제인간 같단 말을 듣기도 했지만 근 몇 년간은 언니가 자료 번역 따위를 도와달라고 할 때나 연락을 주고받은 게 전부였습니다. 그랬기에 몰라보게 달라진 언니의 모습에 조금은 놀랐습니다. 세련되고 단정한 매무새를 흩뜨린 적이 없던 언니는 새치가 절반인 단발머리를 쓸어넘기며 화장기하나 없는 얼굴로 내게 "왔어?"라고 심상히 인사를 건넸어요. "귀찮아서 다 내려놨더니 탈코 동지라고 좋아하지 뭐니"라며 털털하게 웃은 언니는 예전과 다름없는 에너지로 2주 뒤에 발표할 칼럼의 초고를 합평하는 모임을 이끌었습니다. 당신을 알게 된 그 일요일에도 예닐곱 명의 필진이 여느 때처럼 스터디 룸에 모였지요. 그날은 희진 언니의 초고를 읽을 차례였습니다. 언니는 전에 발표한 칼럼에 이어 이번에도 미페프리스톤의 시판 허가를 촉구하는 글을 써왔어요. 미페프리스톤은 WHO에서 필수 의약품으로 지정한 약물적 임신중지법의 주요 약제인데 당시로서는 산부인과 의사인 나조차도 그 약이 무척 생소했습니다. 언니가 제시한 자료를 접하지 않았다면 해외에서 약물을 통한 임신중지가 그렇게 널리 이루어지는 줄도 몰랐을 겁니다. 학부는 고사하고 전공의 시절에도 배울 기회가 없었으니까요. 전공의 삼 년 차 때, 지도교수였던 민교수가 무뇌아 부모와의 상의 끝에 중지 시술을 하는 것을 본 적이 있긴 했습니다. 민교수는 심초음파 탐침을 꺾어 심정지 상태로 보이게끔 영상을 기록하고서 진공흡입기로 태아를 적출했죠. 그때 어깨너머로 짤막하게 본 것이 전부였고, 다른 산부인과 의사들 역시 로컬에 나오고서야 알음알음 배워 시술하기는 나와 다르지 않았을 거예요. 희진 언니는 자궁외임신 여부만 미리 감별한다면 미페프리스톤과 식도염 치료제로 쓰이는 미소프로스톨의 병합요법이 최선의 임신중지법임을 다시금 강조했습니다. 언니의 초고에는 이런 내용과 함께 약물적 임신중지법이 알려져야 관행적으로 시행되어온 소파술에 따르는 공포 이미지를 상쇄할 수 있다는 주장이 담겨 있었습니다. 안정성이 입증된 약물인 만큼 언니의 의견에 이견을 달 이유는 없었어요. 그럼에도 나는 언니의 초고에 온전히 동의하지 못했습니다. 그것은 직관적으로 받아들이기 편한, 그래서 방어적으로 읽히는 문장들 때문이었죠. 이를테면 언니는 "이렇게 안전한 약물적 임신중지법은 차기 임신에 영향을 주지 않아 더 나은 미래를 보장한다"고 쓰기도 했고, "어떤 여성도 임신중지를 결코 쉽게 결정하지 않"는다며 "여성 자신의 삶과, 가족과, 무엇보다 미래의 아이들을 위해 고심 끝에" 결정한다고 적기도 했지요. 다른 구성원들도 "낙태에 동의하는 것이 아니라 낙태의 죄를 폐지하는 것에 동의"한다는 식의 표현을 언니처럼 자주 사용했는데, 나는 이런 수사들이 못내 불편했습니다.

물론 나는 희진 언니가 지금의 발언권을 얻기까지 순탄치 않은 시간을 보내왔음을 잘 알고 있었습니다. 예과 이학년 때 한 보건의료계열 학생 단체의 세미나에서 언니와 처음 만난 후로 내가 대학을 졸업하기 전까지, 김희진이 있는 곳에 반드시 정지수가 있단 말을 들을 만큼 언니를 따랐으니까요. 병원 생활을 시작하고 활동에 소홀해지면서 언니와도 자연히 멀어졌지만 언니 소식은 SNS만으로도 충분히 접할 수 있었습니다. 언니의 계정에는 격조했던 시간이 금방 잊힐 만큼 언니의 일상이 차곡차곡 꿰여 있었지요. 언니가 한창 사귀던 남자친구와 포르투갈로 휴가를 간 사진들이 뭉텅이로 올라왔을 때는 장난기어린 질투의 댓글을 달기도 했고, 책들을 쌓아두고 찍은 사진 아래에 언니가 적어둔 짤막한 감상문을 읽으며 인터넷 서점 장바구니에 몇 권씩 넣기도 했습니다.

그렇게 소소한 일상이 올라오던 타임라인은 언니가 속한 정파의 상위 조직에서 벌어진 사건을 언니가 폭로하면서 급변하게 됩니다. 제대로 기억나지 않는다, 동지에 대한 애정을 표한 것뿐이다, 다음 날 사과 문자를 보냈고 괜찮다는 답도 받았다는 가해 지도위원의 진술을 조목조목 반박한 언니는 작은 권력에 취해 어린 여자 구성원들을 그루밍해온 그 남자의 민낯을 낱낱이 고발하는 장문의 글을 게시했어요. 그러나 폭로 후에도 그 남자가 지도위원직에서 물러난 것 말고는 이렇다 할 변화의 기미가 없었고, 환멸을 느낀 언니는 조직을 떠나기로 결심했습니다. 공교롭게도 그 무렵 언니의 모교 병원에서 언니에게 조교수직을 제안했는데, 그럼에도 지금 일하는 시민단체에 적을 두기로 한 데는 그 사건의 영향이 지대했을 겁니다. 다행히 사건 이후로 언니를 떠난 사람들보다 새로이 따르게 된 사람들이 더 많았어요. 하지만 타임라인에 올라오던 언니의 일상은 자취를 감췄지요. 이미 올린 사진들마저 지운 언니는 개인사를 외부에 노출하는 걸 극도로 꺼렸습니다. 대신 활동에 대한 공지나 오래 매만지고 고심한 흔적이 역력한 글들만 게시했어요. 그런 언니의 글을 눈여겨본 매체들에 간간이 청탁을 받아 기고하던 중, 젠더 이슈가 폭발하면서 지금과 같은 영향력을 갖게 된 것이었습니다. 그랬기에 나는 언니의 초고가 방어적으로 보이는 까닭을 이해할 수 있었습니다. 현재 결정이 얼마 남지 않은 시점에 대중적인 공감대를 조성하는 것이 이 모임의 주된 목적이었고, 언니에게도 자신을 믿고 모인 사람들을 비난과 편견으로부터 지켜야 한다는 강박이 있었을 겁니다. 하지만 나는 다분히 모성적인 수사를 끌어들였을 때의 문제 또한 가볍지 않다고 여겼기에 한 번쯤은 의견을 내야 하지 않나, 라는 생각을 했어요. 그런데 어느 당사자 운동단체의 활동가인 은빛씨가 먼저 손을 들더니 "아무래도 우리가 주로 다루는 사안의 한계이긴 하지만……"이라면서 이 모임에서 다루는 글은 늘 교차성에 대한 고민이 부족한 것 같다고 지적했습니다. 은빛씨는 자주 그와 같은 지적을 하며 열변을 토했는데 그날도 크게 다르지는 않았어요. 그러는 동안 나는 어머니가 연달아 전화를 걸어오는 바람에 스터디 룸에서 잠시 나와야 했죠. 어머니는 한번 전화해서 받지 않으면 다시 연락하는 일이 드문 사람이라 세번째 전화가 끊기기 전에 나는 급히 받았습니다. 아니나 다를까 어머니는 떨리는 목소리로 "지수야……" 하고는 말을 잇지 못했어요. 불안해진 내가 무슨 일이냐고 묻자 어머니는 주변에 아무도 없는지 연거푸 확인하고는 기가 막힌다는 듯이 "내가 남사스러버 못산다…… 우짜면 좋노? 해수 임신했단다"라고 말했습니다. 그 말에 맥이 풀린 나는 하하하, 하고 큰 소리로 웃어버렸어요.

처음부터 당신의 존재는 그러했습니다.

내게서 웃음부터 나오게 만들었지요.

비록 어처구니가 없어 터진 웃음이긴 했지만요. 곧고 높은 제 자존감을 짓이기던 남자와의 연애를 끝낸 해수가 연애 따위 이제 질린다며 분개한 지 두어 달 만에 소개팅으로 만난 정형외과 전공의와 사귄다기에 나는 "또 칼잡이야?"라고 놀리듯이 물었는데, 그것이 동생의 새 남자친구에 관해 우리 자매가 나눈 거의 유일한 대화였습니다. 그러고서 석 달이 채 지나지 않아 들려온 임신 소식에 어머니는 "해수 야는 아가 왜 이래 철이 없나? 좋다고 막 웃으메 전화하는 거 있제?"라며 동생을 타박했어요. 어머니의 푸념에 실소를 그치지 못하면서도 해수라면 충분히 그랬을 거라 생각한 것은, 목적지가 있으면 가능한 한 빨리 도달하려는 해수의 성격도 성격이지만 그즈음 친한 친구들이 연이어 결혼하는 통에 해수가 조급해하는 것을 여러 번 보았기 때문이기도 했습니다. 보수적인 부모와의 충돌을 피하고자 물리적으로든 감정적으로든 거리를 두고 지낸 나와 달리, 모범생의 전형에서 크게 엇나간 적이 없던 동생의 갑작스러운 임신은 그렇잖아도 쉽게 불안에 빠지는 어머니를 자극했습니다. 육 남매 중 넷째 딸로 태어나 어릴 적 친척집을 전전하며 자란 어머니는 분리불안이 심해 수동공격성이 두드러졌고, 자주 그 정도가 지나쳐 주변을 힘들게 했죠. 그런 어머니가 풀어놓는 하소연은 금세 나를 지치게 만들었는데 지난하고 일방적인 통화 끝에 스터디룸으로 돌아왔을 때는 이미 합평이 끝나가고 있었어요. 희진 언니의 글에 대해 무언가 말하려 했다는 것도 잊은 채 모임이 마무리되기만을 기다리던 나는 스터디 카페에서 나와 야트막한 비탈길을 따라 대여섯 블록 떨어진 공영주차장까지 잰걸음으로 내려갔습니다.

주차장을 빠져나오면서 나는 블루투스를 연결해 해수에게 전화를 걸었어요. 신호음이 여러 번 울리다 합정역사거리에서 좌회전 신호를 기다릴 때 헤헤헤, 하고 웃는 소리가 차 안을 메웠습니다. 적이 민망한 듯 장난기 섞인 해수의 웃음소리에 나도 웃음이 터져 우리는 한참을 웃었지요. 가까스로 웃음을 멈춘 내가 찔끔 나온 눈물을 닦으며 "어떻게 된 거니? 설마 계획한 거야?"라고 물었습니다. 해수는 손사래 치듯이 아니라고 말했어요. 요즘 들어 조금 피곤했는데 생리까지 늦어져 해본 소변검사에서 양성이 나와 자기도 놀랐다는 것이었죠. "내가 원래 좀 불규칙하다 아이가? 요새 야간근무도 많아서 그거 때문인 줄 알았지." 양성반응을 확인하자마자 민교수 외래로 달려간 해수는 벌써 임신 9주라는 말을 들었다고 했습니다. 그 말에 이번엔 내가 놀라 몸은 괜찮은지, 아직 입덧은 없는지 물었어요. 딱히 느끼지 못했다며 "엄마도 입덧 거의 안 했다 카데? 유전인갑지"라고 말한 해수는 빈정대는 투로, 생판 남인 민교수도 축하해주는데 엄마란 사람이 축하하는커녕 혼부터 냈다며 볼멘소리

114

를 하더군요. 그제야 나도 그 말을 하지 않았음을 깨달았지만 미처 꺼내기도 전에 해수가 돌연 부드러워진 목소리로 남자친구 자랑을 늘어놓았습니다. 생긴 것도 괜찮고, 그 망할 놈의 새끼랑 달리 헌신적이고, 그쪽 병원에서 성실하다는 소문이 자자하다면서요. "어련히 좋은 사람 만났으려고"라며 맞장구를 치자 해수가 "당연하지!" 하고는 킥킥댔지요. 그렇게 이야기하는 동안 올림픽대로로 빠지는 길목에 진입하면서 차들이 엉키기 시작했습니다. 나는 이따 집에 도착해 다시 연락하겠다며 전화를 끊었습니다. 하지만 그 말은 지키지 못했는데 방배동의 오피스텔 지하에 주차를 하는 내게 어머니가 다시 전화를 걸어왔기 때문이었어요. 그사이 어머니는 아버지에게 해수의 임신 소식을 전한 모양이었습니다. 잘됐다며 빨리 결혼이나 시키자고 되레 그 소식을 반기는 아버지가 어머니 눈에는 퍽 한심해 보였나봅니다. "이 양반도 해수처럼 암 생각이 없다. 그저 동창 네이버 밴드에 손주 사진 올리고 싶어 안달난 기라. 네가 옛날부터 결혼 안 한다고 딱 잘라 말해뿌니까 남의 손주 자랑에 속만 쓰려했다 아이가. 그래도 그렇지, 둘 다 아직 레지던튼데 집은 우째 구하고 애는 누가 볼 낀데? 돈이야 우리가 보태준다 치자. 그캐도 내는 남자친구가 어떤 사람인지도 모리고 당장 결혼시키자는 건 당최 납득이 안 된다." 말을 하는 동안 점점 흥분한 어머니는 요즘에도 해수에게 선 자리가 계속 들어온다며, 이왕이면 제대로 있는 집에 시집가서 편하게 사는 게 동생에게도 낫지 않으냐고 쏟아냈습니다. 엘리베이터를 기다리며 잠자코 듣기만 하다가 어머니의 호흡마저 가빠지는 것 같아 진정하시라고 말했지만 내 말을 못 들었는지,

듣고도 모른 척한 건지 어머니는 울먹이다시피 소리쳤습니다.

"지수야! 그거 진짜 순간이고, 암것도 아니었다!"

순간 말문이 막힌 나는 엘리베이터 문이 열리는 것을 보았음에
도 그 안으로 들어서질 못했습니다. 본인도 내뱉고서야 무슨 말
을 했는지 깨달은 듯 머뭇거리던 어머니는 한결 누그러진 목소리로
"지수 니가 더 잘 안 아나? 요즘엔 기술도 발달했을 거 아이가?"라
고 물었지요. 사실 처음 듣는 이야기는 아니었습니다. 어머니가 나
와 해수 사이에 임신중지를 두 차례 했다는 말은 예전에도 몇 번
들은 적이 있었으니까요. 하지만 이 맥락에서 나올 말인가 싶어 말
을 잇지 못하는 내게 어머니가 "더 좋은 엄마 될 만큼, 다― 준비
된 다음으로 미루는 게 순서에도 안 맞나?"라고 묻자 더는 듣고만
있지 못하겠더군요. 길게 한숨을 내쉰 나는 그것 역시 해수의 선택
이라면 존중해야 하는 거라고 건조하게 말하고는 전화를 끊었습니
다. 그런 식으로 냉랭하게 말은 했지만 집으로 올라오자마자 피로
가 몰려와 외출복 차림 그대로 소파에 몸을 파묻었어요. 모로 누
운 몸을 웅크린 채 머리를 식히려 눈을 감고 있으니 언젠가 해수가
내게 했던 말이 몽글하니 떠올랐습니다.

'내도 미카코처럼 반짝반짝하길 바랐는데……'

미카코는 해수가 중학생이었을 때 광적으로 좋아한 만화의 주인
공이었습니다. 어느 예술고등학교의 의상과에 입학한 주인공이 소
꿉친구와 연인이 되며 벌어지는 일을 다룬 만화로, 나는 그 만화의
스타일리시한 그림체를 인상적으로 기억합니다. 가끔 내가 집에 오
면 해수는 그 만화의 그림체를 본떠 자기가 구상한 옷을 그린 드로

잉북을 보여주곤 했어요. 나는 그때마다 감탄하며 해수의 꿈이 정말 이뤄질지도 모르겠다는 생각을 했습니다. 고등학생이 되고서도 꿈을 놓지 않는 해수에게 어머니는 정 디자이너가 되고 싶으면 서울대 의류학과에 가라는 지극히 어머니다운 타협안을 제시했고, 해수가 거짓말처럼 그곳 생활과학대학에 들어가면서 나는 꿈에 성큼 나아간 동생을 진심으로 축하해주었습니다. 하지만 일학년이 끝나갈 무렵 해수가 갑자기 의과대학 생활은 어떠냐며 내게 진로상담을 해왔을 때는 덜컥 겁부터 났는데 입학 후에도 어머니의 종용이 지속됐음을 알았던 터라 혹시 동생이 거기에 흔들리지는 않았을까 싶어서였어요.

원체 안정성에 집착했던 어머니가 전문직을 토템처럼 맹신하게 된 시점은 꽤 분명합니다. 외환위기가 우리나라를 깊숙이 할퀴고 지나간 이후로, 어머니의 집착이 심해진 것은 경제적 파국이 우리 가계를 덮쳐서가 아니라 오려 완벽히 비켜갔기 때문이었습니다. 회계사인 아버지의 주 거래처는 고등학교 동창들의 사업체였고 그들이 다닌 대구의 한 명문고는 그의 생애 첫 인맥 허브였어요. 빈농의 막내로 자라 여기까지 왔다는 자부심에 아직도 취해 사는 그가 급격히 부를 축적하는 사이, 내 성장기의 주거지는 탄 분진이 자욱하던 공업단지의 연립주택에서 수성구의 고급 아파트로 빠르게 변해갔습니다. 그러다 외환위기가 터지면서 아버지의 동창들은 문자 그대로 증발해버렸죠. 일가족이 종적을 감추는 일은 흔했고 연락이 두절된 아버지의 친구가 사체로 발견된 경우도 있었습니다. '동기'나 '친구'로 불렀지만 실제로는 그가 고개를 조아려야 했던 사업체 사장들이 줄줄이 무너지는 와중에도 아버지만은 큰 타격 없이 버텼는데 이런 일련의 연쇄가 어머니에게 어떤 스펙터클로 다가갔을지 짐작하기란 어렵지 않습니다.

나도 마찬가지였으니까요.

희진 언니를 만나게 된 세미나에 거부감 없이 참석할 수 있었던 것은 내가 유년기 내내 『키노』나 한나래 시네마 시리즈 같은 책을 탐독하며 영화인이 되길 바랐기 때문이었습니다. 언니는 의약계열 학과의 여러 커뮤니티에 '베네수엘라 민중의 보건의료 혁명' '몸의 정치학: 긴축은 죽음의 처방전인가'처럼 살벌한 제목의 세미나 홍보물을 게재했죠. 언니가 올린 게시물은 동기들의 빈축을 샀으나 거기 적힌 지젝, 스피박, 발리바르 따위의 이름이 낯설지 않았기에 내 가슴은 조용히 두근거렸습니다. 고향에 비하면 나은 편이었음에도 여전히 채워지지 않는 정치적 다양성과 문화적 혜택에 대한 갈증도 내가 매주 KTX에 몸을 실은 이유이기도 했죠. 사실, 기숙학원 시절에 어느 예술대학의 영화이론과에 몰래 지원하기도 했었어요. 서류를 통과하고도 망설이다 면접날이 되어서야 포기했는데 나는 그것이 아버지의 친구들과 같이 사라진 아이들이 내게도 어린 시절을 오롯이 함께 보낸 친구들이었기 때문인지 모른다는 생각을 한 적이 있습니다. 생존의 외상은 깊어, 요즘에도 내가 디딘 땅이 실은 허상이며 어디에도 속하지 못하리라는 진실이 끝내 밝혀질 것이라는 부적절감에 휩싸이곤 하니까요. 그러나 해수는 다르지 않을까, 기억조차 못할 만큼 어렸기에 자기 뜻을 밀고 나갈 힘이 있지 않을까, 라고 여긴 것은 순전히 내 착각이었습니다. 생각보다 고된 길이지만 네 꿈을 응원한다고 말하는 내게 해수는 이렇게 대꾸했습니다.

"언니야, 이 길도 힘든 건 매한가지다. 이왕이면 내도 앞이 투명한 길로 가고 싶다."

좀체 들어보지 못했던 해수의 침울한 목소리는 이미 마음을 굳혔다는 뜻으로 다가왔고 나도 더는 말을 얹지 않았습니다. 기숙학원에서 삼 년을 보낸 나와 달리 이듬해 바로 대구에 있는 의대에 들어간 해수는 졸업 때까지 본가에 머물렀지요. 만약 그쪽 교수들이 '같은 값이면 고추지' 따위의 말을 습관처럼 입에 담지 않았거나, 몇몇 과에서 여자는 안 뽑는다고 노골적으로 선언하지 않았다면 해수가 굳이 상경할 일은 없었을 겁니다.

며칠이 지나 해수의 집에 갔을 때도 동생은 여전히 대구에 있는 어머니와 냉전중이었어요. 해수는 어머니가 안중에도 없는 것처럼, 내게 설 연휴 전에 식을 올릴 것이며 어떤 예식장을 염두에 두고 있다는 얘기를 했습니다. 어머니의 반발이 해수를 더욱 저돌적으로 만든 것 같아 걱정은 됐지만 입 밖으로 내지는 않았어요. 대신 해수가 대자로 누운 침대에 같이 누워 "잘 알겠지만……"이라며 운을 뗐습니다. 임신중에 주의해야 할 징후를 읊는 내게 해수는 "예— 예— 슨생님 자알 알겠구요"라며 따분해했지요. 그런 건 됐고 뭐 재밌는 일은 없냐기에 "글쎄…… 다음달에 휴가 가는 거?"라고 하니 그제야 해수가 나를 보며 눈을 반짝였습니다. "어데 가는데, 어데? 우붓? 아이고 자매님, 발리 가면 서핑을 하든가 스쿠버를 해야지 산골짝에는 뭣하러 가노? 거까지 가서 또 책 볼라 카나?"라며 핀잔을 준 해수는 다시 대자로 누워 그래도 내가 부럽다며, 자기는 이제 마음대로 휴가도 못 가는 몸이 됐다고 엉엉 우는 척을 했습니다. '휴가'라는 단어에 버튼이 눌렸는지 출산휴가 시기를 두고 레지던트 동기와 신경전을 벌인 이야기를 풀어놓던 해수가 별안간 내 손바닥을 탁탁 치고는 "요새 내가 언니 동생인 덕에 민교수한테 특급대우 받고 있다 아이가!"라며 호들갑을 떨었습니다. 그 사람이랑 스타일 안 맞는 거 알지 않느냐며, 내 동생이라서가 아니라 네가 그 병원 직원이라서 잘해주는 거라고 내가 말하자 해수는 깔깔 웃어댔지요.

"아, 맞다."

웃음을 멈춘 해수가 천장을 보며 말했습니다.

"민교수님이 언니야 글 여기저기서 보인다고 걱정하던데?"

"응?"

"요즘에 어데 뭐 쓰는 거 있나?"

"응…… 있지."

"맞나? 카면 그거 갖고 뭐라 했는갑다. 하여튼 꼰대들, 별게 다 문젠 기라."

해수가 대수롭잖다는 듯이 말했습니다. 나는 가타부타하지 않았고 우리는 그뒤로 별말이 없었어요. 짧은 정적이 흐르는 동안 나도 해수처럼 천장을 바라보고 있으니 언뜻 이런 생각이 들더군요. 해수도 혹시 읽어봤을까. 워낙에 돌려 말하는 편이 아니라 읽지 않았을 거라 여기면서도 내심 신경은 쓰였습니다. 하지만 그런 염려는 동생이 옆에서 대차게 코를 고는 바람에 이내 무색해졌죠. 흐흐, 하

120

고 웃으며 이불을 덮어준 나는 가만히 거실로 나와 소파에 얹어둔 코트를 걸쳤습니다. 그리고 장갑과 목도리를 챙겨 집으로 갈 채비를 하고서 그 집의 현관문을 나섰어요. 그렇게 복도로 나와 엘리베이터를 기다리는데 문득, 오래전 내 뒷목을 스쳤던 서늘한 기운이 느껴지더군요. 매우 분명하게 느끼기는 그때와 다름없었으나 이번에는 그 서늘함이 그저 스쳐지나가지 않고 음굴광성 덩굴처럼 아래로, 아래로 퍼져 내 뒤에 묵직하게 머물렀습니다. 그날 이후에도 해수의 집에 간간이 들러 한갓진 시간을 보내곤 했지만 나는 그 서늘함에 대해 생각하는 것을 멈추지 못했고, 그건 휴가지에서도 마찬가지였죠. 나는 생각을 떨치려 틈날 때마다 숲길을 전력으로 달렸습니다. 그러나 거친 숨을 고르기 무섭게 그 생각은 다시금 내 머릿속으로 파고들어왔어요. 끊임없이 엄습해오는 생각을 피하지 못한 채로 그곳에서 며칠을 보낸 후 나는 인정해야만 했습니다. '더 좋은 엄마가 될 준비가 된 다음에'라는 표현이 부른 불쾌감과 별개로, 어머니의 그 말이 줄곧 내게 다른 가능성을 떠올리게 했다는 것을 말입니다. 그러니까 그 생각은, 지금 해수의 선택에서 임신이 결정적인 요인이라면, 그래서 제동장치가 풀린 자동차가 비탈길에서 미끄러지듯이 현재의 선택으로 질주하고 있는 것이라면, 나는 알려야 하지 않을까. 희진 언니의 말처럼 우리에게 안전하고 편리한 선택지가 있음을 해수도 알아야 하지 않나. 그러나 이런 생각을 하면 내가 거리의 무례한 전도자들과 다를 게 무언지 물어야 했고 그럼에도 다른 누구도 아닌 나의 동생이라면 몰라서 질주하는 일은 없어야 하지 않을까, 라는 생각에 빠지기도 했지만 이런 생각을 했다는 사실만으로도 해수와 당신에게 씻지 못할 죄를 짓는 것은 아닌지, 만에 하나 그 말이 실수로라도 입 밖에 나온다면 그로 인해 나의 동생과, 다름 아닌 바로 당신에게 지울 수 없는 상처를 남기지는 않을지, 만약 그리된다면 어찌해야 할지,

그때의 나는 도무지 알 수가 없었습니다.

*

우리가 정민 선배의 초고를 점검한 날은 헌재 결정을 석 달여 남긴 일요일이었어요. 그간 어머니도 결혼에 찬성하는 쪽으로 돌아섰기에 해수의 결혼은 기정사실이 됐습니다. 그러나 결혼 준비를 하면서도 둘 사이에 마찰들이 있었는데 예식장 문제를 두고서는 정말 크게 다퉜지요. 미리 점찍어둔 화려한 예식장에서 식을 올리겠다는 해수에게 어머니는 꽉 차 보이는 게 중요하다며 보다 실용적인 곳에서 해야 한다고 고집을 부렸습니다. 배가 부르기 전에 식을 올려야 하는 빡빡한 일정에도 양보 없이 맞서던 두 사람의 갈등은 결국 동생이 "돈 낼 사람 맘이지 내가 우짜겠노!"라며 짜증 섞인 고성을 지르는 것으로 매듭이 지어졌어요. 필진 중에서 유일한 기혼자인 정민 선배가 이 이야기를 듣고는 "가끔은 어르신들 말씀이 맞지요"라며 은은하게 미소를 지었습니다. 정민 선배는 희진 언니보다 여섯 기수 높은 산부인과 전문의로 육아와 준종합병원 과장직을 병행하느라 수년간 이런 모임에 나오지 못하다가 외면하지 못할 사안에 한시적으로 복귀했죠. 그날 선배가 가져온 초고는 자신이 임

신중이었을 때 미성년자 산모의 임신중지 시술을 해야 했던 상황을 고백하는 내용이었습니다. 근래 들어 칼럼을 통해 입장을 밝혀야 할 일이 많았기에 선배의 글처럼 자기고백적인 초고는 오랜만이었어요. 그 무게마저 녹록지 않아 누구 하나 입을 떼지 못하는데 안경을 고쳐 쓴 정민 선배가 구성원들을 둘러보며 부러 밝은 톤으로 물었습니다.

"좀 우울했지요?"

아니라기에는 정말 우울한 글이었어요. 그러나 결정일이 얼마 남지 않은 지금이야말로 이렇게 울림이 있는 글을 전파할 적기라는 의견이 다수였습니다. 쓰면서 마음고생이 심했다며, 좋게 봐주어서 고맙다고 말한 선배는 잠시 안경테를 매만지다 원래 쓴 글에서 지운 내용이 있다고 덧붙였어요. 실제 그 시술을 하고서 제일 힘들었던 기억은 글에서 삭제한 부분인데 아무래도 반대세력에게 역이용될 소지가 있어 지웠다는 것이었죠. 희진 언니는 그게 무슨 내용이냐고 물었습니다. 정말 역이용될 만한지, 이 칼럼에 꼭 필요한 부분은 아닌지 같이 고민해보자면서요. 흠, 하고 입술을 살짝 삐죽인 선배는 조곤조곤한 말투로 자신이 삭제한 내용을 이야기했습니다. 사실 그날 밤, 침대에 누웠을 때 시술한 아기의 초음파 이미지가 꿈에 나타났다. 잠에 들면 어김없이 아기가 또렷하게 보여 깨지 않을 도리가 없었다. 설핏 잠들었다 오래 깨어 있길 반복한 끝에 임신 전에 복용하던 수면제를 찬장에서 꺼냈다. 그러나 뱃속에 있는 아기를 생각하니 삼킬 엄두가 나지 않았다. 알약을 올려놓은 손바닥을 보자 자신이 시술한 아기와 곧 태어날 제 아기의 이미지가 뒤섞여 아른거렸다는 선배는 주방 바닥에 주저앉아 "미안하다, 너무 미안하다"라고 끊임없이 되뇌었다며 가늘어진 목소리로 말을 맺었죠. 아마 그 순간은 모임을 시작한 이래 가장 숙연해진 때가 아니었나 싶습니다. 이야기를 듣고 나니 선배가 그 내용을 삭제한 까닭은 이해가 갔습니다. '봐라, 시술한 의사마저 힘들어한다'라는 메시지로 전용될 만했으니까요. 그러나 나는 그런 문제보다는 온 방을 감싼 적막이, 그 적막을 만든 언어가 불편했는데 무엇보다 선배의 말에서 앞뒤가 맞지 않는 부분이 있다는 생각에 조심스럽게 손을 들었습니다.

"선배님, 초고에는 시술한 산모가 임신 8주 차였다고 쓰셨는데……"

"맞아요. 그렇긴 하죠." 내가 입을 열자 정민 선배가 예의 온화한 얼굴로 말했습니다. "태아도 아니고 배아일 때니까, 실제 초음파상에서는 그냥 덩어리처럼 보였겠지요. 그런데 뭐랄까, 제 꿈에 나타난 그 이미지는 상징적이라고 해야 하나……"

"하지만……"

"어쨌든, 삭제한 내용이니까."

나는 반론을 제기하려 했으나 혼잣말처럼 읊조린 정민 선배가 가만히 고개를 주억이는 모습을 보니 무슨 말을 덧대기가 난처해지더군요. 입을 다문 나는 팔짱을 낀 채 등받이에 몸을 기댔습니다. 배아마저 아기의 형상으로 묘사하는 것은 지나치게 관습적인 재현이 아닌지, 그렇게 관습적으로 재현되는 음울함만이 임신중지와 연결되는 유일한 감정이어야 하는지. 이런 생각들에 빠져 있는데 희진 언니가 "정선생은 더 할말 없나요?"라고 내게 물었습니다. 멍하게 있다 허리를 곧추세우고 보니 턱을 괸 언니가 나를 지그시 보고 있더군요. "없습니다"라고 대답하는 내게 언니가 뜻 모를 미소를 지었고 나는 그런 언니에게 고개를 갸웃거렸어요. 그런데 그때 은빛씨가 격앙된 목소리로 "제가 할말이 있네요"라며 손을 들었습니다. 정민 선배의 글과 발언이 모두 불쾌했다고 강한 어조로 말하는 은빛씨의 말에 나는 귀를 기울이지 않을 수 없었죠. 하지만 은빛씨의 논지는 내 생각과는 사뭇 달랐습니다. 지금 한국에서 출산이나 양육의 문제가 젠더와 계급에 따라 복합적으로 층화되어 있다고 전제한 은빛씨는 우리 필진 상당수가 중산층 이상의 고학력자인 까닭에, 특히 이런 에세이 유에서 납작한 감수성이 두드러진다고 주장했습니다. 그렇잖아도 이런 말을 하려고 별러왔다며 공격적으로 발언하는 은빛씨를 정민 선배는 붉어진 얼굴로 쳐다봤지요. 분위기가 과열될 조짐을 보이자 희진 언니가 얼른 끼어들었어요. 능숙하게 그들을 중재한 언니는 은빛씨의 주장도 일리가 있으나 말이 지나쳤으니 사과할 것은 사과하고 고민할 것은 고민해보자고 말했습니다. 그리고는 어느 때보다 민감한 시기에 서로에게 조금씩만 너그럽게 대하자며 모두를 다독였어요. 언니의 그런 모습은 내가 언니와 처음 만난 날을 잠시나마 떠올리게 만들었습니다. 강의실 문을 열었다가 횅한 내부를 보고는 괜히 왔나 싶어 망설이던 내게, 자리에서 일어난 언니가 성큼성큼 다가와 눈웃음만큼이나 다정한 목소리로 "세미나 오셨어요?"라고 묻던 그때를 말이죠. 나는 너무 달뜨게 들리지는 않을까 싶어 "네……" 하고 소심하게 답했는데 그러면서도 고개는 격하게 끄덕인 것 같아 왠지 얼굴이 화끈거렸습니다. 그날의 세미나는 건강보험공단이 HIV 치료제의 약가를 강제로 인하한 것에 대응해 한 다국적 제약회사가 국내에 약품 공급을 중단한 당시의 현안을 다루었습니다. 언니는 기업과 국가 간의 알력 다툼에 환자의 생명이 저당잡힌 그 복잡다단한 사건을 군더더기 없이 설명했어요. 강의실 히터가 제대로 작동하지 않아 나는 시시때때로 손을 비벼야 했지만 차근차근 이야기하는 언니에게서만큼은 눈을 뗄 수 없었고, 허리까지 내려온 언니의 머리칼은 시원하다못해 서늘해 보이기까지 했으나 여기 있는 누구도 후방에 떨어뜨리지 않겠다는 의지가 선연한 언니의 목소리는 무척 따뜻하게 들려왔지요.

희진 언니의 태도는 분명 그때와 다르지 않았습니다. 그럼에도 한편으로는 언니가 낯설었는데, 시간이 조금 흘러 이날의 어긋남을 떠올린 나는 이런 생각을 한 적이 있습니다. 사실 우리의 다름을 오래전부터 알고 있었지만 나는 그때까지도 그 사실을 받아들일 준비가 되지 않았던 것은 아니었을까, 라고 말이죠. 우여곡절 끝에 모임이 파하고서 언니와 단둘이 나눈 대화를 떠올려보면 아무래도 그러했을 거라는 확신이 들곤 합니다. 공영주차장으로 걸어가는 나를 부른 언니는 담배나 피우자며 주도로 변의 좁은 골목길 안으로 먼저 들어갔어요. 상체를 웅크린 언니가 1월의 칼바람을 피해 힘겹게 불을 붙이는 동안 나는 패딩 점퍼 주머니에 손을 집어넣은 채 멀뚱히 서 있었습니다. 한 모금을 빨아당긴 언니가 "끊었어?"라며 놀랍다는 듯이 묻기에 "요즘 잘 안 피워서……"라고 중얼거린 나는 브이 자를 만든 손을 내밀며 한쪽 입꼬리를 들어올렸습니다.

자기 것을 내게 준 언니는 담뱃갑에서 한 개비를 더 꺼냈어요. 다시 불을 붙인 언니가 연기를 뱉으며 "예전엔 네가 항상 먼저 피우자고 했는데……"라고는 헛헛하게 웃었죠. 옛 생각에 빠진 듯 희미하게 미소를 짓던 언니가 돌연 코웃음을 치더니 나를 쳐다보았습니다.

"기억나? 2008년에. 그 쓰레기 새끼가 담배 가지고 뭐라 했던 거."

나는 당연히 기억했습니다. 언니는 연일 광화문에서 대규모 집회가 열리던 어느 날에 벌어진 일을 내게 물은 것이었죠. 그날 집회가 끝난 후에 언니와 나는 물대포에 젖은 옷을 말리며 KT 건물 앞에서 담배를 피우고 있었어요. 그런 우리에게 한 남자가 다가와 "아가씨들, 여기 사진기자도 많은데 같이 구석으로 가서 피우지?"라며 능글맞게 물었습니다. 이상한 인간이란 생각에 무시하려는 내게 언니가 그 남자를 소개해주더군요. 아마 나는 그때 처음으로 '지도위원'이라는 단어를 들었을 겁니다. 언니와 나는 그 남자와 함께 호주 대사관 뒷골목으로 자리를 옮겼어요. 같이 담배를 피우며 집회에서 있었던 일들을 이야기하고 있는데 그 남자가 우리를 위아래로 훑어보더니 "너네 둘, 꼭 복제인간 같다"라며 히죽이고는 나를 가리키면서 "근데 지수 동지는 감정 복제가 덜 됐나보네?"라고 말했습니다. 딴에는 스스로가 재치 있다고 여겼나봅니다. 그러나 그것은 명백히 그에게 뻣뻣한 태도로 일관한 나를 깎아내리려는 말이었지요. 어찌할 바를 몰라 얼굴만 붉으락푸르락하던 내 옆에서 언니가 당장 사과하라며 크게 화를 냈습니다. 그렇게 언성을 높이는 언니를 본 것은 그날이 처음이었고 이후로도 본 적이 없었어요. 그때 정말 고마웠다고 내가 말하자 언니는 아리송해하는 얼굴로 나를 보았습니다. 담배를 한 모금 빨아당기며 머리를 좌우로 까딱거리던 언니는 황급히 연기를 내뱉더니 한 손을 내저었어요.

"아니야, 그게 아니라."

언니는 그 지도위원이 우리에게 다가와 수작을 걸었을 때부터 내가 그에게 경멸조로 면박을 주었다고 말했습니다. 그래서 그가 복제인간 운운할 때는 그를 매섭게 노려본 내가 자칫 폭발할 것만 같아 자신이 먼저 나섰다는 것이었죠. 나는 한쪽 눈을 찌푸리면서 정말 그랬냐고 언니에게 물었습니다.

"그럼! 너 되게 땐땐한 구석이 있잖아."

언니가 부드러운 눈으로 나를 보며 말을 이었습니다.

"어쩔 때는 그게 부럽기도 했고, 불안불안하기도 했고…… 뭐, 그랬지."

정말 그랬나. 어정쩡하게 쪼그려앉은 나는 다 피운 꽁초를 밟으며 그날의 기억을 더듬었습니다. 하지만 전혀 생각이 나지 않아 머리만 모로 흔들다 한쪽 끝이 납작해진 꽁초를 들고 일어섰지요. 언니는 내게 꽁초를 달라고 했어요. 자신의 휴대용 재떨이에 그것을 집어넣은 언니가 "아까는 뭐였어?"라며 심상한 투로 물었습니다. 나는 '음?' 하는 표정을 지으며 턱을 내밀었어요.

"정민 언니한테 뭐라 말하려 했던 거 아니야?"

"아……"

고개를 끄덕인 나는 패딩 주머니에 손을 집어넣었습니다. 몸을 움츠린 채 입술만 달싹이는 내게 언니는 괜찮으니 어서 얘기해보라고 했죠. 나는 그 말에 나름의 용기를 냈고, 언니와 구성원들의 글에 대해 입때껏 느껴온 불편한 점들을 털어놓았습니다. 내가 말하는 동안 "맞아, 맞아"라며 연신 동의를 표하는 그에게 나는 "언니도 그렇지 않아요?"라고 물었습니다. 임신 사실을 알려주며 우리가 반사적으로 축하의 말을 긴넬 때조차 우리가 보는 표정이 하나만은 아니지 않으냐면서요. 임신 소식을 전했을 때, 기혼이라도 당혹감과 우울을 숨기지 못하는 산모들, 반대로 뜻밖의 유산에도 안도감이나 위안을 감추지 못하는 얼굴들을 우리는 많이 보아오지 않았느냐고 말입니다. "그렇지, 네 말이 맞아"라고 말한 언니는 담배를 한 개비 더 꺼내 불을 붙였어요. 연기를 깊이 들이쉰 언니가 턱을 조금 들었습니다.

"그런데, 지수야."

언니가 내뿜은 연기가 길 위로 흩날렸지요.

"옳다고 여기는 거랑 말해져야 하는 게 늘 같을 수는 없더라고."

언니는 그 말을 하고서 담배 필터를 내 쪽으로 향했습니다. 내가 고개를 젓자 다시 자기 입술로 가져간 언니는 그것을 다 태울 때까지 무심한 얼굴로 침묵을 지켰어요. 새치가 빽빽한 머리카락을 재차 쓸어넘기던 언니는 검지로 꽁초 끝을 탁, 털어내고서야 웃는 낯으로 나를 보았습니다.

"알잖아, 이 시기를 잘 헤쳐가려면 우리도 우리의 도덕적 우위를 잃으면 안 된다는 거."

나도 언니를 빤히 쳐다봤습니다. 언니가 지어 보인 웃음은 곤란함만 간신히 감출 뿐이었는데, 그를 바라보는 내 얼굴이 어떠한지

가늠이 되지 않아 나는 순간적으로 멍해졌습니다. 뒤이어 언니가 "그러니까 네 생각은 조금 미뤄둘 수 있을까?"라고 묻던 것은 어렴풋이 기억나지만 내가 어떤 대답을 했는지는 잘 생각나지 않습니다. 다만 아직도 선명히 떠오르는 것은 "너무 춥다. 어서 가!"라며 흔들던 언니의 손과, 먼발치에서 돌아보니 겨울바람에 휘날리며 은색으로 빛나던 언니의 단발머리.

이 두 가지만큼은 여전히 내 눈앞에 아른거립니다.

해수와 내가 같은 병원에서 일했던 그해 늦가을, 동생은 심한 스트레스에 시달렸습니다. 그곳 영상의학과는 신규 전공의를 남녀 한 명씩 뽑아왔는데 그해 남자 지원자는 한 명이었지만 여자 지원자는 셋이었죠. 세 명 모두 학부 성적도 좋고 일도 잘하는 터라 한 치 앞을 모를 상황에서 해수는 인턴 점수를 조금이라도 잘 받기 위해 몸을 혹사했어요. 그런 동생이 안쓰러웠던 나는 우리의 오프가 겹친 날 병원 근처의 분식집으로 가서 해수가 좋아하는 떡볶이와 고구마튀김을 양껏 먹었습니다. 해수는 볼록하게 솟은 배를 통통 치면서 디저트는 자기가 사겠다며 광화문으로 가자고 했지요. 어스름이 내려 제법 쌀쌀해진 정동길을 걷는 동안 전날에도 밤을 새운 해수는 하품을 해댔습니다. 쩍 벌어진 제 입을 손바닥으로 가볍게 친 동생은 "와 이러고 사나……"라고 한탄을 하곤 "내도 미카코처럼 반짝반짝하길 바랐는데"라며 샐쭉거렸어요. 신랑과 맞절을 하고 하객을 향해 돌아선 해수가 웨딩드레스만큼이나 해사한 얼굴로 환히 웃는 모습을 보자 우리가 나란히 걸었던 그날의 기억이 밀려든 것은 아마 우연이 아니었을 겁니다.

"언니야는 후회 안 하나? 영화 엄청 하고 싶어했다 아이가?"

그때, 예원학교 담장을 따라 설치된 LED 작품 옆을 지나면서 해수가 물었습니다. 나는 큰 망설임 없이 후회하지 않는다고 대답했을 겁니다. 어찌됐건 그것은 나의 선택이라 여기던 때였으니까요. 하지만 "그라믄 산부인과는 왜 택했는데?"라는 질문에는 선뜻 답을 하지 못하겠더군요. "그러게, 왜 그랬을까……"라며 나는 되묻듯이 혼잣말을 했습니다. 어째서인지 그 질문은 머리 한구석에 콕 박혀 떠날 생각을 하지 않아 나도 모르게 그것을 계속 곱씹었는데, 그러다보니 불현듯 잊고 있던 기억이 떠올랐지요. 내가 희진 언니에 대한 이야기를 꺼낸 것은 정동극장 입구를 지나칠 즈음이었습니다. 언니를 처음 만난 세미나부터 언니를 따라 나간 집회와 뒤풀이들, 그렇게 언니와 붙어 지낸 나날을 하나씩 끄집어내던 나는 언니와 통화했던 수년 전의 어느 밤에 관하여 해수에게 말해주었습니다. 진정 이 나라의 미래를 걱정하는 이들은 자기들뿐이라고 소리 높이며 낙태 시술 근절을 선언한 일군의 의사들이 무차별적으로 동료들을 고발했던 그때, 떳떳하게 소리 낼 수 없어 지워진 여성들의 목소리에 분노하면서도 기대를 놓지 못하던 이들을 비웃듯이 낙태죄가 합헌으로 결정된 그날, 울분을 토하는 내게 희진 언니가 어쭙잖은 위로 대신 더 강해져야 한다며, 이럴 때일수록 우리 편에 설 수 있는 한 명의 전문가가 절실하다고 얘기하던 2012년의 그 여름밤에 대해서 말입니다.

"아이고─ 내는 자매님처럼은 못 살겠네예."

해수는 흥얼거리듯이 말했고 나는 피식 웃어버렸지요. 어느새 대한문 근처에 다다른 우리는 시청교차로 앞에서 멈춰 섰습니다. 해수가 스마트폰을 움직이며 지도를 살피는 사이 왼편에 조성된 화단을 쳐다보던 내가 "그런데 이제는 잘 모르겠네……"라고 중얼거리는데 "저기다!"라고 외친 동생이 다부지게 내 팔짱을 끼며 신이 난 목소리로 말했습니다.

"아따 맛있겠다. 언니야 빨리 가자!"

기념사진을 찍기 위해 주례 단상으로 올라가 해수 옆에 섰을 때, 부케를 든 손으로 내 오른팔을 휘감은 동생은 그날과 마찬가지로 굳게 내 팔짱을 꼈습니다. 폐백을 올리고 피로연장을 돌며 하객들에게 일일이 인사를 한 후에야 캐주얼한 차림으로 갈아입은 해수 부부는 양가 가족과 함께 로비 층으로 내려왔어요. 대기중인 리무진 앞에서 내가 해수를 꼭 안아주자 "언니……"라며 또 눈물을 흘리기에 "대체 오늘 몇 번을 우는 거야" 하고는 동생의 눈가를 닦아주었습니다. 신부대기실에서처럼 로비에서도 한바탕 눈물바다가 연출되나 싶었지만 해수가 "몰라…… 결혼하메 우는 애들 다 딩시 같아 보였는데 내 우야노!"라며 심통을 내는 바람에 다들 웃음을 터뜨렸지요. 그렇게 인사를 나누고 해수 부부가 차에 타려는데 어머니가 "우리 아가야한테도 잘 갔다 오라고 해야지"라고 하시고는 몸을 낮추었습니다. 어머니가 해수의 배에 대고 "잘 갔다 온네이"라며 손을 흔드는 모습을 나는 어색하게 지켜보았습니다. 그런 내가 우스웠는지 손가락으로 나를 가리키며 킥킥거리던 해수는 제 배를 내 쪽으로 내밀더니 "많이 오글거리나? 언니야도 함 해봐라, 자!"

라고 개구지게 말했죠. 내가 쭈뼛거리자 주변에서 "어서, 어서"라며 한입이 되어 보챘어요. 하는 수 없다는 듯, 콧김을 길게 내쉰 나는 머뭇머뭇 무릎을 굽히고는 허벅지 위에 손을 얹었습니다.

당신은 영영 기억하지 못하겠지요.

아주 작은 목소리로 내가 건넨 최초의 인사를요.

나직하게나마 그 말을 입 밖으로 내보내고 나니 갈비뼈 언저리에서 손바닥만한 무언가가 순식간에 빠져나가는 느낌이 들었습니다. 기이하게도, 텅 비어버린 기분과 동시에 내 뒤에 내내 붙어 있던 그 서늘함마저 사라졌는데 나는 이 사실을 집에 홀로 돌아와서도 한참이 지나서야 깨달았습니다. 나는 그날 밤늦게까지 다음주에 발표할 칼럼을 준비하느라 거실 창가의 컴퓨터 앞에 붙어 있었습니다. 의자에 쪼그려앉아 몸을 웅크린 나는 빈 화면에 깜빡이는 커서를 오랜 시간 응시했지요. 그러다 초점이 흐려졌고, 그와 동시에 나를 가로막고 있던 무엇이 일순 연기처럼 흩어지는 것을 느꼈어요. 홀린 듯이 키보드 위에 손을 올린 나는 이런 생각을 했습니다. 이후가 아니라 바로 지금이어야 하지 않을까. 기약할 수 없는 언제인가가 아닌 지금 당장이어야 하지 않나. "……임신중지를 겪은 모든 여성이 동일하게 경험하리라 가정되는 비감은 그들에게 생명을 폐기시켰다는 자기 인식을 갖게 해 스스로를 비윤리적인 존재로 획일화하도록 만든다." 전해지지 않더라도 전할 수밖에 없는 진심이란 게 있지 않을까. "……임신중지가 언제나 예외 없이 한 여성의 절실한 고민 끝에 나온 결정이라는 고정관념은 그것이 항상 절박한 상황에서 절박하게 취해져야만 하는 조치처럼 여겨지게 만들 수 있다." 그렇게 나는 천천히 써내려갔습니다. "……이러한 논리 끝에 임신중지가 고통을 수반하는 행위로만 가정된다면 우리의 주체성은 지워질 것이며, 타인의 선의에 의해 구조받는 나약한 존재로만 재현될지도 모른다." 나는 반려되리라는 확신 속에서도 이렇게 쓰지 않을 수 없었는데, 합평 자리에서의 곤혹스러운 표정들과 다수의 침묵, 그리고 우려의 목소리 사이에서도 은빛씨만은 내 초고를 두둔해주었습니다. 큰 틀에서는 동의하나 지금 시점에서는 다소 위험하지 않으냐는 의견을 반박한 은빛씨는 이런 목소리도 소거되어서는 안 된다며 내게 자기변호라도 해보라고 독려했지요. 그러나 괜히 어수선하게 만들어 죄송하다고 내가 먼저 사과한 것은, 나를 망연히 바라보는 희진 언니 때문이었습니다. 언니는 합평이 진행되는 내내 단 한마디도 하지 않은 채 억지웃음이라도 지어보려다 완벽히 실패한 얼굴로 나를 그저 바라보기만 했지요.

"이야기 좀 할 수 있을까?"

모임이 끝나고 스터디 룸을 나서려는 내게 희진 언니가 물었습니다. 다음에 하면 안 되겠느냐는 내 대답에 어깨를 으쓱인 언니는 고개만 끄덕였습니다. 그렇게 언니를 남겨두고 스터디 카페에서 나오니 눈이 제법 쌓여 있더군요. 비탈진 눈길을 조심조심 걸으며 공영주차장으로 내려가던 나는 익숙한 길목에서 잠시 걸음을 늦추었습니다. 나는 고개를 옆으로 돌려 아직 발자국이 찍히지 않은 하얀 골목길을 들여다보았지요. 언니와 담배를 나눠 피웠던 그 골목 앞에 서서 좁고 긴 하얀 길바닥을 내려다보는데, 언니가 말했던 그때의 일이 마치 방금 전에 벌어진 것인 양 또렷하게 되살아났습니다.

"아저씨, 시비 걸고 싶으면 저기 담배 피우는 남자들한테나 가세요."

그 장면 안에서 지도위원이란 작자를 노려본 나는 뒷일 따위는 모르겠다는 듯, 아무것도 두렵지 않다는 듯 잔뜩 날이 선 말들을 뱉어내고 있었죠. 언니는 과연 알고 있었을까. 나는 생각했습니다. 내가 그럴 수 있었던 까닭은 내 옆에 언니가 있었기 때문이었다는 것을. 집회나 세미나가 끝나자마자 언니에게 담배를 피우자고 보챈 것은 단둘이 보내는 그 짧은 시간이 내게 더없이 소중했기 때문이었음을. 언니가 턱을 들어 뿜어내는 연기 아래, 언니의 목이 그리는 곡선을 너무나도 좋아했지만 좋아한다고 말하는 순간 그 감정이 걷잡을 수 없어질까 여태 언니에게 그런 말을 하지 못했고, 병원 생활을 시작하면서 언니와 멀어진 이유도 단지 내가 바빠져서가 아니라, 그즈음엔 이미 내가 아니더라도 언니 곁에 수많은 사람이 있었기 때문임을. 이 어리석음과 유치함을 들키고 싶지 않아 언니와의 만남을 더욱 꺼려했었다는 것도. 나의 그러한 모습이 새하얀 길바닥에 비치는 것만 같아 나는 고개를 돌렸습니다. 길목을 지나쳐 주차장으로 마저 내려가는 동안 패딩 점퍼 주머니를 뒤적인 나는 전화기를 꺼냈어요. 장갑을 벗고서 입력창에 같은 내용을 쓰고 지우길 반복하다 결국 언니에게 메시지를 보냈습니다.

─언니 미안해요. 아무래도 다음 모임부터는 빠지는 게 좋을 거 같아요.

내가 보낸 문자 아래 '전송됨'이란 작은 문구는 금세 '읽음'으로 바뀌었고 '읽음'은 곧 '작성중'으로 변했습니다. 그러나 '작성중' 위에 붙은 점들만 점점이 커지다 작아질 뿐 언니의 답장은 오지 않았죠. 전화기를 꼭 쥔 채 다른 한 손으로 자동차의 앞유리에 쌓인 눈을 털어낸 나는 차 안으로 들어가 시동을 걸었습니다. 입김이 훌훌 나와 카 시트의 열선을 작동시켰지만 바로 운전대를 잡기는 저어되더 군요. 나는 눈을 감고서 헤드레스트에 뒤통수를 댔습니다. 그러고 도 한참 후에야 지나치리만큼 청명한 메시지 수신음이 울렸어요.

─알겠어. 내가 괜히 부담만 준 거 아닌지 모르겠다… 미안해.

열선 온도를 끝까지 올렸음에도 한기는 가시지 않았습니다. 나 는 옆 좌석에 전화기를 엎어두고서 히터를 켰지요. 라디에이터가 시 끄러운 소리를 내며 돌아가자 통기구에서 뿜어져나온 온기가 목 아 래로 훅 끼쳐들었습니다. 갑작스런 온기에 노곤해진 탓이었을까.

온몸에 힘이 풀린 나는 등받이를 기울였습니다.

*

헌법불합치 결정! 낙태죄는 위헌이다!

헌법불합치 결정! 낙태죄는 위헌이다!

2019년 4월 11일. 종로구 재동 헌법재판소 앞에서 마이크를 잡 은 누군가가 간절한 목소리로 외쳤습니다. 그 앞에 모인 대오는 다 른 현장들보다 한두 옥타브 높은 함성을 지르며 서로를 껴안았지 요. 우리 병원 직원들 역시 환자 대기 공간에서 중계방송을 지켜보 았고, 결정문이 나오자 우리는 내원객들이 눈치채지 못하도록 서로 를 향해 안도의 고갯짓을 했습니다. 자기 진료실로 돌아가던 동료 남자 의사가 내 옆을 스치며 "다행이야……"라고 나직이 말했을 때, 고개를 끄덕이면서도 중계 화면에서 눈을 떼지 못한 것은 붉어진 볼 위로 두 눈이 퉁퉁 부어 있는 희진 언니가 화면 한구석에 보였기 때문이었어요. 형법 제269조 등에 대한 헌법불합치 결정의 의의를 설명하는 기자의 어깨 너머, 언니는 익숙한 얼굴들과 더 많은 그렇지 않은 이들과 함께 서로를 부둥켜안고 있었습니다. 서로의 등을 토닥이며 하염없이 눈물을 흘리는 그들의 모습에 내 눈시울도 뜨거워져 나는 진료실로 바삐 걸음을 옮겼지요.

"언니야."

프라이팬 뚜껑을 덮어 음식 익는 소리가 잦아들자 해수가 나를 불렀습니다. 그날 저녁, 퇴근을 한 나는 해수의 신혼집으로 갔어요. 남편이 당직이라 종일 혼자 지낸 해수는 고기가 당긴다고 했고 나는 마트에서 떡갈비를 사와 냉장고에 있는 양파와 파프리카 같은 것들을 꺼내 잘게 썰었지요. 팬에 올리브유를 두르고 한쪽 면을 구운 떡갈비들을 뒤집은 다음 야채를 넣자 쏴─ 하는 소리가 났습니다. 불을 줄이고서 뚜껑을 덮었을 때 들려온 목소리에 "응?" 하고 대답한 나는 허리를 틀어 그쪽을 보았어요. 해수는 한껏 부른 배가 불편했는지 소파에 비스듬히 앉아 텔레비전을 보고 있었죠.

"축하한데이."

해수가 텔레비전에서 눈을 떼지 않은 채 말했습니다. 내가 뭘 축하하느냐고 묻자 해수는 화면을 향해 턱짓을 했습니다. 화면에는 내가 몇 시간 전에 보았던 중계 영상이 저녁 뉴스로 나오고 있었어요. "우리 자매님, 애 마이 썼네"라는 말에 프라이팬으로 시선을 돌린 내가 "나는 한 거 없어……"라고 하니 "그게 뭐 한 거지"라고 동생이 덤덤하게 대꾸했습니다. 무슨 말인가 싶어 곰곰이 생각하던 나는 해수가 민교수와 나누었다는 대화를 다시금 떠올렸지요. 혹시 읽어봤느냐는 내 물음에 소파에서 몸을 일으킨 해수가 뒷짐을 지고는 쟁글거리는 얼굴로 내게 다가와 귀엣말을 했습니다. "아니, 꼭 읽어봐야 아나? 그러려니 하는 거제"라며 씩 웃어 보인 해수는 수저와 냄비받침을 챙겼고, 덩달아 피식 웃은 나는 양손에 밥그릇을 하나씩 들고 동생을 따라 거실로 향했어요.

출산휴가 기간에 논문 하나를 마무리하고 있던 터라 해수의 다탁은 자료와 원서들로 어지러웠습니다. 그것들을 탁자 한쪽에 차곡차곡 쌓는 동생을 보니 나도 이즈음에 논문과 씨름하던 것이 생각나 가볍게 한숨을 쉬었어요. 빈자리에 밥그릇을 올린 나는 부엌으로 돌아가 프라이팬을 가져왔습니다. 그리고 다탁 가운데 그것을 놓고서 해수의 맞은편에 앉았죠. 하지만 동생은 수저를 들 생각은 않고 대신, 옆에 쌓아둔 것들을 찬찬히 살폈습니다. 그러다 두꺼운 원서 사이에 책갈피처럼 꽂아둔 사진 한 장을 빼내더군요. 한 손으로 사진을 쥐고서 얼마간 쳐다보던 해수가 내게 그것을 건네며 물었습니다.

"언니 우리 아기 본 적 있었나?"

나는 고개를 갸웃거리면서 사진을 건네받았습니다. 두 팔꿈치를 다탁에 올리고 그 사진을 오래도록 바라보았지요. 그러는 동안 나는 아무 말도 하지 않는데 해수 또한 별말이 없었기에 텔레비전에서 흘러나오는 소리만이 우리 사이의 정적을 메웠습니다.

"내도 그런 생각 해봤다."

이윽고 해수가 입을 뗐습니다. "너무 급한 거 아인가, 속도를 늦
춰야 하나. 근데 못 그라겠네. 나는 이 사람이 너무 좋은데 혹시라
도 그라믄 헤어질 거 같기도 하고……"라며 말끝을 흐린 해수는
양손을 바닥에 짚으며 소파 시트에 허리를 기댔어요. 잠시 허공을
응시하던 동생은 한층 낮아진 목소리로 "우리 참 많이 다르잖아"
하고는 말을 이었습니다. "그래도 있지, 언니야. 이것도 내가 선택한
거다. 내는 내 가진 복 누리면서 살고 싶은데, 그게 꼭 잘못은 아니
잖아." 그 말에 연신 고개를 주억이는 나를 동생이 푸석한 얼굴로
물끄러미 바라보았습니다.

"내는 그냥 행복하고 싶더라. 언니야도 안 그렇나?"

해수의 물음에 나는 고갯짓을 멈추었지요. 나를 바라보는 동생
의 눈은 다른 무엇이 아닌 다만 동의를 구하는 듯했습니다. 그런가,
정말 그런가, 라며 머릿속을 울리는 메아리 끝에 문득 희진 언니의
억지웃음을 마주했던 때를 떠올렸는데, 어쩌면 나는 해수의 눈에
서 그때의 나를, 가늠되지 않던 나의 얼굴을 가늠해보았는지도 모
르겠습니다. 언니와는 그날까지도 서로 연락을 하지 않았었죠. 이
럴 일이었나. 먼저 다가서려는 마음 없이, 그저 주저하기만 했던 것
은 아닌가, 라는 생각이 밀려들 즈음 해수가 고개를 살짝 숙였고
앞머리가 내려와 동생의 얼굴을 가렸습니다.

"그럼. 나도 우리가 행복했으면 좋겠어."

올올이 내려온 동생의 앞머리를 쓸어넘기며 내가 말했습니다. 해
수는 검지로 인중을 비비더니 헛기침을 하고는 젓가락을 집어들었

습니다. "아따 맛있겠네. 먹자, 언니야"라며 해수가 떡갈비 한 점을 입에 넣었습니다. 나도 다탁 한편에 당신의 모습이 담긴 사진을 내려두고서 젓가락을 집어들었지요. 아마도 곧, 나는 해수와 성탄절 새벽을 맞이한 그 병원으로 가게 될 것입니다. 따스한 나날일 테지만 날이 화창할지, 비로 흐릴지, 자욱한 먼지로 희붐하기만 할지는 아직 알 수 없습니다. 다만 확실한 것은 당신을 처음 본 순간부터 내가 당신을 사랑하게 되리라는 사실. 꼬물거리는 손으로 당신이 내 손가락을 잡자마자 나는 당신에게 속수무책으로 빠져들게 되겠지요.

하지만 나는 또한,

당신이 없는 지금 이곳을 상상합니다. 당신의 어머니, 그러니까 나의 동생 해수가 나와 함께 정동길을 걸으며 서로가 꿈꾸었던 미래를 이야기하던 그때와 다름없이, 우리가 나란히 각자의 두 발로 자기만의 길을 걸어가는 모습을 말입니다. 당신이 없는 그곳에서도 당신에 대한 나의 사랑은 다르지 않으리라는 것을, 그 다른 세계에서도 당신에 대한 나의 사랑은 분명 굳건할 것임을,

당신이 이해하는 날이 오기를.

각주

1

이 소설은 성과재생산포럼에서 기획한 『배틀그라운드—낙태죄를 둘러싼 성과 재생산의 정치』(후마니타스, 2018) 중 이유림의 「낙태죄를 정치화하기」에 나오는 다음 대목에서 시작했다.

'너의 낙태를 말해봐(#ShoutYourAbortion)' 해시태그 운동을 촉발한 최초의 트윗은 슬픔과 후회, 죄책감을 동반하는 낙태 경험과 "낙태 덕분에 더없이 완벽한 행복"을 경험하는 것에 대한 사회적 낙인이 상이함을 지적한다. 규범적인 성적 실천의 연장선상에서 '원치 않는 임신'과 비규범적 섹슈얼리티 안에 놓인 '원치 않는 임신'은 전혀 다른 도덕적 평가를 받는다. 따라서 단순히 그 폭로가 유의미한 것이 아니라 이 경험 안에서 말해진 것과 말해지지 않은 것에 대한 질문, 참조와 전제의 기반에 대한 성찰이 함께해야 한다. (……) '너의 낙태를 말해봐'의 메시지는 낙태의 경험과 고통이 폭로된 것이 아니라, 무엇이 낙태를 금기와 낙인으로 구성하는지, 이런 낙인의 경계에서 안전하게 분류되는 것은 무엇인지, 이 경계가 얼마나 허구적이며 임의적인지에 대한 질문이다.(31~32쪽)

2

또한 이 소설에 등장하는 논의들 중 상당 부분은 에리카 밀러가 쓴 『임신중지—재생산을 둘러싼 감정의 정치사』(이민경 옮김, 아르테, 2019)에서 비롯됐다. 지난여름, 이 책을 혼자 읽기보다는 같이 읽어야 할 필요성을 느낀 보건의료단체 활동가, 산부인과 전문의, 의사학(醫史學) 연구자 등이 모여 총 네 차례에 걸쳐 세미나를 진행했다. 세미나에 참여하는 동안 나는 2장「행복한 선택」에서 기술되는 '모성적 행복'의 다음과 같은 측면에 특히 주목했다.

여성성을 모성에서 해방시키는 대신, 젊은 여성을 선택의 주체로 호명하는 일은 사실상 선택을 통해 여성을 모성으로 다시금 자연화하는 결과를 낳았다. (……) 모성이 행복과 연결되고 나면, 1970년대 초반에 그랬듯 모성은 더이상 여성의 숙명이 아니라 여성의 욕망으로 간주된다. (……) 그러나 여성이 선택할 수 있다는 것, 특히 임신중지를 선택할 수 있다는 것은 욕망으로서 모성이라는 환상을 유지하는 데 필수적이다. 미디어, 정부 정책, 정치 담화 등 다양한 맥락에서 여성의 행복을 규범화하는 전제는 선택이라는 관용어를 통해 모성을 다시금 자연화한다. 모성이 임신한 여성에게 허락된 유일하게 행복한 선택일 때, 임신중지는 여성에게 괴롭고도 가슴 찢어지는 선택이 된다.(90쪽)

행복은 사람이나 대상에 깃든 속성이 아니다. 행복은 확실히 행복을 줄 것으로 인식되는 대상에게로 우리를 끌어당기는 힘이다. 행복의 대상은 개인이 그것을 행복으로 경험하기도 전에 '행복'으로 규정된다. 따라서 행복은 일종의 약속처럼 기능한다. (……) 아메드는 행복이라는 각본을 "이미 줄 세워진 것을 일직선으로 정렬하는 장치"라 일컫는다. 여기서 '이미'라는 말은 예정된 인생행로에 순응하도록 우리에게 동력을 주는, 세계의 지극히 규범적인 전망을 뜻한다. 행복이라는 약속은 사회규범을 사회적 선으로, 사회·문화적 규범성을 개인의 욕망으로 바꿔놓는다. 또한 권력의 사회적·구조적·문화적 메커니즘을 개인화하고 탈정치화한다.(102쪽)

3

헌법재판소는 통상 헌법불합치 결정을 내릴 때 입법자에게 일정 시한까지 해당 조항을 개정할 것을 함께 촉구한다. 형법 제269조

제1항 등 위헌소헌(2017헌바127)에 대한 전원재판부의 결정문도 마찬가지였다. 그러나 결정이 있고 한 해가 지난 지금까지 국회에서 발의된 개정안은 작년 4월 15일, 정의당 이정미 의원이 대표 발의한 일부 개정 법률안이 유일하며 집권 여당이나 제1야당 소속 의원의 이름은 공동발의자 명단 어디에도 보이지 않는다. 이 조용한 외면이 의미하는 바는 명확하다. 많은 사람들이 끝났다고 여겼던 이 싸움은 사실, 아직 시작조차 되지 않았다.

다른 세계로

이지은

이현석의 「다른 세계에서도」는 2019년 4월 11일 헌법재판소의 '낙태죄 헌법불합치 결정'을 배경으로 임신중지 및 재생산권에 관한 어려운 질문을 던진다. 소설은 동생의 갑작스러운 임신을 걱정하는 산부인과 의사 '나'(정지수)가 아직 태어나지 않은 조카(동생 해수의 태아)에게 보내는 전언의 형식으로 전개되는데, 이러한 소설의 구도는 얼핏 '여성의 자기결정권 대 태아의 생명권'이라는 오래된 대립 구도를 반복하는 듯해 보인다. 그러나 「다른 세계에서도」는 하나의 단일한 서사로 통합되지 않는 복수 여성의 목소리를 삽입하고 이들의 차이에서 비롯되는 '다른 세계'를 희망함으로써 임신중지에 대한 전형적인 재현을 넘어서고자 한다. 따라서 독해의 중심에 해수의 임신과 선택이라는 하나의 사건이 아닌 임신(중지)에 대한 이질적인 시선들을 놓아보고자 한다.

먼저, 해수의 엄마는 딸의 임신을 반기지 않는다. 이는 혼전임신을 '남사스러운 일'로 여기는 가치관 때문이기도 하지만 무엇보다도 딸이 겪을 경제적 곤란과 경력 단절이 걱정되기 때문이다. 엄마는 딸이 "제대로 있는 집에 시집가서 편하게"(115쪽) 살길, 혹은 "더 좋은 엄마 될 만큼, 다─ 준비된 다음"(116쪽)에 결혼·출산·육아의 과정을 겪을 수 있기를 바란다. 여성에게 전공 선택을 제한하는 의대 풍토 때문에 군이 상경하여 종합병원에 근무하고 있는 해수의 사정을 헤아린다면 엄마의 걱정을 극성이라고 치부할 수 없다. 오히려 일반적인 고용조건보다 나을 것이라 기대되는 전문직 분야에서마저 여성 차별이 공고히 작동하고 있음을 확인할 때, 여성에게 임신과 출산이 얼마나 많은 것들을 포기하게 하는지 새삼 깨닫게 된다. 그러나 당사자인 해수는 사랑하는 사람을 놓치고 싶지 않고 임신도 그녀에게 주어진 '복'이라 여기므로 출산과 결혼을 "선택"(139쪽)하겠다고 한다.

한편, '나'가 참여하고 있는 칼럼 필자 모임의 산부인과 전문의들도 임신중지에 대해 조금씩 다른 시각을 보인다. 이들은 헌법재판소의 판결을 앞두고 낙태죄 폐지에 대한 대중적 공감을 넓히기 위해 매주 한 편의 칼럼을 연재하고 있다. 그런데 필진 모두가 '낙태죄 폐지'에 동의한다고 하더라도 그러한 결론에 도달하기까지 각자가 구사하는 언어는 다르다. 희진은 보다 안전하고 간편한 약물적 임신중지법이 널리 알려져야 한다고 주장하며, 이에 필요한 약물의 시판 허가를 촉구하는 글을 쓴다. 그런데 희진은 '간편한 임신중지'에 대한 대중의 반감을 우려한 듯, "어떤 여성도 임신중지를 결코 쉽게 결정하지 않"으며 임신중지는 "미래의 아이들을 위해 고심 끝에"(110쪽) 내린 결정이라는 점을 강조한다. 또, 정민은 자신이 임신중일 때 미성년자 산모의 임신중지 시술을 맡았던 경험을 고백하며 임신중지가 불가피한 일임을 역설한다. 정민은 당시 상당한 죄책감에 시달렸다고 멤버들에게 토로하기도 한다.

'나'는 이러한 재현 방식에 불편함을 감추지 못한다. 희진의 논리대로 약물적 임신중지법이 "차기 임신에 영향을 주지 않아 더 나은 미래를 보장"(같은 쪽)하기 위해 추구되는 것이라면, 여성은 임신중지를 택하는 순간에도 '(미래의) 모성'에 속박되고 말기 때문이다. 정민이 들고 있는 사례 또한 임신중지에 대한 기존의 편향된 이미지를 강화할 위험이 있다. 임신중지의 비범죄화가 성폭력 피해, 미성년의 신분, 경제적 어려움 등 시술이 매우 절박한 경우만을 근거로 주장되면, 여성이 자기 삶을 결정하는 권리로서의 임신중지의 의미는 삭제된다. 더하여 정민은 임신 8주 차 산모의 임신중지 시술을 한 뒤 "아기의 초음파 이미지"(123쪽)에 시달렸다고 하는데, 전문가마저도 "그냥 덩어리"(124쪽) 형태일 배아를 '아기의 형상'으로 인식하며 죄책감을 느끼는 이 장면은 임신중지에 대한 관습적인 재현이 우리 인식 속에 얼마나 뿌리깊게 박혀 있는지, 그러한 재현이 여성의 자기결정권을 얼마나 억압해왔을지 짐작하게 한다. 이에 '나'는 희진에게 산부인과 의사로서 우리가 만난 산모들의 사연은 훨씬 더 다양하지 않았느냐 묻는다. "임신 소식을 전했을 때, 기혼이라도 당혹감과 우울을 숨기지 못하는 산모들, 반대로 뜻밖의 유산에도 안도감이나 위안을 감추지 못하는 얼굴들"(129쪽), '나'는 자신이 본 수많은 표정들을 희진이나 정민의 언어로는 담아낼 수 없음을 안다.

그러나 희진은 "옳다고 여기는 거랑 말해져야 하는 게 늘 같을 수는 없"(같은 쪽)다고 말한다. '낙태죄 폐지'라는 현실적 목표를 이루기 위해서는 "도덕적 우위를 잃으면 안 된다"(같은 쪽)는 것이다. 이 말을 들으며 '나'는 더이상 희진과 함께할 수 없으리라는 것을 깨닫는다. 희진은 '도덕적 우위'를 잃지 않으려 할 뿐 '도덕' 그 자체를 심문하지는 않기 때문이다. 주지하듯, 도덕이란 한 사회에서 바람직하다고 여겨지는 행동의 기준이고, 이 규범은 그 사회에서 오랫동안 전해 내려오는 생활습관과 관습에서 비롯된다. 도덕은 그 자체로서 선이 보증되는 것이 아니며, 오히려 사회·역사적 조건이나 다수의 권력에 의해 만들어진 규범이 '도덕'이라는 이름으로 의심 없이 존속될 수 있다. 따라서 도덕을 심문하지 않고 도덕적 우위를 확보하려 한다면 필연적으로 기존의 관습과 규범에 적극적으로 영합하게 된다. 임신중지는 어머니 되기의 거부가 아니라 잠재적인 어머니 되기를 전제함으로써 용인되고, 사람들에게 연민을 불러일으킬 만한 경우에 한해 정당화되는 것이다. 이런 식으로는 이성애 규범을 해체할 수 없음은 물론이고 여성의 섹슈얼리티를 생식으로부터 분리하지도 못한다.

복수의 여성의 목소리를 기입하는 가운데 「다른 세계에서도」가 던지는 가장 어려운 질문이 여기서 제기된다. 희진이 꾸리는 '낙태죄 폐지 운동'이 도덕을 심문하지 않고 도덕적 우위를 확보하려 할 때, 다시 말해 이성애 규범과 여성 섹슈얼리티에 대한 억압에 근본적으로 저항하지 않을 때, 이 운동에 레즈비언인 '나'의 자리도 있는 것일까? '나'는 누구보다도 희진을 좋아하고 따르지만, "기약할 수 없는 언제인가가 아닌 지금 당장이어야"(133쪽) 한다는 생각으로 자신의 주장을 피력해나간다. 임신중지가 모든 여성에게 동일하게 경험될 수 없으며, 당사자들에게 획일적으로 덧씌워지는 비감이야말로 사회가 임신중지를 결정한 여성을 비윤리적 존재로 상상하는 방식이라는 것. 여성이 절박한 상황에서 임신중지를 '어쩔 수 없이' 선택한다는 서사는 거꾸로 절박한 상황에서만 임신중지를 선택해야 한다는 규범을 만들어낸다는 것. 절박함을 내세워 타인의 선의에 호소하는 것은 여성을 나약한 존재로 재현하며, 임신중지를 여성의 자기결정 '권리'가 아니라 법과 사회에 의한 '허용/관용'으로 인식하게 만든다는 것. 그리하여 여성의 주체성은 삭제되고 만다는 것. 이러한 '나'의 생각에 사람들은 "큰 틀에서는 동의하나 지금 시점에서는 다소 위험하지 않으냐"(134쪽)고 우려를 표한다. 다만 은빛만이 "이런 목소리도 소거되어서는 안 된다"(같은 쪽)며 '나'를 두둔한다. 결국 '나'는 칼럼의 필진에서 빠지게 되고, 2019년 4월 11일 헌법재판소는 낙태죄에 대해 헌법불합치 결정을 내린다.

'나'는 희진을 존경하고 사랑하면서도 그녀에게서 거리감을 느끼고 겉도는데, 이는 비단 희진과의 관계에서만 나타나는 감정은 아니다. 소설 속에서 '나'는 때때로 '서늘한 기운'이 엄습함을 느낀다. '나'에게 이 정체 모를 기운이 찾아오는 순간들을 일별해보면, 갓난아기에 대해 해수와 '나' 사이에 감정의 "간극"(108쪽)이 감지될 때, 혹은 해수의 임신을 축하하면서도 임신중지라는 선택지를 떠올릴 때다. 곧, 세상의 아름다운 것들을 '나'가 온전히 사랑할 수 없을 때, '나'가 세상 사람들과 '다르다'고 느낄 때 그 기운은 찾아온다. 그런 데 이 낯선 기운은 '나'가 해수의 태아에게 인사를 건네고, "이후가 아니라 바로 지금" "전해지지 않더라도 전할 수밖에 없는"(133쪽) '나'의 진심을 써내려가면서 사라진다. 알 수 없는 서늘함이 '나'가 '이 세계'에 완전히 합류할 수 없는 데서 오는 이질감이라면, 소설의 말미에서 '나'가 이 감정으로부터 놓여나게 되었다는 것은 '다른 세계'를 적극적으로 꿈꾸게 되었음을 의미한다. 중요한 점은 '다른 세계'의 의미가 태어날 조카를 기쁘게 맞이하는 세계 혹은 동생 해수의 임신중지를 지지하는 세계, 이 둘 중 하나의 세계가 아니라, 어느 쪽이든 자유롭게 선택할 수 있고 진심으로 사랑할 수 있는 세계라는 것이다.

소설의 결말에서 배가 한껏 부른 해수는 낙태죄 폐지 뉴스를 보고 '나'에게 축하의 인사를 전한다. 그리고 자신이 출산을 결심하게 된 이유를 말하며, "그냥 행복하고 싶"(139쪽)었다고 고백한다. 해수의 말에 '나'는 희진과의 일을 떠올리며 선뜻 답하지 못한다. 행복이란 많은 경우 어떤 대상 그 자체를 통해서라기보다 한 사회가 행복이라 여기는 것을 추구함으로써 얻어진다. '결혼하고 아이를 낳고 양육하는 것'이 소박한 행복이라 일컬어지듯, 행복의 기준은 사회·문화적 규범에 매우 밀착되어 있다. 해수가 말하는 행복이란 무엇일까. 그것은 그녀가 선택한 것이기도 하지만 동시에 끊임없이 규범 속으로 미끄러지는 것이기도 할 테다. 그것을 알기에 '나'는 해수의 말을 듣고 도덕으로 회수되어갔던 희진을 떠올렸을 것이다. '나'

는 잠시 머뭇거린 후에 "나도 우리가 행복했으면 좋겠"(같은 쪽)다고 답한다. 해수의 행복과 '나'의 행복이 같을 수 없으며, 그럴 필요도 없다. 그러나 행복을 위한 해수의 선택만큼 '나'의 선택도 자유롭고 가벼울 수 있을 때, 해수의 행복은 '나'의 행복과 더불어 오롯이 그녀 자신의 선택이 될 수 있다. 「다른 세계에서도」는 낙태죄 폐지에 이르는 무수한 서사의 맨 마지막 장이 아니라 낙태죄 폐지로부터 시작될 새로운 서사의 첫머리에 놓여 있다. 이제 시작될 이야기 속에서는 누구라도 '이후가 아니라 바로 지금' 자신의 목소리를 낼 수 있길, '자기결정권'이 이성애 가부장제 규범으로부터의 해방을 꿈꾸는 모든 몸을 향하여 최대한으로 열리길 바란다. 함께 갔으면 좋겠다. 아니 함께라야 갈 수 있다. 다른 세계로.

* 이 글을 쓰면서 다음의 책에서 많은 도움을 받았다.
백영경 외, 『배틀그라운드』, 후마니타스, 2018.
에리카 밀러, 『임신중지』, 이민경 옮김, 아르테, 2019.

이지은
2015년 경향신문 신춘문예에 평론 「안전거리 없음: 원시적 성실성과 武將SIREN의 진화─김훈론」이 당선되어 등단.

김초엽

인지 공간

.
.
.
.
.
.
.

김초엽
2017년 「관내분실」과 「우리가 빛의 속도로 갈 수 없다면」으로 제2회 한국과학문학상 중단편 대상과 가작을 수상하며 데뷔. 소설집 『우리가 빛의 속도로 갈 수 없다면』, 논픽션 『사이보그가 되다』(공저)가 있다. 2019년 오늘의 작가상을 수상했다.

인지 공간

나는 인지 공간의 관리자였다. 오랫동안 이곳을 위해 헌신했고 공동 지식의 조직화와 공간 확장 프로젝트에 지난 십 년을 쏟았다. 그런 내가 공간 밖으로 나가겠다고 선언하자 사람들은 충격을 받았다. 어떤 사람들은 나의 결정을 배신으로 여겼다. 그러지 않은 사람들도 나를 설득하고 회유하려고 애썼다. 그들은 내게 이브를 잊지 못했느냐고 물었다. 아직도 이브의 부탁을 마음에 두고 있는지, 이브의 죽음에 대한 죄책감을 느끼는 것인지 물었다. 그중에서도 나를 가장 슬프게 한 말은 이런 것이었다.

—제나, 더는 이 공간을 사랑하지 않게 된 거니? 그애가 네게 주입한 잘못된 생각에 속아넘어간 거야?

나는 인지 공간을 사랑했다. 격자들로부터 세계의 모든 아름다움을 배웠다. 이 작고도 결속력 있는 공동체, 대를 이어 전승되는 신화들, 정교한 자연의 이치, 그리고 세계의 놀라운 구조에 관해서. 격자 사이를 걸을 때 나의 영혼은 충만했다. 내가 평생 알았던 모든 것과 앞으로 알게 될 모든 것이 전부 이곳에 있었다. 그렇지만 나는 떠나야 했다.

─가야 해요.

슬픔이 가득한 시선들을 마주할 자신이 없어 나는 고개를 숙였다. 그들은 내가 이브에게 속았다고 생각할 것이다. 이브의 이른 죽음이 나를 허황된 생각으로 이끌었다고 여길 것이다.

사람들은 언제나 우리가 이 공간을 떠날 수 없는 이유를 말했다. 이브는 달랐다. 그애는 우리가 떠나야 한다고 말했다. 나는 이브가 구조물 바깥에서 무엇을 경험했는지 모른다. 구조물을 떠나서는 아무것도 할 수 없다는 사실만을 재확인하게 될 수도 있다. 하지만 한 가지만은 확실하다. 이브가 그곳에서 보았던 것을 나도 보게 되리라는 것. 나를 향하던 이브의 쓸쓸한 눈빛을 떠올릴 때면 나는 이곳을 떠나야만 한다고 느낀다. 이브가 죽기 전 기록한 것들은 격자의 어느 곳에도 남지 않았다. 그것은 나에게만 남아 있다.

우리가 인지 공간을 떠나야만 진짜 세계를 직면할 수 있다는 말에 사람들은 경악했지만, 그것은 내가 처음 떠올린 생각이 아니다.

그것은 이브의 생각이었다.

*

이브는 아주 작은 몸집으로 태어났다. 태어난 직후에는 성장이 좀 더딘 정도로 보였지만 어느 시점부터는 또래 아이들과 현저한 차이가 나기 시작했다. 공동체의 어른들은 이브에게 신경을 많이 썼다. 다섯 살 때 이브를 넘어뜨린 아이가 온종일 혼이 나는 것을 본 적이 있다. 놀이중의 사소한 실수였지만, 이브는 그 일로 열흘간 병실 밖으로 나오지 못했다. 아이들에게 선생님의 훈계보다도 충격적이었던 건 이브의 연약함이었을 것이다. 아이들은 이브의 약한 몸을, 이브를 둘러싼 공동체의 조심스러운 분위기를 예민하게 감지했다. 이브는 그 연약함 때문에 아이들을 불편하게 만드는 존재였다. 아이들은 이브가 가까이 오면 수군거렸고, 어른들이 이브를 놀이에 끼지 못하게 할 때마다 보란듯이 비웃었다.

그런 이브를 예비학교에 오게 하는 건 내 몫이었다. 학교의 보육교사이기도 했던 나의 어머니는 이브를 무척 안타깝게 여기고는 내게 당부했다. 또래 중 가장 덩치가 크고 힘이 센 내가 가엾은 이브를 잘 돌봐주어야 한다는 것이었다.

"이브의 부러질 것 같은 팔을 보니 마음이 너무 아프더구나. 너라도 그애를 챙겨줘야 해."

나는 연민이 섞인 호기심으로 어머니의 당부를 받아들였다. 이브와 나의 관계는 그렇게 시작되었다. 하지만 그건 계기였을 뿐이고, 얼마 지나지 않아 나는 이브가 정말로 좋아졌다. 왜 공동체의 사람들이 이브를 안쓰럽게만 여기거나 아무것도 할 수 없는 약한 존재로만 취급하는지 이해할 수 없었다. 가까이서 본 이브는 그렇게 단순하게 표현할 수 없는 아이였다.

또래 아이들의 물리적인 괴롭힘은 점점 줄어들었지만, 아이들은 대신 비열한 방식으로 이브를 조롱하기 시작했다. 나는 그런 아이들이 어리숙하고 시시하게 느껴졌다. 이브는 직접 맞서기보다는 아이들을 마주 비웃는 것으로 대응하곤 했는데, 나는 이브의 냉소적인 태도가 어른스럽다고 생각했다. 그래서 이브를 따라다니며 괜히 말을 붙이고, 아이들의 행태가 얼마나 한심한지, 이브의 대응이 얼마나 성숙하고 멋졌는지를 조잘대며 이야기했다. 처음에 나를 경계하던 이브는 점차 내게 호기심을 보여왔고, 나중에는 활짝 웃어주었다. 이브가 그렇게 웃어주는 사람은 나뿐이었으므로, 나는 마치 혼자만의 게임에서 이긴 것 같은 기분이 들었다.

아이들은 여전히 이브를 놀려댔지만 조금씩 내 눈치를 봤다. 내가 이브와 있을 때는 괴롭힘도 멈췄다. 하지만 이브가 혼자 있을 때는 이브를 향한 모욕이 계속되었다. 외로워 보이는 이브에게 나는 위로를 전하고 싶었다. 언젠가 모든 일이 다 잘 해결될 것이라는 확신이 있었고, 그렇게 생각하는 근거도 있었다.

"어른들이 해준 이야기인데, 저 한심한 괴롭힘도 곧 없던 일이 될 거래."

"왜?"

"우린 아직 인지 공간에 들어가지 않았잖아."

"그게 무슨 상관인데?"

"공동 지식을 배우기 시작하면, 우리는 동일시될 거야. 압도적인 지식 앞에서 우리의 사소한 차이는 무의미해지는 거지. 그러니까 저애들이 저러는 것도, 아직 어려서 그래. 곧 끝날 일이야."

공동 지식은 우리가 어린 시절 간직했던 차이를, 서로의 다른 기억을 잊게 만든다. 이브는 미간을 찌푸렸다.

"그래도 난 절대 안 잊을 거야. 이걸…… 전부 없던 일로 할 수 는 없어."

이브는 그렇게 말하며 돌을 웅덩이에 던졌다. 땅에 고여 있던 더러운 물이 사방으로 튀었는데, 이상하게도 이브에게는 튄 물방울이 닿지 않았다. 이브는 "이거 봐, 나 잘 던지지" 하고 나를 향해 어깨를 으쓱해 보였다. 나는 무신경하게 고개를 끄덕이면서도, 이브가 왜 이 모든 것을 기억하고 싶어하는지 이해할 수 없었다.

"그렇게 말해도, 결국 너도 잊을 수밖에 없을걸."

"왜?"

"공동 지식에 비하면 지금 우리의 일상 같은 건 너무 시시하고 단조롭잖아. 기억할 가치조차 없다고. 봐, 저 구조물을."

나는 인지 공간을 가리켰다. 거대한 격자 구조물은 멀찍이서도 위압감이 느껴졌다. 어머니는 저 구조물을 신이 설계했다고 말했다. 나는 신을 믿지 않았지만, 그렇게밖에 말할 수 없는 공간이었다. 구조물은 그 자체로 이미 어떤 심오한 의미를 전달하고 있는 것 같았다. 삶의 소중한 것들은 모두 저 안에 존재하는 것 같았다.

이브는 고개를 내저었다.

"글쎄, 보기만큼 대단하지는 않을 거라니까."

이브의 태도는 이상할 정도로 초연해 보였다.

"이브, 넌 공동 지식에 관심이 없는 거야?"

"물론 나도 때가 되면 배우겠지. 내 말은, 격자는 그렇게 대단한 게 아니라고. 다들 저게 우리의 모든 지식이자 생각이라고 여기는 것 같은데, 저기 인지 공간이 있고 아직 거기 진입하지 않았다고 해서, 지금 우리가 생각을 안 하는 건 아니잖아. 난 지금도 바쁘게 생각하고 있어."

이브는 그렇게 말하며 자신의 머리를 톡톡 두드렸다. 나는 이브가 인지 공간을 대수롭지 않게 여긴다는 사실이 놀라웠다.

"정말 진심이야? 일단 공동 지식을 배우기 시작하면, 지금 우리가 하는 건 생각이라고 부를 수도 없는 수준일걸."

나와 이브의 견해 차이는 좁혀지지 않았다. 그 이후로도 우리는 종종 격자 구조물을 놓고 치열한 논쟁을 벌였다. 이브를 이해하기는 어려웠지만, 한편으로는 격자 구조물에 대한 이브의 감정이 복잡할 것이라는 생각도 들었다. 어른들은 이브가 혼자서는 아무것도 하지 못하게 했다. 연약한 신체 탓에 격자 구조물에 진입하지 못할 수도 있다는 미래의 위험 때문에 지금의 이브는 이미 너무 많은 기회를 빼앗긴 상태였다.

심지어 이브는 예비학교에도 다니지 못할 뻔했다. 이브의 성장 속도가 보통 아이들과 차이가 나기 시작한 것을 알게 된 이브의 아버지는 이브를 예비학교에 보내지 않으려고 했지만, 공동체의 어른들이 이브의 가능성을 믿어보자고 아버지를 설득했다. 이브는 기초 수업은 곧잘 따라갔지만 결국 또래와는 잘 어울리지 못했다.

또래 중 가장 덩치가 컸던 나는 누구와도 싸워 이길 자신이 있었고, 이브를 위기 상황에서 여러 번 구해주었다. 어른들의 공동체는 놀라울 정도로 다툼이나 분열이 적었지만, 충분히 동일시되지 않은 아이들은 끊임없이 갈등을 일으켰다. 예비학교는 전쟁터와도 같았다. 그곳에서 나는 이브의 유일한 보호자였다. 동시에 나는 이브의 어른스러움을 동경했다. 내가 동경하는 이브를 보호해줄 수 있다는 것이 내게 묘한 자부심을 주었다. 완전히 다른 위치에 선 이브와 나는 서로가 원하는 것을 갖고 있었다. 그것은 내가 이브에게 특별한 종류의 감정을 가지게 했다.

열두 살부터 이브와 나의 세계는 조금씩 분리되기 시작했다. 열두 살이 된 아이들은 인지 공간에 들어갈 수 있었다. 아주 특수한 경우를 제외하고는 대부분 정해진 신체 기준을 통과했다. 우리 중에서 이브만이 기준 미달이었다. 이브는 여전히 터무니없이 작았다. 의사는 이브의 성장이 아직 멈추지 않았을 가능성이 있으니 일 년이 지나 다시 측정해보자고 말했다.

공동체 사람들은 이브를 어떻게 대해야 할지 몰랐다. 열두 살 이후에 사고를 당해 인지 공간에 접근하기 힘들어진 사람들은 있었지만, 이브처럼 아예 배움의 기회를 박탈당한 경우는 거의 없었다. 동정, 안타까움, 연민 섞인 시선들이 이브를 향했다. 이브도 그 시선을 어떻게 마주해야 할지 모르는 것 같았다. 나는 이브가 안쓰러웠지만, 최대한 아무렇지 않게 이브를 대했다. 그것이 일종의 예의처럼 느껴졌다.

하지만 진입의 날이 다가올수록 이브를 생각하면 마음이 불편했다. 그토록 기다려왔던 인지 공간에 나만 먼저 들어가게 되었다는 것이 미안했다. 의사는 일 년을 더 기다려보자고 했지만, 실은 우리가 다시 함께할 수 있다고 장담하지 못한다는 것을 이브도 나도 알고 있었다.

진단 이후 처음 이브를 만나는 날, 나는 이브가 주눅들어 있을지도 모른다고 생각하며 조심스레 첫 인사를 건넸다. 이브는 내가 내민 손을 잡지도 않고 대뜸 말했다.

"제나, 난 정말 아무렇지 않아."

이브는 활기차게 말했지만, 그 태도에는 어딘가 이상한 구석이 있었다. 내가 다시 안부를 물으려고 입을 열었을 때 이브가 한마디를 덧붙였다.

"말했다시피, 인지 공간은 그렇게 대단한 게 아니라니까."

순간 나는 말문이 막혔다.

만약 더 시간이 지난 후였다면 나는 그날의 이브를 이해했을지도 모른다. 하지만 그때는 나도 어렸으므로 이브의 태도에 즉각적인 반감을 느꼈다.

"대단한 게 아니라고?"

"다들 너무 기대하고 있잖아. 인지 공간이 엄청난 곳인 것처럼. 하지만 난 인지 공간에 한계가 있다는 걸 이미 알아."

싸우고 싶지는 않았던 나는 차분히 말했다.

"그래도 격자는 우리가 가진 지식의 전부야."

이브가 고개를 저었다.

"아니, 격자는 별들의 아주 일부조차 담을 수 없어."

이브는 마치 으스대는 것처럼도 보였다.

"세어볼래?"

그날 밤 이브와 내기를 했다. 저 격자 속에 얼마나 많은 별을 담을 수 있는가에 대해서. 나는 밤하늘의 모든 별을 격자 속에 담을 수 있다고 말했다. 이브는 격자가 담을 수 있는 지식의 양에는 너무나 분명한 한계가 있다고 말했다. 논쟁이 이어지자 이브에게 서운했던 감정은 곧 사라졌고, 격자의 한계와 가능성에 관한 질문들이 머릿속을 어지럽히기 시작했다.

인지 공간 진입을 한 달 남기고 이브와 나는 매일 공원에서 만났다. 밤하늘이 가장 잘 보이는 곳이었다. 그곳에서 우리는 공동 지식의 크기와 범위에 대해 토론했다. 우리의 내기는 결론이 나지 않았다. 밤하늘을 그렇게 오래 관찰한 건 처음이었는데, 별을 도저히 다 헤아릴 수가 없었다. 매일 뜨고 지는 두 개의 달 주위로 무수한 별들이 흩뿌려져 있었다. 어느 날은 백 개, 그다음날은 천 개, 어떤 때에는 수천 개도 넘는 별들이 보였다. 이브와 내가 구획을 나누어 세기도 했지만 밤이 새도록 하늘을 보고 있으면 내기는 처음부터 성립할 수 없었는지도 모른다는 생각이 들었다. 사실 우리는 아직 인지 공간에 얼마나 많은 격자가 존재하는지도 몰랐다. 논쟁이 늘 모호하게 끝나는 건 당연했다.

한편 나는 이브와 이야기를 나누는 그 모든 순간이 좋았다. 격자가 얼마나 많은 별들을 담을 수 있는지, 그 사실 자체는 어쩌면 중요하지 않은 것 같다고 생각했다. 결론이 어떻든 나는 언제나 이브를 만날 것이고, 우리는 계속 친구일 것이며, 매일 세계의 무한한 지식에 관해 이야기를 나눌 테니까.

하지만 얼마 뒤 인지 공간에 들어가면서 나는 이브와의 논쟁이 얼마나 무의미했는지를 깨달았다. 이브는 격자에 한계가 있다고 말했지만, 내가 직접 목격한 인지 공간은 제한된 지식이나 한정된 세계를 담고 있는 것이 아니었다.

격자는 우리가 가진 모든 것이었다.

*

인지 공간은 여러 이름을 가졌다. 큐빅 시스템, 공동 지식 구역, 격자 구조물. 사람들은 그곳을 그냥 격자 혹은 공간이라고도 부른다. 인지 공간의 구조는 육면체의 프레임을 쌓아올린 형태 또는 고체의 입방 결정에 비유된다. 격자 결정을 이루고 있는 각각의 원자들처럼 프레임이 교차하는 지점에 격자점이 위치하고, 정보는 오목하거나 볼록한 격자점에 기록된다.

사고는 공간적이다. 개념은 격자 속에 배열된다. 격자 구조물은 우리가 사고를 실체화하는 매개체다. 이 거대한 인지 공간의 육면체 프레임은 내부에 또다른 작은 육면체들을 갖는다. 이 육면체들의 배열이 이루는 구조는 특정한 개념을 나타낸다. 우리는 3차원 격자 배열을 눈으로 읽고 정보를 인식한다. 초기 영장류에서 분화된 인간은 진화 과정에서 격자 인지 능력을 획득한 것으로 추정된다.

즉, 우리의 뇌에는 이 복잡한 형태의 정보를 읽는 감각이 내재되어 있다. 신경과학이 밝혀낸 바에 따르면, 이런 형태의 격자 인지 능력이 자연적으로 발생하기는 결코 쉽지 않다. 그 증거로, 비인간 동물들은 격자 정보를 전혀 읽지 못한다. 정보학이 충분히 발달하기 전까지 우리 인간은 격자 정보의 원리를 이해하지 못한 채 본능적으로 격자 구조물을 이용했다.

장기기억이 유기체 뇌에 저장되는 비인간 동물들과 달리, 인간의 사고 체계만이 이러한 특이한 형태로 진화한 이유에 대해서는 아직 학자들도 합의에 다다르지 못했다. 그러나 인간의 뇌가 근본적으로 발달이 제한된 구조를 가졌다는 지적이 꾸준히 제기되어왔다. 개입 이론의 지지자들은 인간의 종 분화 초기에 우리보다 진화한 지성체들이 인간의 뇌 진화에 개입했다고 주장한다. '최초의 격자'에 새겨진 내용이 그들이 제시하는 증거이다. 그들의 견해에 따르면 격자는 우리 인간이 이 행성에서 살아가기 전부터 이미 존재했고, 구조물을 처음으로 세운 이들은 인간이 아닌 다른 지성체다. 인지 공간은 우리가 격자를 이해하고 명명하기도 전부터 문명과 함께해왔다는 것이다. 그러나 격자는 그들이 대체 누구인지, 인간보다 발전한 지성체가 있었다면 왜 지금은 그들이 모두 사라졌는지, 그들은 왜 인간의 뇌 진화에 개입했는지, 그들이 왜 처음에 구조물을 세웠는지에 대해서 말해주지 않기 때문에, 논쟁은 여전히 치열하다. 가장 지지를 받는 가설은 우리 인간 종 자체가 실험적 결과물이라는 것으로, 이는 비인간 동물들과의 사고 체계 차이를 설명해준다. 하지만 그 실험을 한 이들은 어디로 갔는지에 관한 질문은 여전히 신학의 영역으로 남아 있다.

인지 공간이 언제 어떻게 시작되었든, 우리는 제한된 뇌의 한계를 인지 공간을 통해 넘어섰다. 인간의 단기기억은 고작 하루 동안 유지될 뿐이다. 그러나 인지 공간은 유기체 뇌의 한계를 넘어 지식이 영구적으로 보관되도록 돕는다. 인지 공간 안에 있을 때 우리의 기억은 영원하다.

인지 공간은 수평으로도 수직으로도 뻗어 있다. 더 상위의 지식을 탐구하기 위해서는 격자 위에서 발을 헛디디지 않을 만큼 강건한 신체가 필요하다. 무수한 입방체들이 층층이 쌓인 공간은 마치 생각의 미로와도 같다. 수많은 통로로 얽힌 개념의 격자망 사이로 걸으며 우리는 지식을 흡수하고 사고를 전개한다. 우리가 인지 공간 속에서 길을 잃을 때, 그것은 생각 속에서 길을 잃는 것과도 같다. 하지만 뇌 속의 생각이 우리를 그저 스쳐지나가고 마는 반면 인지 공간은 그곳에 계속 남아 있다.

*

나는 인지 공간이 보여주는 세계에 압도되었다. 지치지도 않고 개념망 사이를 탐험했다. 처음에는 격자 구조물의 전체적인 배열 방식과 기초적인 정보를 배우는 것이 고작이었지만, 언제든 접근할 수 있는 지식이 이곳에 무한히 펼쳐져 있다는 사실이 나를 두근거리게 했다. 인지 공간에는 예술과 철학, 신화, 과학과 이야기에 이르기까지 무수한 개념들이 있었다. 나의 세계는 인지 공간을 통해 무한히 넓어질 수 있었다.

그곳에서 이루어지는 수업은 개념 자체를 습득하는 것이 아니라 사고의 방식을 바꾸는 훈련이었다. 우리 각자가 가진 작은 유기체 뇌는 인지 공간의 극히 일부밖에 담을 수 없지만, 인지 공간 속에서 사고하는 법에 익숙해지면, 우리의 사고는 두개골 속 뇌를 넘어 거대한 인지 공간 자체로 확장된다. 나중에는 인지 공간의 어느 정보에나 빠르게 접근할 수 있게 되며, 유기체 뇌에 의존하지 않고 인지 공간의 개념들만을 이용하여 사고하게 된다. 인지 공간에 직접 정보를 기록하거나 정보들을 재배열하는 일도 가능해진다. 나는 인지 공간에 완전히 매료되었고 습자지처럼 지식을 빨아들였다.

이브와는 그런 일들을 함께할 수 없었다.

이브는 일 년이 지난 뒤에도 진입 허가를 받지 못했다. 의사는 이브가 앞으로도 인지 공간에 갈 수 없다고 말했다. 그것은 영원히 어른이 될 수 없다는 선고와도 같았다. 우리의 세계에서 성장한 정신은 성장한 신체만이 도달할 수 있는 것이었다.

"괜찮아. 탐사대에 합류해서 인지 공간 바깥을 탐험할 거야."

하지만 이브는 탐사대에도 합류할 수 없었다. 외부 세계를 탐사하려면 인지 공간의 정보를 학습해야만 했다. 공동체 밖에서 생존하기 위해서는 수많은 지식이 필요하기 때문이었다. 탐사대원들은 격자 정보를 출발 직전에 습득했다. 이브에게는 불가능했다. 단기기억의 지속 시간은 겨우 하루이므로, 누군가가 매일 이브에게 긴 설명을 반복할 수도 없는 노릇이었다.

서기관들은 논의 끝에 이브가 격자 정보에 접근할 수 있도록 특수한 사다리를 제작해주었다. 사다리를 제작하는 데에 공동체의 많은 자원이 들었다. 그러나 그것으로는 아주 낮은 층수에만 접근할 수 있었다. 더 높은 곳에 닿는 사다리는 이브에게도 위험할 수 있었고 구조물 자체에 손상을 줄 수도 있었다. 이브에게 허락된 정보들은 고작해야 공동체 생활에 아주 필수적인 종교와 의례, 경작과 목축에 관한 것들뿐이었다.

이브가 그때 무슨 생각을 했는지는 잘 모르겠다. 나는 이브의 심정을 짐작할 수도 없었고 이브를 위해 무엇을 해주어야 할지도 몰랐다. 내가 방대한 지식 사이를 탐험하며 개념들의 배열 규칙을 익히고 있을 때 이브는 인지 공간의 가장 낮은 층에서 이따금 나를 올려다볼 뿐이었다. 격자 정보는 섬세한 방식으로 기록되며, 입방체의 규모는 추상성의 단계를 구분한다. 구체적인 정보일수록 더 작은 격자에 기록된다. 격자 정보에 가까이 접근할 수 없다는 것, 멀찍이서만 이 공간을 바라본다는 것은 개념들을 오직 피상적으로만 이해할 수 있다는 것을 의미했다. 나는 죄책감과 불편함을 동시에 느꼈다.

점점 이브와 함께 보내는 시간이 줄어들었다. 자연스러운 일이었다. 설령 이브가 인지 공간에 왔더라도 어릴 때처럼 매일 오랜 시간을 함께 보낼 수는 없었을 테니까. 그렇지만 나는 여전히 이브를 유일무이한 친구로 여겼다. 열여섯 살에 나는 지식을 기록하고 개념망을 확장하는 법을 배우기 시작했는데, 수업이 끝나면 공원에서 이브를 만났다. 우리는 각자의 하루를 이야기했다. 이브는 그 무렵 아버지에게 옷을 만드는 일을 배우기 시작했다. 이브의 아버지는 운영하던 의상실을 이브에게 물려줄 생각인 것 같았다. 이브는 자신의 삶이 충분히 만족스럽다고 말했다. 하지만 나는 매일 밤 이브가 공원에서 밤하늘을 바라본다는 사실을 알았다.

"제나, 우주에 관해 내게 말해줘."

이브는 나에게 부탁했다.

별들에 관한 지식은 격자 구조물의 꼭대기 층에 있다. 우리 공동체는 땅 위에서 필요한 실용적인 기술에 더 많은 관심을 기울이기 때문에, 천체를 연구하는 사람들은 손에 꼽을 만큼 적다. 그래도 나는 어떤 사람들이 천문학자라는 신분으로 격자 구조물의 꼭대기에 오른다는 사실을 알고 있었다. 이브의 부탁을 받은 후로 나는 견학을 핑계로 천문학 지식이 기록되는 격지 층을 긷곤 했다. 내용을 이해하기는 쉽지 않았다. 그것들은 너무 멀고 아득한 공간을 다루고 있었다. 그래도 나는 매일 그곳에 들러 이브에게 들려줄 하루치의 지식을 배웠다.

이브는 내 이야기를 좋아했지만 한편으로는 미심쩍어했다.

"정말로 밤하늘에 대해 밝혀낸 것이 그것뿐이라고?"

"우주보다 더 중요한 문제가 많으니까."

"문명이 어떻게 시작되었는지, 우리가 어디에서 왔는지 아는 것보다 중요한 게 뭐가 있어?"

"넌 우리가 저 밤하늘에서 왔다고 생각해?"

"물론이지. 인간의 기원은 이 행성이 아니야."

나는 이브가 왜 그렇게 확신하는지 궁금했지만, 더 묻는다고 자세한 이야기를 들을 수는 없을 것 같았다. 설령 이브가 어떤 말을 늘어놓는다고 해도 그건 근거 없는 상상에 불과할 터였다. 기원 가설에 접근할 수 있는 건 이브가 아닌 나였다. 그리고 내가 아는 한 우리 인간이 행성 밖에서 왔다는 주장은 이미 검토할 가치가 없다고 판단된 가설에 가까웠다.

"만약 네 말이 맞는다고 해도, 어차피 우주에는 못 가. 저 밖에는 인지 공간이 없으니까. 우주로 간 우리는…… 아무 생각도 없는, 동물들보다도 못한 존재일걸."

이브는 내 말을 듣고 불만스러운 표정을 지었지만 입을 다물었다. 내 말에 동의하지 않기 때문인지, 아니면 다른 생각에 빠진 것인지 궁금했다.

"내 말이 틀렸어?"

이브는 대답하지 않고 한참을 하늘만 보다가 집으로 돌아가버렸다. 남겨진 나는 이브가 떠난 자리를 노려보았다. 이브는 대체 무슨 생각을 하는 것일까.

다음날 이브는 자신이 떠올린 아이디어가 하나 있다고 말했다.

"있잖아. 인지 공간을 옮긴다면 어떨까?"

이브는 그렇게 말하며 하늘을 가리켰다.

"무슨 말을 하는 거야?"

나는 조금 짜증스레 대꾸했다. 이브는 내 표정을 보더니 어깨를 으쓱할 뿐 대화를 더 이어가지는 않았다. 나는 그런 이브가 안타까웠다. 농담이 아니라면 몽상에 가까운, 너무나 허황된 생각이었다.

이브는 자신이 오를 수 없는 구조물의 위쪽을 바라보다가 결국 그보다 더 높은 밤하늘에 시선이 닿았을 것이다. 구조물을 넘어 우주에 가겠다는 꿈을 품게 되었는지도 모른다. 그러나 우리는 그곳에 갈 수 없다. 우리는 단지 밤하늘을 올려다볼 수 있을 뿐이다. 우주는 손에 닿을 것처럼 보여도 아주 멀리 있다. 어떤 진실은 슬프지만 그냥 받아들여야 한다. 나는 그렇게 생각했다.

그 이후로도 나는 이브를 자주 만났고 서로의 일상에 관해 이야기를 나누었지만, 어쩐지 예전처럼 이브를 대할 수가 없었다. 알 수 없는 거리감이 생겨나고 있었다. 아무렇지 않게 인지 공간을 옮기는 아이디어를 이야기하는 이브를 생각할 때면 마음 어딘가가 조금씩 부서지는 것 같았다. 그것은 슬픔이기도 했고 체념이기도 했다.

어머니는 나에게 어른이 된다는 것은 결국 혼자임을 알게 되는 것이라고 말했다. 나는 그 말이 옳다고 생각했다. 다른 존재로 분화되기 시작한 두 사람은 서로를 완전히 이해할 수 없다. 이브와 나도 마찬가지일 것이다. 그런 결론을 내린 이후로 이브와 만나는 횟수는 점점 줄어들었다. 나는 오랜 친구를 포기하는 일이 성장의 불가피한 요소라고 생각했다.

지금 돌이켜보면 나는 이브가 진짜 무슨 이야기를 하는지 제대로 듣고 싶지 않았던 것 같다. 가끔은 내가 다른 선택을 할 수도 있었으리라고 생각한다. 이를테면, 나는 이브의 말을 진지하게 들을 수도 있었다. 그애가 나와 함께 하고 싶어했던 일들을 함께 할 수도 있었다. 그랬다면, 이브는 그렇게 빨리 나를 떠나지 않았을 것이다.

*

열일곱 살에 나는 인지 공간의 관리자가 되기로 했다. 지식을 습득하는 것을 넘어 지식을 기록하고 연결망을 재배치하는 것이 관리자의 일이었다. 우리의 유기체 뇌에는 명백한 한계가 있지만, 관리자들은 격자 정보망을 끊임없이 최적화하고 재배열함으로써 한계를 넘어 사고를 확장해나갈 수 있음을 증명해냈다. 나는 정확히 그런 일을 하고 싶었다.

이브가 나를 공원으로 불러내서 그 이야기를 꺼내던 날, 나는 관리자가 되기 위한 수업을 이제 막 듣기 시작해 정신이 없던 참이었다. 개념의 배열법을 배우느라 머리가 복잡했다. 막상 이브를 만나자 반가웠고 이브의 수척해진 모습에 마음이 아프기도 했지만, 나의 뇌는 오직 격자에 관한 생각으로 가득차 있었다. 그런데 그날 이브는 나를 보자마자 대뜸 이런 말을 꺼냈다.

"격자가 불완전하다는 사실을 증명했어."

나는 힘이 빠졌다. 이브가 늘 하던 이야기였다. 오늘만은 여기서 대화를 끝내고 싶었지만, 이브는 이미 말을 이어가고 있었다.

"제나, 우리의 집단기억이 쇠퇴하고 있다는 걸 알아?"

"불필요한 기억은 제거해야지. 공간을 효율적으로 써야 하니까."

나는 무덤덤하게 말했다. 내게는 새로운 이야기가 아니었다. 인지 공간은 개인의 것이 아니다. 공동의 필요에 의해 어떤 개념들은 덜 호출되고, 불필요한 정보는 다른 정보로 덧씌워진다. 그 과정은 매우 정밀하게 이루어지므로 반드시 필요한 정보가 사라지는 일은 없다.

"아니, 그냥 불필요한 기억이 아니야."

공원 조명 아래에서 이브가 눈을 깜빡였다. 그 눈은 나에게 무언가를 호소하는 것 같았다.

"이야기가 사라지고 있다니까."

이브가 밤하늘을 가리켰다.

"세번째 달 말야."

나는 고개를 들어 하늘을 보았다. 두 개의 달이 떠 있었다. 이브는 확신에 차서 이야기를 이어갔다.

"사람들에게 물었어. 세쌍둥이 설화를 기억하냐고. 이 행성이 처음 생겨났을 때, 지상을 다스리던 쌍둥이 자매가 있었는데……"

"기억해."

나는 퉁명스레 말했다. 태양이 폭발하던 날 자매들이 이 땅을 보호하기 위해 하늘로 몸을 던졌고, 그들이 밤하늘의 달이 되었다는 이야기다. 아이들이 예비학교에서 듣는 동화였다. 한때는 정말로 구전되던 설화였지만, 이제는 아이들에게 세계에 관한 기초 지식을 가르치기 위한 교육자료로만 활용될 뿐이었다. 그 이야기가 대체 어떻게 격자의 불완전함을 증명한다는 것일까.

"그게 다인 것 같아?"

이브는 나를 마주보며 물었다. 이브의 시선이 불안정하게 흔들렸다.

"제나, 그냥 쌍둥이가 아니야."

"무슨 말이지?"

"공동체의 아이들은 그 이야기를 그냥 자매 이야기로 알고 있어."

"그게 왜? 밤하늘에 두 개의 달이 있으니까……"

"거봐, 너도 잊어버렸잖아. 우리가 어렸을 때는 달이 세 개였어. 천문학자들이야말로 그 사실을 잘 알 텐데."

이브는 조금 화가 난 것처럼 보였다.

"잘 들어. 공동체의 기억이 변형됐어. 세번째 달이 밤하늘에서 사라지면서 사람들도 더는 세번째 달을 이야기하지 않게 됐고, 최초의 이야기마저 지워지고 있는 거야. 마치 우리에게 세번째 달이 없었던 것처럼."

당황스러웠다. 이브의 말을 듣기 전까지 나의 머릿속에는 세번째 달에 관한 기억이 없었다. 그러나 방금 이야기를 듣는 순간, 한때는 저 밤하늘에 세 개의 달이 있었다는 사실이 떠올랐다. 이브는 내가 무언가를 기억해내기를, 자신의 말이 옳았음을 증명하기를 기다리는 것 같았다. 몹시 혼란스러웠지만, 이브에게 나의 당혹감을 감추고 싶었다.

그날 밤 나는 인지 공간으로 향했다.

천문학 지식이 배열된 꼭대기 층에는 이브의 말대로, 지난 십 년간 우리 행성으로부터 점점 멀어져 더는 보이지 않게 된 세번째 달에 대한 정보가 있었다. 천문학자들은 행성과 불안정한 상호작용을 하고 있던 세번째 위성이 다른 천체에 끌려 궤도가 변형된 것이라고 기록했다. 그 이상의 정보는 없었다. 세번째 달은 원래부터 아주 작게 보여서 다른 별들과 함께 관측되는 먼 위성 정도로 여겨졌고, 행성에 큰 영향을 미치는 천체도 아니었다. 사라진 세번째 달은 이 행성에 아무 흔적도 남기지 않았다.

이브의 말은 옳기도 했고 틀리기도 했다. 인지 공간에는 여전히 세번째 달에 대한 격자 정보가 남아 있었다. 그런 동시에 공동체는 세번째 달을 잊어가고 있었다. 인지 공간에 머무를 때 사람들의 기억과 지식은 공동체의 평균값으로 수렴된다. 그것이 공동체가 공유하는 공동 지식이다. 인지 공간의 가장 꼭대기까지 올라와 천문학 개념들을 살펴볼 사람은 거의 없다. 이야기 속에서 잊히면, 개념에 대한 기억도 쇠퇴한다.

그날 헤어지기 전 이브는 나에게 말했다.

"공동 지식은 완벽하지 않아. 어떻게 세번째 달을 잊을 수 있지? 제나, 정말로 공동 지식이 우리의 모든 기억을 점령하게 둬도 된다고 생각해?"

나는 이브에게 바로 반박할 수 없었다. 그러나 곱씹을수록 반감이 생겨났다. 그게 중요할까? 이 행성에 유의미한 영향을 미치지도 않았던 작은 천체 하나를 모든 사람이 기억하는 것이, 그렇게 중요한 일일까? 이브의 말을 부정할 수 없었지만, 인정하고 싶지도 않았다.

이후 한동안 이브를 만나지 않았다. 이브는 여전히 나의 소중한 친구였지만 공동 지식에 자신의 뇌를 넘기지 않겠다는 그애의 말을 생각할 때마다 고통스러웠다. 이브는 몇 번이고 나를 설득하기 위해 내 집 앞에 찾아왔으나, 도저히 이브와 대화를 나눌 기분이 아니었다. 이브의 이야기는 내가 해온 일들의 의미를 부정하는 것 같았다.

어쩌면 이브는 자신이 인지 공간에 접근할 수 없다는 사실에 화가 나서 인지 공간 자체를 폄하하려는 것인지도 몰랐다. 그렇지만 그게 무슨 의미가 있을까. 설령 결함이 있어도 인지 공간은 우리가 가진 모든 것이다. 우리는 이곳을 떠나서 사유할 수 없게 만들어진 존재가 아닌가. 이브는 애초부터 대안 없는 지적을 하고 있었다.

이브의 죽음을 나에게 알려준 사람은 이브의 아버지였다.

이브는 마지막으로 나를 만나고 두 달 뒤에 죽었다. 혼자 바깥 세계를 배회하다가 들짐승에게 습격당했다고 했다. 탐사대가 이브의 시신을 회수해왔다.

"제나, 고마웠다. 네가 없었다면 이브는 불행했을 거야."

이브의 아버지가 말했다. 나는 그 말을 이해할 수 없었다. 모든 것이 연극 같았다. 이브가 내 옆에서 행복하긴 했을까. 혹시 내가 그애를 죽음으로 떠민 것일까. 이브는 인지 공간 바깥에서 대체 무엇을 찾고 있었던 걸까. 풀지 못한 의문들이 나를 절벽으로 내몰고 있었다.

*

하루는 격자 위에서 발을 잘못 디뎌 바닥으로 추락했다. 예전에는 그런 일이 한 번도 없었다. 사람들은 나를 걱정했다. 큰 부상은 아니었지만, 일주일 동안 인지 공간에 접근하지 말고 휴식을 취하라는 진단을 받았다. 의사는 말했다.

"힘든 건 알겠어요. 하지만 이브가 그렇게 된 건 당신 탓이 아니에요. 당신은 잘못한 게 없어요."

그것은 나를 위로하기 위한 말이었지만, 한편으로는 이브를 빨리 잊으라는 말처럼 들리기도 했다. 나는 사람들이 이미 이브를 잊어가고 있다는 사실을 알았다. 기억의 소멸은 빨랐다. 며칠 전 학자들이 이브에 대한 기억을 격자에 영구적으로 기록하지 않겠다는 결정을 내린 것을 들었다. 어차피 모든 오래된 지식은 낡아가며, 새로운 지식으로 대체되고, 기억될 가치가 없는 지식은 지워진다.

하지만 그 이야기를 듣고 나는 깨달았다. 이브는 이제 사람들의 이야기 속에만 희미하게 머물다가, 공동 지식의 기억 쇠퇴 현상과 함께 사라질 것이다. 세번째 달처럼.

목발을 짚은 내가 문을 두드렸을 때 이브의 아버지는 놀란 얼굴로 다친 나를 살폈다. 하지만 내 표정을 보더니 그는 무언가 알겠다는 듯이 고개를 끄덕였고 나를 안으로 들여주었다. 가게 옆에 따로 지어진 작은 오두막은 심하게 어지럽혀져 있었다. 이브의 아버지가 말했다.

"이브는 개별적인 인지 공간을 만들고 싶어했어."

그곳에 실험의 흔적이 남아 있었다. 이브가 만들고자 한 것은 투명한 구 안의 큐빅 시스템이었다. 구 안에 인지 공간을 흉내낸 작은 격자 구조물이 고정되어 있고, 외부에서 연결된 손잡이를 돌려 격자점의 기록을 바꿀 수 있게 만든 조악한 물건이었다. 이브는 그것에 스피어라는 이름을 붙였다. 스피어는 고작해야 아주 적은 정보를 기억할 수 있을 뿐이었다. 이브는 그 스피어를 자신의 신경계에 연결한 다음 탐사대에 합류하려고 한 모양이었다. 하지만 인지 공간이 제공하는 지식에 비하면 스피어는 초라하고 볼품없었다. 탐사대는 결국 이브의 합류를 거부했다. 그래서 이브는 혼자 밖으로 나간 것이다.

나는 이브의 스피어를 보면서, 나의 유기체 뇌 어딘가에 잠들어 있던 이브와의 대화를 떠올렸다.

—제나, 우리의 사고가 두개골 밖에 존재한다는 건 불변하는 진실처럼 보이지. 그런데 만약 우리가 저 인지 공간을 소유한 채로 떠

날 수 있게 된다면 어떨까? 공동의 인지 공간을 가지면서, 동시에 개인의 인지 공간을 가질 수 있다면?

—인지 공간이 모든 지식을 제공하는데 왜 개별적인 인지 공간을 만들어야 한다는 거야?

—그야 당연하지. 별들을 기억하기에 하나의 인지 공간은 너무 작으니까.

나는 한동안 스피어를 어떻게 해야 할지 몰랐다. 그것은 이브의 작은 뇌였다. 아무것도 하지 못하고 떠나버린, 곧 모두에게 잊힐 그 애의 작은 인지 공간.

그렇지만 나는 스피어를 통해 이브를 기억할 수도 있었다. 내가 그렇게 하기로 한다면.

오두막에서 가져온 이브의 공책을 넘겨보다가 어떤 낙서를 더 발견했다. 그것은 대부분 그림이었고 일부는 인지 공간의 격자 기록을 흉내낸 격자 문자로 쓰여 있었다. 입체가 아닌 격자 문자는 읽는 데에 시간이 꽤 오래 걸렸지만, 내용을 알아볼 수는 있었다. 만약 우리가 인지 공간을 가진 채로 우주에 간다면, 이 행성을 벗어나 먼 곳의 별들을 탐사할 수 있을 것이라는 생각들이 어지러이 기록되어 있었다. 그리고 어쩌면 그곳에 최초의 인류가 살았던 곳이 있을지 모른다는 생각도.

이브는 정말로 우리의 기원을 찾아가고 싶었던 것이다.

이브가 남긴 연구 기록을 분석해 이브의 실험을 이어가기 시작했다. 이브는 인지 공간에 직접 접근할 수 없었기에 자신이 부탁할 수 있는 모든 사람에게 정보를 조금씩 나누어 요청했다. 때로 이브가 내게 천문학이 아닌 전혀 엉뚱한 지식, 이를테면 인지 공간의 프레임 배열에 관해 묻던 것이 뒤늦게 떠올랐다.

엉뚱한 실험에 돌입한 나를 본 사람들은 친구의 죽음으로 내가 너무나 큰 충격을 받은 것이라고 여겼다. 나에게 이브의 실험을 보여준 이브의 아버지를 비난하기도 했다. 공동체의 미덕은 잊고 보내주는 것이었다. 한정된 인지 공간에 세계의 모든 기억을 남길 수는 없었다. 기록되는 것은 짧은 생을 살다 떠나는 사람들이 아니라 불변하는 것, 자연적인 것, 법칙과 이치들이어야 했다. 이브를 기억하기 위해서, 나는 인지 공간을 떠나야 했다.

몇 년간 인지 공간을 연구하면서 동시에 스피어를 연구했다. 이브의 아이디어를 확장해서 스피어가 실제로 개별 인지 공간의 역할을 할 수 있도록 개조했다. 처음으로 스피어를 공동체에 공개했을 때, 사람들은 그것이 마치 신성모독이라도 되는 듯이 나를 대했다. 스피어는 분열을 만들 것이라고, 서로 다른 지식을 갖게 할 거라고, 진리는 논쟁 속에서 성립되는 것이 아니라고 그들은 말했다.

불변하는 진리는 모두의 인지 속에서 동일해야 한다고 사람들은 여전히 믿는다. 하지만 스피어가 정말로 분열일까? 스피어를 갖게 된 우리는 정말로 같은 격자를 보고도 다른 생각을 할지 모른다. 공동 인지 공간을 거닐면서도 각자의 스피어를 통해 진리에 대한 다른 해석을 하게 될지 모른다. 그렇지만 그것은 분열이 아니라, 더 많은 종류의 진실을 만들어내는 다른 방법일 수도 있다.

만약 이 인지 공간이 우리의 확장된 사고라면, 그 사고가 우리의 개별적인 영혼에 깃들지 못할 이유는 어디 있을까?

떠나기 전 나는 오두막에 들러 이브의 방을 정리하는 것을 도왔다. 창고에는 이브가 시험삼아 만든 스피어들이 여럿 남겨져 있었다. 그중 나는 이브가 나에 관해 기록한 스피어를 보았다. 이브의 스피어 대부분이 격자점을 가역적으로 바꿀 수 있도록 설계되었지만, 그 스피어만은 기록을 바꿀 수 없었다. 작은 인지 공간 속에, 이브와 내가 함께했던 시절의 기억들이 남아 있었다. 그래서 나의 회고는 상당 부분 이브의 기억에 의존한다. 내가 그때 정말로 그런 말을 했는지, 이브의 말에 그런 눈빛으로 그렇게 웃어 보였는지 나는 확신할 수 없다. 하지만 이브가 내게 건넸던 어떤 말은 분명히 기억한다.

—나는 세번째 달을 잊지 않을 거야. 그리고 너도.

내가 이브에게 같은 대답을 했다면 좋았으리라고 생각하지만, 그때 나는 그냥 웃고 말았던 것 같다. 누구도 개별적으로 기억될 수는 없다고 생각하면서. 지금에야 나는 이브에게 같은 답을 돌려줄 수 있게 되었다.

이제 나는 인지 공간을 완전히 벗어나 바깥 세계로 들어섰다. 이곳에서 내가 정확히 무엇을 보게 될지, 인지 공간을 떠난 내가 온전히 사고를 유지할 수 있을지 아직은 확신이 없다. 그러나 우리에게 개별적인 인지 공간이 필요하다고 공동체를 설득하기 위해서는 증거를 제시해야 했고, 나는 그 첫 증거가 되려고 한다.

나는 고개를 돌려 내가 멀어져온 격자 구조물을 보았다. 자정이 되었고 서기관이 인지 공간의 조명을 세 번 깜빡였다. 조명이 완전히 꺼졌을 때 나는 처음으로 어둠에 잠긴 격자 구조물을 마주보고 있었다. 그것은 우리의 인지 공간이었다. 공동의 기억이었다. 한때 우리가 가진 모든 것이었다. 그리고 방금 내가 떠나온 세계이기도 했다.

이브가 이곳에 나와 함께 있다면 무슨 말을 할지 궁금했다.

해가 떠오르면 나는 어떤 것은 기억하고 어떤 것은 잊어버릴 것이다. 이 작은 스피어가 나에게 무엇을 남길지 겪기 전에는 알 수 없다. 나는 고개를 들어 하늘을 보았다. 모래와 같은 별들이었다.

그때 나를 가득 채우고 있던 두려움이 모래처럼 흘러내렸고, 비로소 나의 오랜 친구를 이해할 것만 같은 기분이 들었다.

저 밤하늘에는 별이 너무 많아서 우리의 인지 공간은 저 별들을 모두 담을 수 없다. 하지만 우리 각자가 저 별들을 나누어 담는다면 총체적인 우주의 모습을 그려볼 수 있을지도 모른다. 우리는 마침내 이 행성 바깥의 우주를 온전히 상상하게 될 것이다. 그러면 언젠가 그곳을 향해 갈 수도 있을 것이다.

어디에도 없는 세계

이 소설의 아이디어는 '인지 공간(cognitive spaces)'에 관한 기사를 읽으며 떠올렸다. 우리의 경험과 지식이 뇌 안에서 마치 지도처럼 공간적으로 조직된다는 과학 연구를 소개하는 기사였는데, 제대로 내용을 이해한 것인지는 모르겠지만, 그 기사를 읽고 나서 내가 생각한 것은 이런 질문이었다. 만약 우리의 인지 공간이 뇌 바깥에 있다면 어떨까?

사고는 추상적인 것으로 여겨지지만 물질에 매여 있다. 기억은 특정한 분자, 단백질, 세포가 관여하는 현상이다. 그것을 거대한 물리적 구조물로 만들어보고 싶었다. 구조물이 반드시 격자 형태일 필요는 없었지만, 격자 구조가 자연에 흔히 존재하면서도 인공적인 느낌을 준다는 점이 마음에 들었다. 처음에는 이 격자 구조물의 지식을 탐구하고 확장하는 사람들의 이야기를 생각했다. 그런데 거대한 구조물을 상상하다보니 그런 생각도 들었다. 기억이 물리적 공간에 존재한다면 여기에 접근할 수 없는 사람도 있을 것이라고.

　요즘 소설 외에 관심을 갖는 또하나의 분야는 장애학이다. 장애학에서는 몸의 손상이 장애를 만드는 것이 아니라 손상과 상호작용하는 사회적 구조가 장애를 만든다고 말한다. 특정한 형태의 몸에 맞추어 설계된 세계가 어떤 종류의 몸을 장애화하는 것이다. 그 강력한 아이디어를 접한 이후로, 소설 속의 미래를 생각할 때마다 항상 '접근 가능한 미래'가 있는지 묻게 된다. 기술이 약속할 미래는 얼마나 아름답고 경이로우며, 동시에 접근 불가능한가.

　이 단편을 처음 쓸 때부터 모든 것이 분명하지는 않았다. 막연했던 구조물의 형상은 제나와 이브를 생각하며 구체화되었다. 사실 「인지 공간」의 배경은 미래도 과거도 아니다. 여기에는 새로운 기술이 등장하지도 않는다. 「인지 공간」의 세계는 하나의 구상을 실험해보기 위해 만들어진, 어느 누구도 결코 가볼 수 없을 작위적 공간이다. 하지만 소설을 완성할 무렵에 나는 정말로 인지 공간을 목격하고 온 듯한 기분이 들었다. 이브의 기억을 안고 공간 밖으로 걸어가는 제나의 모습을 상상할 수 있었다. SF를 쓰는 즐거움이란 대개 그런 종류의 기쁨인 것 같다.

보편 설계

한설

  1980년, 세계보건기구(WHO)는 국제장애분류(ICIDH)를 발표하면서 장애를 세 부류로 나누었다. 첫째는 손상(impairment)으로, '심리적, 생리적 또는 해부학적 구조나 기능의 손실'을 일컫는다. "아주 작은 몸집으로 태어"(156쪽)난 경우가 해당된다. 둘째는 불능(disability)으로, '일상적인 활동을 수행하는 능력의 제약 혹은 결여'를 일컫는다. "터무니없이 작"아 "인지 공간에 접근하기 힘들어진"(161쪽) 경우가 해당된다. 셋째는 불리(handicap)로, '사회적 역할을 담당하는 과정에서 나타난 불이익'을 일컫는다. "인지 공간의 정보를 학습"하지 못해 "탐사대에도 합류할 수 없"(167쪽)는 경우가 해당된다. 다음 그림과 같이 직선적으로 요약할 수 있는 이러한 분류체계는 장애인으로서 겪는 불편이 근본적으로 해결되기 위해선 선재된 질병과 질환을 치료하거나 손상된 부분을 보강해야 한다고

암시한다.[1]

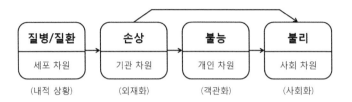

질병/질환		손상		불능		불리
세포 차원		기관 차원		개인 차원		사회 차원
(내적 상황)		(외재화)		(객관화)		(사회화)

　그런데 여기에는 의학적인 관점이 다분히 섞여 있다. 주지하다시
피 의학은 근대 이래로 기계론적 세계관에 입각하여 인간의 생리
적 법칙을 기계의 작동 원리로 치환시켰다. 인간의 병리적 상태는
곧잘 비정상적인 기계의 고장이나 오작동으로 묘사되었으며, 나아
가 정상적인 구조와 기능을 되찾기 위해 수리가 필요한 대상으로
규정되었다.

　"이브를 둘러싼 공동체의 조심스러운 분위기"(157쪽) 속에서 감지
되는 멸시와 연민의 "시선들"(161쪽)은 이러한 관점을 명확하게 보여
준다. 아이들은 "비열한 방식으로 이브를 조롱"(158쪽)하고(혹은 타인
의 비정상성을 확인하고), 어른들은 "가엾은 이브를 잘 돌봐주어야 한
다"(157쪽)고 말한다(혹은 자신의 정상성에 안도한다). 자연스레 하위
의 존재로 설정된 이브는 공동체의 일원으로 받아들여지지 못한다.

　만약 공동의 지식이 격자의 형태로 배열되지 않았다면 어땠을까.

1) World Health Organization, *International Classification of
Impairments, Disabilities, and Handicaps: A manual of classification
relating to the consequences of disease*, WHO, 1980.

미국 남부에 위치한 마서스비니어드섬은 참고할 만한 사례를 제공한다. 유전적으로 고립되었던 탓에 마서스비니어드섬의 청각장애 발생률은 타 지역보다 월등히 높았지만, 거주민 중 누구도 그것을 이상하게 여기지 않았다. 그들의 공용어가 수어였기 때문이었다. "그들은 장애인이 아니었어요. (……) 단지 듣지 못하는 사람이었지요."[2]

진화의 과정에서 청각기관이 형성되지 않았다면, 그리하여 공기의 진동으로 대화하는 것이 당연하지 않았다면, 인류는 분명 의사를 전달하는 다른 방법을 고안했을 것이며 청력의 손실은 장애로 취급되지도 않았을 것이다. 마찬가지로 인지 공간이 처음부터 없었다면, 그리하여 격자에 지식이 외장되지 않았다면, 공동체는 분명 지식을 저장하는 다른 방법을 고안했을 것이며 이브의 신체는 장애로 취급되지도 않았을 것이다.

"매일 밤 (……) 공원에서 밤하늘을 바라"(168쪽)보며 이브는 상상한다. "문명이 어떻게 시작되었는지, 우리가 어디에서 왔는지"(169쪽). 격자라곤 찾아볼 수도 없는 "저 밤하늘에서"(같은 쪽) 우리가 왔다면, 인지 공간을 활용하지 않는 어떤 대안 세계가 분명 기원 언저리에 위치해 있을 것이란 발상.

안타깝게도 공동체는 인지 공간에 바깥이 존재하리라 생각하지 않는다. 어쩌면 그건 당연한 것일지도 모른다. "사람들의 기억과 지식"은 격자 속에서 "공동체의 평균값으로 수렴"(174쪽)되기에 인지

---

2) 노라 엘런 그로스, 『마서즈 비니어드 섬 사람들은 수화로 말한다』, 박승희 옮김, 한길사, 2003, 37쪽.

공간을 "우리가 가진 모든 것"(175쪽)이라 믿는 이상 이브처럼 공동체에서 배제된 존재는 개념적으로 정립될 수 없다. 실제로 제나는 "인지 공간이 없으"면 "우리는…… 아무 생각도 없는, 동물들보다도 못한 존재"(169~170쪽)가 될 거라 여긴다. "거기 진입하지 않았다고 해서 (……) 생각을 안 하는 건 아니"(160쪽)라는 사실을 이브가 곁에서 오랫동안 증명하고 있었는데도.

결국 새로운 세계를 구상하려면 인지 공간이 완전하다는 전제부터 파훼해야 한다. "집단기억이 쇠퇴하고 있"(172쪽)으며 "공동 지식은 완벽하지 않"(175쪽)다고 모두를 설득해야 한다. 마침 "세번째 달이 없었던 것처럼"(174쪽) 세계에 관한 "이야기가 사라"(172쪽)진다. 인지 공간에 빈틈이 있다는 명백한 증거. 이브는 "격자가 불완전하다는 사실을 증명"(같은 쪽)하여 제나에게 전한다.

하지만 "인지 공간의 관리자가 되기로"(171쪽) 결심한 제나에게 인지 공간에 바깥이 존재한다는 사실과 인지 공간에 무언가가 누락되어 있다는 사실은 엄연히 별개였다. "이곳을 떠나서 사유할 수 없"는 이상 인지 공간에 "결함이 있"다는 주장은 "대안 없는 지적을 하"(175쪽)는 것에 지나지 않았다. 이후 제나는 "한동안 이브를 만나지 않"(같은 쪽)는다. 이브가 몇 번이고 찾아왔지만 "그게 무슨 의미가 있"(같은 쪽)느냐며 "진지하게 들"(171쪽)어주지 않는다.

아마 제나는 몰랐을 것이다. 한정된 인지 공간을 유지하기 위해 간혹 불필요한 격자 정보가 제거되기도 하는데, 그것이 이브한테까지 적용될 줄은. 학자들은 "혼자 바깥 세계를 배회하다가" 죽은 이브를 "영구적으로 기록하지 않"(175~176쪽)기로 결정한다. 세번째 달이 그러했던 것처럼 이브는 "기억될 가치가 없는 지식"이 되어 서서히 "지워진다"(176쪽).

비로소 제나는 인지 공간의 한계를 체감한다. 곧 "이브는 (……) 사라질 것이다"(177쪽). 뒤늦게나마 제나는 너머의 풍경을 상상하려 한다. 누구든 격자의 형태로 개인적인 기억을 배열할 수 있는 세계. 문득 이브의 유품이 떠오른다. 개별적인 인지 공간. 스피어.

한때 일군의 건축가들은 장벽을 없애는 방식(barrier-free)으로 새로운 세계를 구축하려 했다. 계단을 없애고 통로를 넓히면 휠체어 이용자의 활동 제한(activity limitation)과 참여 제약(participation restriction)이 어느 정도 해소될 것이라 여겼던 것이다. 서기관들이 "이브가 격자 정보에 접근할 수 있도록 특수한 사다리를 제작"(167쪽)했던 것처럼 말이다. 하나 "더 높은 곳에 닿는 사다리"가 "구조물 자체에 손상을 줄 수도 있"(같은 쪽)다는 이유로 기각되었듯 그러한 발상의 근저엔 여전히 장애를 시혜의 대상으로 인식하는 의학적 관점이 숨어 있다. 소아마비를 앓았던 건축가 로널드 메이스는 보편성에 입각하여 아예 다른 관점으로 사유하기를 주문한다. 특정 존재를 배려하는 설계가 궁극적으로 모든 존재를 배려하는 설계라고. 이른바 보편 설계(universal design). 가령 저상 버스는 휠체어 이용자의 편의를 극대화하지만 동시에 유모차 이용자의 편의도 극대화한다. 인지 공간에 진입하지 않고도 격자 정보를 기록할 수 있는 스피어 역시 "아주 낮은 층수에만 접근할 수 있"(같은 쪽)는 이브의 편의를 극대화하지만 동시에 "세계의 모든 기억을 남"(179쪽)기고픈 제나의 편의도 극대화한다.

사실상 스피어는 모두를 위한 "확장된 사고"(같은 쪽)다. "진리에 대한 다른 해석"을 통해 "더 많은 종류의 진실"(같은 쪽)이 만들어지도록 도와준다. 그러나 공동체는 스피어를 거부한다. 인지 공간의 바깥을 상상해본 적 없는 그들에게 스피어는 "분열을 만들"(같은 쪽) 도구에 불과하다. "기록되는 것은 (……) 불변하는 것, 자연적인 것, 법칙과 이치들이어야 했다."(같은 쪽) 과거에 제나가 "누구도 개별적으로 기억될 수는 없다고"(180쪽) 믿었던 것처럼.

　　이제 제나는 공동체를 떠나려 한다. 인지 공간에 바깥이 존재한다는 사실을 증명하기 위하여, 또 그것을 받아들일 때 삶이 더욱 풍요로워진다는 사실을 증명하기 위하여. "나는 그 첫 증거가 되려고 한다."(같은 쪽) 불현듯 밤하늘의 별들이 보인다. 오래전 이브는 인지 공간이 "별들의 아주 일부조차 담을 수 없"(162쪽)다고 확언했었다. 인지 공간은 완벽하지 않다는, "인지 공간을 떠나야만 진짜 세계를 직면할 수 있다"(156쪽)는 신호. 시간이 많이 흐르긴 했지만 제나는 이브를 따라 말한다. "우리의 인지 공간은 저 별들을 모두 담을 수 없다."(181쪽) 다수를 위한 세계에서 비껴나와 모두를 위한 세계로 향하는 순간. "비로소 나의 오랜 친구를 이해할 것만 같은 기분"(같은 쪽)이 든다.

한설
2016년 대산대학문학상 평론 부문에 「석양이…… 진다―맥크리의 시론, 또는 김승일의 시론」이 당선되어 등단.

장류진

연수

:
:
:
:
:
:
:

작가노트
흘러들어온, 그리고 이어가는

해설 조대한
독행 연수

장류진
2018년 단편소설 「일의 기쁨과 슬픔」으로 창비신인소설상을 수상하며
등단. 소설집 『일의 기쁨과 슬픔』이 있다. 심훈문학대상을 수상했다.

연수

출발지에 집 주소, 목적지에는 출근지의 주소를 검색해 넣었다. 그리고 자동차 길 찾기 버튼을 눌렀다. 아파트 지하주차장에서 나가 우회전 두 번 바로 좌회전 한 번. 자동차전용도로를 타고 직진. 계속 직진. 사거리에서 크게 좌회전. 그리고 직진 또 계속 직진. 그렇게 얼마간 가다보면 목적지에 도착했다. 큰길까지 나가는 작은 길들을 제외하면 둥근 'ㄱ'자 모양의 길이었다. ㄱ자의 가로획을 달리는 데 십 분, 세로획을 달리는 데 십 분. 합해서 이십 분의 거리. 출퇴근이 차로 이십 분 걸린다는 이야기를 하면 모두들 부러워했다. 이번엔 모의 주행 버튼을 눌렀다. 휴대폰 화면 속에 출근길 도로가 일인칭시점으로 펼쳐지기 시작했다. 화면을 눈으로 좇으면서 쥐고 있던 차 키를 만지작거렸다. 견고하게 양각된 로고를 엄지손가락 끝으로 천천히 매만졌다. 신형 A5 스포트백. 화려하지만 과하지 않은 페이스, 날렵하게 빠진 뒤태를 떠올리면 기분이 좋아졌다. 이 차를 타고 이제 출근만 하면 되는데.

나는 운전을 못한다. 잘 못하는 게 아니라, 그냥 못한다. 기능시험에 두 번 낙방, 도로주행 세 번 낙방 후 네번째에 면허를 따긴 했지만 그마저도 구 년 전의 일이었다. 심지어 그중 한 번은 사고를 냈다. 예의 그 샛노란 차를 타고서. 조수석에는 감독관이, 뒷좌석에는 다음 응시자가 타고 있었고 나는 핸들에 바짝 붙어앉은 채로 그저 차선만 따라 달리던 중이었다. 그러다 별로 크지도 않은 사거리를 지나던 때에, 길과 길이 교차해 차선이 잠시 끊어졌다 이어지는 그 짧은 찰나, 내가 달리고 있던 차선이 이쪽인지 저쪽인지 헷갈려 어어, 어어, 하다 앞차를 그대로 들이받았다. 충돌의 순간, 감독관은 본능적으로 손을 뻗어 핸들을 오른쪽으로 꺾었다. 뒤에 타고 있던 응시자는 몸이 한쪽으로 급격히 쏠리는 바람에 창문에 머리를 박았다. 쿵, 뒤이어 반사적인 비명. 질끈 감았던 눈을 떠보니 후면 범퍼의 오른쪽 귀퉁이가 옴폭 들어간 SUV에서 운전자를 포함한 4인 가족이 뒷목을 잡고 줄줄이 내리는 광경이 펼쳐지고 있었다.

"이주연씨 실격! 시동 끄고 내리세요!"

단순히 시험에 떨어졌다는 사실을 전달하려는 게 아니라 네가 저지른 일을 똑바로 마주하라는 듯 책망과 비난이 가득했던 그 목소리. 이후에도 그 힐난조의 목소리는 머릿속을 떠나지 않고 한동안 끈질기게 나를 괴롭혔다. 실격, 시동 끄고, 내리세요. 실격, 시동 끄고, 내리세요.

운전은 내게 유일한 실패의 경험이다. 살면서 마주한 여러 관문들을, 대부분 성공적으로 통과해왔다. 지역 명문 고교 입시에 합격했고, 원하던 대학에 한 번에 입학했고, 장학금을 받았고, CPA도―물론 공부하는 동안은 힘들고 어렵고 외로웠지만―삼 년간의 공부 끝에 합격했다. 빅 펌 네 군데 중 맘에 드는 두 군데에 원서를 썼고, 모두 최종 합격했으며, 그중 초봉이 더 높은 곳을 골라 입사했다. 스물다섯 살 때의 일이었다. 무언가 해내고 싶은 마음, 되고 싶은 모습이 있는데 아무리 노력해도 그 모습에 가닿을 수 없다는 게 얼마나 괴로운 일인지, 잘 몰랐다.

그러니까 운전대를 잡기 전까지는.

*

아무래도 운전을 해야 하지 않을까, 다시 생각하게 된 건 신규 프로젝트 때문이었다. 앞으로 최소 삼 개월 이상 출근해야 하는 클라이언트의 오피스가 집에서 멀지 않은 곳에 있었는데 교통편이 애매했다. 버스로는 아홉 정거장일 뿐이었지만 타러 나갈 때, 그리고 내리고 나서 걷는 시간만 이십 분이 넘었다. 같은 길을 차로 이동하면 도어 투 도어로 이십오 분이라는 사실을 확인하자 마음이 흔들릴 수밖에 없었다. 때마침 사내 홍보 게시판에 올라온 수입차 프로모션 행사, 때마침 눈여겨봐오던 신형 모델, 때마침 나온 상반기 인센티브…… 나는 덜컥 계약서에 사인해버리고 말았다.

출고일을 알리는 딜러의 전화를 받은 날, 포털 사이트에 '운전연수'를 검색했다. 결과를 최신순으로 정렬해두고 제목을 살폈다. 대부분 업체에서 운영하는 블로그의 광고성 글이었는데, 우리 동네 맘카페가 출처인 글을 하나 발견하고 곧장 클릭했다. 연수가 너무 만족스러워서 추천한다는 본문 내용이 눈에 들어왔고 그 아래에는 강사의 연락처를 문의하는 댓글이 줄줄이 달려 있었다. 각각의 댓글에는 원글의 작성자인 '준서맘'이 일일이 비밀댓글을 달아두었다. 가장 최근 작성된 댓글은 바로 어제 달린 것이었는데, '십 년 장롱 면허 청산했어요. 정말 잘 가르치세요!'였다. 왠지 신뢰가 가서 문의 해보려 했지만 카페 회원이 아닌 사람은 댓글을 달 수도, 쪽지를 보낼 수도 없었다. 나는 우선 카페에 가입했고 정회원 승급 조건을 맞추기 위해 가입 인사를 쓰고 틈틈이 이런저런 글에 댓글을 달았다.

내 닉네임은 '주연맘'이었다. 그냥 내 이름 뒤에 '맘'만 갖다붙인 것으로, 어차피 등급만 조정되면 따로 활동은 하지 않고 필요할 때 원하는 정보만 얻어갈 생각이었다. '진짜 주연맘'과는 냉전중이었다. 몇 년 전부터 본가에 내려갈 때마다 대체 결혼은 언제 할 거냐면서 들볶이는 일에 지쳐 있었고, 문제의 그날 역시 오늘도 한소리 듣겠구나 하는 마음에 고속버스 안에서부터 스트레스를 받고 있었는데, 도착하자마자 엄마가 잔뜩 차려둔 밥상 위로 내민 건 이미 가입이 완료된 수백만원짜리 결혼정보회사의 서류였다. 위태롭게 이어져 있던 무언가가 툭, 하고 끊어지는 소리가 들리는 것 같았다. 입을 열기도 전에 나는 이미 서류를 한 손으로 구겨 쥐고 있었다.

"대체 왜 그래? 왜 이렇게 쓸데없는 데 돈을 쓰는 거야? 이럴 돈 있으면 엄마 옷이나 좀 사 입든지!"

내가 결국은 서류를 바닥에 내던졌을 때도, 엄마는 눈 하나 깜짝하지 않고 그걸 다시 주워들었다.

"내가 너한테 해준 게 뭐가 있니. 비싼 과외를 시켜줘봤니, 해외 연수를 보내줘봤니…… 주연아, 너는 내가 따로 신경 못 써도 뭐든 알아서 척척 잘해왔잖아. 그게 얼마나 고마우면서도 미안했는지 아니?"

엄마가 보글보글 끓고 있는 된장찌개를 내오면서 말했다.

"네가 여태까지 다른 건 알아서 다 잘해왔으니까, 이건 내가 해주고 싶어서 그래. 다른 건 몰라도 너 결혼만큼은, 내가 꼭 시켜주고 싶어."

또 시작된 엄마의 요지경 화법. 마치 내가 갖고 싶어했지만 끝내 가지지 못한 결핍을 자신의 큰 결심으로 채워주겠다는 뉘앙스. 문제는 내가 비혼주의자이며, 엄마에게도 그 계획을 이미 여러 번 말했다는 사실이었다.

"왜 또 거룩한 척하면서 나만 나쁜 사람 만드는 거야? 내가 결혼 생각 없다고, 결혼 안 할 거라고, 몇 번이나 말했잖아요."

"괜찮아. 걱정하지 마. 이건, 엄마가 해줄게."

또 못 들은 척. 도무지 말이 통하지 않았다. 엄마의 청력은 평소에는 멀쩡하다가도 결혼 안 하겠다는 말만은 필터라도 걸어놓은 듯 튕겨냈다. 나는 먹던 밥숟가락을 식탁 위에 딱 소리 나게 내려놓고 그대로 집을 나와버렸다. 그날 이후로는 서로 전화 한 통 오가지 않았다. 벌써 두 달째. 냉장고의 밑반찬들이 바닥을 드러내기 시작했고, 결혼정보회사로부터 안내 메시지가 쏟아지고 있었다.

카페에 가입한 지 정확히 일주일 뒤, 정회원으로 승급되었다는 알림을 받았다. 나는 글 작성자에게 쪽지로 강사의 연락처를 물었고, 전화번호를 하나 받을 수 있었다. 준서맘 소개로 왔다 그러면 잘해줄 거라기에 고맙다고 답장을 보내고 카페를 팬히 한번 둘러보고 있는데 전체 글 목록에 새 글이 떴다. '사고팔고' 게시판에 올라온 글이었다. 무심결에 클릭해보니 자동차 캐릭터가 그려진 손바닥만한 삼각팬티 열 장을 다섯 장씩 두 줄로 나란하게 펼쳐놓은 사진 한 장과 그 각각의 팬티를 하나씩 찍어 올린 사진 열 장이 첨부되어 있었다. 개당 천원이고 열 개 다 하시면 팔천원에 드려요. 기저귀를 막 뗀 삼십 개월 무렵의 아이가 입으면 딱 좋다는 말과 함께 전부 깨끗이 빨아서 다려놨다는 부연 설명이 적혀 있었다.

카페에서 육아용품들이 거래된다는 사실은 알고 있었지만, 입던 팬티까지 사고파는 일이 벌어질 거라고는 생각지도 못했다. 입던 팬티를 천원 주고 사는 삶과 입던 팬티를 팔아서 천원을 버는 삶, 둘 다 생경하게 여겨졌다. 예전에 우연히 보게 된 어떤 커뮤니티의 글에서 남편의 팬티를 빨 때마다 미세하게 똥이 조금씩 묻어 있어 정나미가 떨어진다는 푸념을 본 적이 있었다. 충격을 받은 것도 잠시, 공감한다는 댓글들을 보고 한번 더 깜짝 놀랐다. 아마 내가 비혼을 결심하게 된 건 인터넷에서 얼굴도 모르는 사람들이 생생하게 전해주는 기혼의 삶을 들여다봤기 때문일 것이다. 나는 그들에게 끝을 알 수 없는 고마움을 느꼈다. 이런 디테일을 하나도 모른 채로 누군가와 결혼했으면 어쩔 뻔했나, 그 생각만 하면 그지없이 아찔했다. 안쪽에 똥이 묻어 있는 성인 남자의 후줄근한 트렁크 팬티를 상상하자 참혹함에 온몸이 떨려왔다. 나는 재빨리 로그아웃 버튼을 누르고 브라우저를 닫았다. 남아 팬티 한 개 천원 열 개 팔천원의 세계로부터 황급히 빠져나왔다. 그리고 생각했다. 난 내 팬티만 빨면 돼. 그건 팬티 한 장만큼 가벼운 일이었다.

카페에서 받은 휴대폰 번호를 저장하자 메신저의 친구 목록에 자동으로 새 계정이 떴다. 프로필을 눌렀더니 새하얀 테니스 원피스를 입은 웬 까무잡잡한 여자애 사진이 나왔다. 머리를 하나로 높게 묶은 채로, 초록색 라켓을 양손으로 잡고 있었다. 공을 쳐내기 직전의 순간을 찍은 것 같았다. 상태 메시지는 '한국의 샤라포바'였다. 나는 '운전연수 해주시는 분 맞나요? 준서맘 소개로 연락드립니다'라고 메시지를 보냈고, 곧바로 이렇게 답이 왔다.

(아래 서식 작성 요망)
이름:
주소:
나이:
혈액형:
차종:
면허 취득 시기:
원하는 연수 날짜:

순식간에 답이 온 것으로 보아서는 새로 입력한 게 아니라 어딘가 저장해둔 걸 복사해서 보낸 것 같았다. 제대로 찾아온 게 맞는구나, 하는 안도도 잠시. 혈액형은 대체 왜 필요한가 싶어 의아해졌다. 혹시 연수중에 교통사고가 날까봐 그런가? 수혈이 필요한 경우를 대비해서? 그게 아니고서야 운전연수에 혈액형이 필요할 이유가 없었다. 우선 서식을 채워 보낸 뒤에 비용이 어떻게 되는지를 물었다. 이번에도 바로 답장이 왔다.

　—기본 하루 두 시간 반씩 다섯 시간 기준 12만원 열 시간 22만원입니다.

　잠시 고민하다 답을 보냈다.

　—일단 다섯 시간 먼저 해보고 부족하다 싶으면 그때 10만원 추가해서 열 시간으로 바꿔도 될까요?

　이번에는 한참 동안 답장이 오지 않았다.

　—원래 안 되는데 준서 엄마 소개로 오셨다니 해드릴게요.

　어디 소속되어 일하는 것도 아니면서 원래 안 되는 건 또 뭘까. 메시지가 하나 더 도착했다.

　—아까 말한 요금은 강사 차 기준이고 자차 연수는 만원 추가되세요.

　네, 하고 답장해놓고 나서야 무언가 이상하게 느껴졌다. 오히려 자차로 하는 게 더 저렴해야 하는 게 아닌가? 기름값이 안 드는데 왜 만원 더 비싼 거지? 연수용 강사 차에는 조수석에도 브레이크가 달려 있다고 들은 적이 있었다. 혹시 교통사고 위험부담 차원의 금액인가…… 내 차로 하면 그런 보조 브레이크도 없고…… 사고 날 확률이 더 높으니까…… 아, 교통사고 생각은 제발 그만해야지.

　쓸데없는 생각이라는 걸 알았다. 알면서도 자꾸 운전만 떠올리면 생각이 교통사고 쪽으로 질주했다. 자차 연수의 추가요금이 어떻게 책정된 것인지는 묻지 않고 그냥 넘어가기로 마음먹었다. 다 이유가 있겠지. 그런 질문으로 상대의 기분을 언짢게 만들기는 싫었다. 어쨌든 이 사람과 최소 다섯 시간은 꼼짝없이 붙어 있어야 하니 되도록 분위기 좋게 가는 게 나았다. 만원이 뭐라고. 나에게도 천원, 이천원 하던 고시생 시절이 있었다. 만원, 이만원 하던 사회초년생 시절도 있었다. 이제는 빅 펌의 구 년 차 회계사, 시니어 매니저였고 작은 돈에는 크게 연연하지 않을 수 있게 되었다. 강사의 메시지가 또다시 도착했다.

—바다 얇은 컨버스, 벤시몽, 플랫슈즈류 착용. 개인 물 준비.

대체 어떤 사람일까. 뭔가 어설픈 와중에 또 묘하게 프로다운 구석이 있었다.

*

가느다란 은테 안경을 쓴, 작달막한 단발머리 아주머니가 조수석 쪽의 창문을 손등으로 두드렸다. 나는 눈인사를 하면서 얼른 버튼을 눌러 창문을 열었다. 창문이 미처 다 내려가기도 전에 머리통이 먼저 쑥 하고 들어왔다.

"연수받으실 분 맞죠?"

"예, 안녕하세요."

차문을 열고 들어와 조수석에 앉은 그녀는 들고 있던 락앤락 보온병을 컵 홀더에 꽂아넣으며 자세를 가다듬었다. 왼쪽 겨드랑이에 웬 기다란 막대기를 끼운 채였다. 반짝이는 금속 재질로, 당연히 금은 아니겠지만 어쨌거나 색은 금색이었고, 길이는 골프채만했다.

"잠시 작업 좀 할게요."

그녀가 갑자기 내가 앉은 운전석 아래쪽으로 허리를 굽혀 머리를 집어넣는 바람에 깜짝 놀라 다리를 오므렸다. 브레이크와 의문의 금색 봉을 연결해 고정시키려는 것 같았다. 앞에서 볼 때는 몰랐는데, 그녀의 뒤통수 쪽엔 흰머리가 잔뜩이었다. 한참을 엎드려서 달그락거리던 그녀가 다시 허리를 곧추세워 앉았다. 피가 쏠려 얼굴이 새빨개져 있었다. 알고 보니 이 금색 막대기는 '연수봉'이라는 것으로, 연수 도중 위험한 상황이 발생할 때마다 브레이크를 대신 눌러줄 수 있게끔 제작된 것이라고, 그녀가 빨개진 얼굴에 연신 손부채질을 하면서 설명했다. 그 말을 듣자 전날 밤부터 내내 나를 좀먹고 있던 두려움이 옅어지면서 조금 안심이 되었다. 그녀가 대뜸 말했다.

"스티커, 저거 가지고는 안 돼요."

"네?"

"초보운전 스티커 말이에요. 보이지도 않는 걸 붙여놨더구만."

"아, 네……"

왜인지는 몰라도 초보운전 스티커는 하나같이 조악했다. 그렇다고 안 붙일 수도 없고, 새 차에 어울리지 않는 유치한 스티커를 붙이기는 싫어서 바쁜 와중에도 인터넷 쇼핑몰을 뒤지고 뒤져서 겨우 찾은 스티커였다. 각진 정방형의 테두리 안에 영문 대문자로 'NEW DRIVER'라고만 적혀 있는 깔끔한 디자인이었다. 크기도 다른 스티커들에 비해 작았지만, 제 기능은 충분히 할 법하다고 여겼다.

"내일은 A4 용지에 초, 보, 라고 한글로 크게 인쇄해오세요. 궁서체로."

초반부터 혼나는 분위기라 어쩐지 주눅이 들었다. 도로에 나가면 혼날 일이 더 많을 것 같은데 어쩌지, 싶어 걱정하고 있는데 예고도 없이 수업이 시작됐다.

"자, 브레이크 한번 밟아보세요."

시키는 대로 오른발로 브레이크를 밟았다. 그녀가 연이어 말했다.

"좋아. 그럼 이제 액셀 한번 밟아볼게요", "왼쪽 깜빡이 한번 켜볼게요", "이제 오른쪽 깜빡이……"

"저기, 선생님."

강사님이라고 하려 했는데, 회사에서 동료를 부르는 호칭이 '선생님'이다보니 나도 모르게 선생님 소리가 나와버렸다.

"저 그 정도로 초보는 아니에요. 예전에도 연수받아본 적 있거든요."

"근데 왜 또 받아요?"

그러게. 나는 왜 또 연수를 받고 있을까. 잠시 머뭇거리다 입을 열었다.

"그게…… 옆에 사람 태우고 연습은 꽤 해봤는데요, 혼자 나가려고만 하면 심장 떨려서 못하겠어요. 꼭 사고 날 것만 같고."

나는 그동안 분석한 나의 문제점을 그녀에게 전달했다. 나는 운전하는 법은 아는 것 같다. 어떻게 하는지는 다 안다. 아는데, 아무래도 겁이 너무 많아서 문제인 것 같다. 선생님이랑 같이 도로에 나가서 실전 경험을 쌓고 운전에 대한 공포를 극복하고 싶다. 우선 회사와 집을 왔다갔다하는 것 위주로 연습했으면 좋겠다. 왜냐하면 당장 출퇴근이 제일 급하기 때문이다…… 하지만 그녀는 내 말을 주의깊게 듣지 않는 것 같았다. 말을 중간에 자르더니 코스는 자기가 알아서 할 테니까 일단 시동부터 걸라고 했다. 나는 기분이 좀 상한 채로 시동 버튼을 눌렀다. 시동이 걸리지 않았다. 브레이크를 밟은 상태에서 버튼을 눌러야 한다고 그녀가 가르쳐주었고, 나는 그제야 제대로 시동을 걸 수 있었다.

"자, 출발."

브레이크에서 떼어낸 발을 액셀로 옮겨 밟았다. 차가 나아가기 시작했다.

"어허, 그렇게 꽉꽉 밟지 말고 지그시 눌러야지. 그치, 그렇게."

근데 왜 반말을 하지, 라고 생각하고 있는데 그녀가 룸미러를 조정하면서 날카롭게 말했다.

"말이 좀 짧을 수 있어요."

도로연수를 하다보면 정신이 없으니까 '요'자를 붙일 시간이 없다는 것이었다. 안전을 위한 것이라고 하니 탐탁지는 않지만 수긍할 수밖에 없었다. 내가 얌전히 네, 하고 대답하자 그녀가 처음으로 입가에 옅은 미소를 띠면서 말했다.

"내 눈에 초보들은 다 아기 같단 말이야."

그리고 덧붙였다.

"그것도 갓 태어난 갓난아기."

새벽 여섯시의 도로는 한산했다. 나는 그녀의 지시에 따라 가거나 멈추거나, 우회전하거나 좌회전거나, 차선을 바꿨다.

사이드미러의 각도는 지평선이 아래위를 정확히 반으로 가르게 끔 조정. 절대 사이드미러에 시선을 오래 두지 말 것. 딱 일 초만 볼 것. 이 초까지는 허용. 힐끗, 봤을 때 뒤차의 차체가 지붕부터 바퀴까지 온전히 다 보인다면 충분한 거리가 확보되어 있다는 뜻. 그때 액셀을 세게 밟아 속도를 높이면서 핸들을 슥 꺾어 들어가면 차선 변경 끝.

깐깐하다는 맘카페에서 소문난 이유를 알 것 같았다. 썩 친절하지는 않지만 귀에 쏙쏙 들어오게 설명하는 스타일이었고 상황에 맞는 공식을 알려주면서 가르쳐 기억하기가 편했다. 조수석에서 때마다 적절히 눌러주는 금색 연수봉의 도움을 받아 어느새 차선 바꾸기를 스무 번쯤 성공하고 큰 사거리에서의 좌회전, 유턴에 이어 과속방지턱을 부드럽게 넘는 것까지 성공했을 때, 그녀가 물었다.

"근데, 수업을 이렇게 일찍 해서 어떡해. 남편은 굶고 출근했나?"

"남편이요?"

"여기는 밥 안 차려줘도 돼?"

"저 결혼 안 했는데요."

했어도 안 차려줄 건데요, 저도 바빠요, 라고 하고 싶었지만 그런 말은 하지 않았다. 이런 질문을 하는 사람한테 대체 무엇을 어디서부터 어떻게 이야기해야 할지 상상만 해도 진이 빠졌다. 무엇보다 지금은 운전중이었다. 내겐 너무나 낯선 이곳, 도로에서 살아남기 위해 다른 생각을 할 겨를이 없었다. 온 정신이 운전에 쏠려 다른 쪽으로는 논리가 다 무력해진 느낌이었다.

"아가씨구나. 나이가 좀 있어서 결혼한 줄 알았지. 어쩐지 너무 아가씨 같더라 했어. 딱 보기엔 그냥 이십대 같네."

그녀는 느닷없이 내 피부의 탄력성을 칭찬하더니, 뒤이어 내 결심을 높게 평가해주었다. '미리' 연수를 받기로 마음먹은 건 아주 잘한 일이라고. 무슨 말인가 싶어 더 들어보니 나중에 결혼해서 아기 낳아보면 알겠지만 그때 차가 꼭 필요해질 거라는 말이었다. 둘째 임신하고 배불러서 뒤늦게 연수받는 사람들도 많다고 덧붙였다. 만난 지 두 시간밖에 안 됐는데 멋대로 내 자녀 계획까지 세우는 무례함에 초반에 가졌던 신뢰와 호감이 급격히 하락했다. 더 불만인 것은 오늘의 연수 시간이 한 시간밖에 남지 않은 상태라는 것이었다. 출퇴근하려고 연수를 받는 것인데 계속 엉뚱한 길만 다니고 있었다. 내가 다시 물었다.

"저, 아까도 말씀드렸지만 이제 출퇴근길 연습을 좀 해야 할 것 같은데요."

그녀가 한숨을 내쉬었다.

"아휴, 좀 기다려요. 그건 내가 알아서 해준다니까."

주연씨는 평생 출퇴근만 할 거냐, 어떤 상황에서도 운전할 줄 알게 연습을 해두면 그건 자동으로 해결된다는 말이 이어졌다. 오늘은 기본기를 다져놓고 내일 출퇴근길을 주행해보면 자연스럽게 할 수 있게 된다는 것이었다. 남은 시간은 오늘 한 시간과 내일 두 시간 반, 총 세 시간 반이었다. 내가 십 년 가까이 못한 운전을 앞으로 세 시간 더 연수받는다고 잘하게 될까. 결국 다섯 시간 더 추가하게 하려고 일부러 내가 원하는 코스는 안 가는 게 아닌가, 하는 의심까지 들었다. 나는 그녀에게 다시 설명했다. 선생님이 여태까지 겪은 학생들 기준으로 판단해서는 절대 안 된다. 나의 경우는 다르다. 나는 일반 사람들보다 훨씬 겁이 많아서 지금부터 빨리 출퇴근 코스를 연습해두어야 한다…… 그녀가 피식 웃음을 터뜨렸다.

"주연씨 겁 많은 거 아니에요."

나는 황당해서 처음으로 전방에서 시선을 거두고 조수석 쪽으로 고개를 돌렸다.

"그럼요?"

"겁 많은 사람이 어떻게 운전을 이렇게 해. 말이 안 돼."

고개까지 절레절레 젓고 있었다. 그녀가 이어 말했다.

"겁이 많다는 사람이 어떻게 그렇게 액셀을 콱콱, 밟고 핸들을 그렇게 휙휙, 돌리느냔 말이야. 진짜 겁 많은 사람은 그렇게 못해요."

그녀가 틀렸다. 나는 겁나고 무서웠다. 그건 분명했다. 내가 누군가의 앞길을 막고 있을까봐 두려웠고, 꾸물거리다가 다른 차와 부딪힐까봐 불안하고 조급했다. 그러니 반사적인 동작이 바쁘고 성급해 보일 수밖에 없었다. 아무것도 모르면서. 나는 내가 제일 잘 안다. 이렇게 기본기만 연습하다가는 절대 자차로 출퇴근할 수 없는 사람이다. 말없이 굳은 내 표정이 신경쓰였는지 그녀는 내가 원하던 출퇴근 코스를 왕복해보는 것으로 오늘 수업을 마무리하자고 했다. 나는 내비게이션에 오피스 주소를 입력하고 다시 출발했다.

"선생님, 이따가 좌회전인데요, 지금부터 왼쪽으로 붙어야겠죠?"

"네. 슬슬 잘 보고 옮기세요."

그녀가 알려준 대로 왼쪽 깜빡이를 켜고, 사이드미러를 일 초,

힐끔 보고, 뒤차가 지붕부터 바퀴까지 온전히 보이는 것을 확인한 뒤, 핸들을 꺾어 좌측 차선을 밟았다. 그 순간, 조수석에서 귀를 파고드는 비명이 터져나왔다.

"안 돼!"

동시에 뒤차가 날카롭게 경적을 울려대며 옆 차선으로 스쳐지나갔다. 빠앙— 하는 소리가 끊기지도 않고 한참이나 강도 높게 이어졌다. 마치 나에게 시위하는 듯한 소리였다. 동시에 그녀가 가슴을 쓸어내리며 소리질렀다.

"주연씨! 내가 그렇게 미꾸라지처럼 하지 말랬지!"

나는 대체 무슨 일이 벌어진 건지 이해하지 못해 되물었다.

"저, 아직도 제가 뭘 잘못했는지 모르겠어요. 선생님이 시키는 대로 사이드미러 보고 바퀴까지 다 보여서 차선 바꿨는데."

"아이고. 여기는 자동차전용도로잖아요. 고속도로나 마찬가지로 차가 쌩, 쌩, 달리는 데란 말이야. 차가 다가오는 속도도 고려해야지!"

그건 배운 적이 없는데 어떻게 알아. 나는 억울한 마음이 되었다.

수업이 끝나고 차를 아파트 지하주차장에 주차한 뒤, 택시를 불러 출근했다. 일하는 내내 새벽의 연수가 시간 낭비였다는 생각에서 벗어날 수 없었다. 두 시간 반 동안 많이 극복한 줄 알았는데 마지막 미꾸라지 사건 때문에 다시 원점으로 돌아온 것 같았다. 구 년 전 운전전문학원에 처음 등록했을 때, 그 시절 그대로. 아무것도 나아진 게 없었다.

운전전문학원의 바랜 개나리색 차, 그 구질구질한 시트에 앉기만 하면 나는 처음 겪는 세계에 홀로 내던져진 아이처럼 초조해졌다. 원래 가지고 있던 상식적인 생활 감각이 강제로 리셋되는 느낌이었다. 나는 액셀을 너무 밟거나 덜 밟았고, 비상등과 깜빡이 켜는 타이밍을 매번 놓치고, 후방주차를 하겠다고 핸들을 바쁘게 돌리면서 후진과 전진을 반복했지만 결국 똑같은 궤적만 몇 번이고 왔다 갔다했다. 기어를 R에 놓는 순간부터는 머릿속이 더 복잡해져서 그랬다. 나는 머릿속에서 차의 이미지를 반전시켰다가 다시 반전시키기를 반복하다 어느 게 원본인지 알 수 없는 상태로 액셀을 또, 지나치게 세게 밟고, 주차선 뒤편 화단에 한쪽 뒷바퀴를 걸친 채로 강사한테 혼이 났다. 이런 실수를 반복하는 사람은 학원 전체에 나밖에 없는 것 같았고, 그런 주제에 도로에 나가야 한다는 사실이 두려웠다. 운전대를 잡은 나, 그러니까 액셀과 브레이크를 순간 헷갈리거나, 깜빡이를 깜빡한 채로 차선을 바꾸거나, 좌회전하면서 중앙선 왼쪽으로 진입해 역주행하는 나 때문에 도로의 약속된 질서가 망가지고 모든 게 박살날 것만 같았다. 어렵게 면허증을 손에 쥔 뒤에 몇 번은 도로에 나가봤지만 동승자 없이 운전해본 적은 단 한 번도 없었다. 핸들만 잡으면 늘 사고와 충돌, 그로 인한 교통 혹은 신체의 마비, 죽음에 대해 떠올렸다. 아무리 연습해도 이제 혼자 운전을 해봐야겠다는 결심보다는, 이렇게 스트레스 받으면서까지 운전을 해야 할 필요가 있을까, 하는 회의만 들었다.

그날 밤에는 잠이 잘 오지 않았다. 눈을 감으면 아찔한 순간들이 반복재생되었다. 실격, 시동 끄고, 내리세요, 미꾸라지처럼, 하지 말랬지, 자동차전용도로잖아, 차들이 쌩, 쌩, 차들이 쌩, 쌩, 차들이 쌩, 쌩, 쌩, 쌩……

어둠 속에서 모로 누운 채로 휴대폰을 켜고 '운전공포증'을 검색했다. 그중 '운전공포증 극복하기'라는 제목의 웹 문서를 눌러 들어갔다. 첫번째 챕터인 '긴장완화 연습하기'를 훑었다.

먼저 차내에 좋아하는 것을 놓기. 좋아하는 인형, 좋아하는 향수, 좋아하는 사람의 사진을 놓는다. 다음은 복식호흡 하기. 천천히 코로 숨을 들이마셔 공기가 폐의 아래쪽까지 들어차게 한다. 배가 빵빵하게 부풀어오를 때까지 들이마셨다가 숨을 삼 초간 참는다. 열부터 거꾸로 세며 서서히 숨을 내쉰다. 똑같은 호흡을 열 번 반복한다……

두번째 챕터는 '긍정적인 확언 하기'였다.

나는 조심스럽게 안전운행중이며 과속하지 않는다. 운전은 매일의 일상적인 일이다. 나는 이 일에 참여한 주의깊고 조심성 밝은 운전자다. 반드시 빨리 가지 않아도 된다. 다른 차보다 느리게 가기 위한 오른쪽 차선이 준비되어 있다. 잘못된 길로 들어왔더라도 위험하게 차선을 옮길 필요는 없다. 분기점을 지나쳤다면 안전하게 우회하면 된다. 불편감을 느끼면 갓길에 차를 세우고 안정을 취할 수 있다. 나는 나의 공포감을 통제할 수 있다. 비슷한 증상을 겪는 사람들을 위한 지원 단체에 언제든 가입할 수 있다…… '긍정적인 확언 하기' 챕터는 이렇게 끝나 있었다.

'혼자가 아니라는 사실을 아는 것만으로도 공포를 극복하는 데 도움이 된다.'

운전처럼 누구나 다 하는 일을 무서워하는 사람이 나 말고도 어딘가에는 존재한다는 사실을 확인하자 도저히 못할 것 같던 마음이 정말로 옅어지는 것 같았다.

거기서 끝났으면 좋았을 텐데.

나는 다시 검색창으로 돌아와 결국은 '교통사고'를 검색해버리고 말았다. 사람들은 매일 다양한 이유로 도로에서 죽고 있었다. 나는, 이제는, 죽고 싶지 않았다. 살면서 이렇게까지 죽고 싶지 않은 적은 처음이었다. 죽음을 떠올리면 왜 하필 지금? 이라는 생각이 들었다. 내 인생 내 마음에 든 지 고작 이삼 년밖에 안 됐는데, 지금은 안 돼. 이제 와서 죽기는 싫어. 그 순간 누군가가 "주연아, 운전 같은 거 정 하기 싫으면 안 해도 돼"라고 말해주기를 간절히 바랐다. "됐다, 됐어. 그렇게 하기 싫으면 그냥 하지를 마"라고 비난조로 말해도 상관없었다. 하지만 아무도 그렇게 이야기해주지 않았다. 아무도 하지 말라고 이야기해주지 않았다.

*

다음날 만난 그녀의 손에 하얀 종이 한 장이 들려 있었다. 글자 크기를 하나만 더 올렸어도 '초'만 남고 '보'는 다음 페이지로 넘어갔겠구나, 싶을 정도로 꽉 찬 궁서체로 '초보'라고 적힌 A4 용지였다. 글씨가 너무 커서 아연해졌다. 그녀가 내 표정을 보고 물었다.

"왜요, 주연씨. 창피해요?"

"아니요, 꼭 그런 건 아닌데……"

"비싼 외제차에 이런 거 붙이기 싫지?"

응, 붙이기 싫다. 그녀가 내 속을 읽었는지 눈을 흘겼다.

"무슨 무슨 아우디가 주연씨 지켜주는 줄 알아요?"

그녀가 이어 말했다.

"이게 주연씨 지켜주는 거야."

그러면서 손에 들린 A4 용지를 팔락팔락 소리가 나도록 세차게 흔들었다.

'초보운전'도 아닌 그냥 '초보'. 그 두 글자의 힘인지 정말 도로가 한결 친절해진 느낌이었다. 실수하거나 꾸물거려도 경적이 전날만큼은 울리지 않았다. 내가 먼저 입을 열었다.

"저거 붙이니까 정말 빵빵거리지 않네요."

"그치? 근데 그건 주연씨가 어제보다 오늘 더 낫기 때문인 것도 좀 있어요."

칭찬까지 받으니 자신감이 붙었다. 처음으로 출근길 코스를 무리 없이 성공했다. 그녀가 우쭐대듯 말했다.

"거봐요. 어제 기본기 연습해두면 출근길은 아무것도 아니랬지?"

이번에는 주차 연습을 하기 위해 오피스의 지하주차장 진입로로 들어갔다. 그러자 다시 그녀의 금색 봉이 바빠지기 시작했다.

"브레이크 살살 좀 밟아", "어허허, 왼쪽 너무 붙었다", "아니지, 오른쪽으로 너무 붙었다", "방향 잡히면 그대로 쭉 가라고. 핸들 많이 돌릴 필요 없어요."

머리로는 분명 이해했는데 손과 발이 말을 듣지 않았다. 어깨에 잔뜩 힘을 준 채로, 양쪽 벽에 부딪힐 위기를 몇 번이나 넘기며 한참을 빙글빙글 돌다보니 속까지 메스꺼워졌다. 지하 오층에 도착하자 그녀가 투덜거렸다.

"여기는 주차장 들어가는 길이 너무 좁네. 별로다 별로."

차가 한 대도 없는 새벽의 지하주차장에서 좌측 후방주차 수업이 시작되었다. 이 역시 공식과 함께였다.

주차하려는 칸의 바깥 선과 어깨선이 직각으로 닿는 상태에서 시작. 핸들을 우측으로 끝까지 돌리고 전진. 사이드미러 상에서 뒷바퀴가 주차선의 사분의 일을 밟을 때 스톱. 기어를 R로 바꾸고 핸들을 반대 방향으로 끝까지 돌리고 후진. 기어가 R일 때 핸들 방향이 헷갈리는 것은 당연. 처음엔 누구나 헷갈림. 안 헷갈리는 사람이 이상한 것. 그럴 때는 자동차의 궁둥이를 틀고 싶은 방향으로 핸들을 돌린다고 생각하면 쉬움. 마무리는 방지턱에 궁둥이가 걸릴 때까지 천천히 후진하다가 단정하게 정차하면 끝.

공식대로 하니 어려울 것이 없었다. 이어서 우측 후방주차, 전방주차, 평행주차에 차례로 성공했다. 그녀가 말했다.

"잘하는데? 주차는 더 안 해도 되겠어요. 내가 문자 보내줄 테니까 이대로만 하면 돼."

휴대폰을 꺼낸 그녀가 메모장 앱을 켜더니 장문의 글을 전체 복사해서 나에게 전송했다. 그녀의 주차 비법이 짧은 진동음과 함께 순식간에 내 주머니 속으로 도착했다.

그녀는 새 코스를 제안했다. 이 건물은 주차장으로 들어가는 길이 좁기 때문에 좁은 길에서 완급조절 하는 연습을 더 해야 한다면서, 멀지 않은 곳에 자기가 잘 아는 구불구불한 오솔길이 있는데 연습하기에 제격이라고 했다. 그 좁고 울퉁불퉁한 오솔길을 서너 번만 왔다갔다하면 이 주차장쯤이야 아주 쉽게 다닐 수 있을 거라는 말이었다. 그때 내 배에서 꼬르륵 소리가 났다.

"주연씨, 배고픈가보네."

"네, 아침을 못 먹어서."

그러다 갑자기 궁금해져서 물었다.

"선생님은 남편 아침밥 차려주고 나오시나요?"

"아니?"

동시에 웃음이 터졌다. 그녀가 여전히 웃음을 입가에 머금은 채로, 버럭 소리쳤다.

"무슨 아침밥 같은 소릴 하고 있어! 내가 이 새벽에 일하러 나오는데 밥을 어떻게 차려?"

우리는 차에서 내려 무언가를 사 먹기로 합의했다. 이른아침이라 문을 연 가게가 없었지만 걸어서 오 분 거리에 편의점이 있는 것을 운전하는 중에 눈여겨봐두었다. 지하주차장에서 나와 편의점까지 걸으면서, 나는 그녀의 체구가 내 짐작보다 훨씬 더 작다는 사실을 알게 되었다. 앉아 있을 때는 티가 나지 않았는데, 차에서 내려 나란히 걸으니 깜짝 놀랄 정도로 작았다. 발걸음 역시 굉장히 느리다는 사실도 새삼 깨달았다. 아침인데도 햇살이 제법 강해서 빨리 시원한 편의점으로 들어가고 싶던 차에, 그녀가 큰 소리로 날 불렀다.

"아이, 주연씨! 좀 천천히 가. 발걸음이 왜 이렇게 빨라?"

"제가 그런가요?"

나는 내가 빠른 게 아니라 그녀가 너무 느리다고 느끼고 있었다. 그녀가 바삐 걸으며 말했다.

"주연씨는 성격이 참 급해." 그리고 이어 말했다. "O형이라 그래."

"네?"

"우리 막내딸도 O형이거든. 승부욕도 강하고, 성격이 아주 급해."

그제야 나는 그녀가 연수 전에 혈액형을 물어본 이유를 알게 되었다. 정말 혈액형으로 성격을 파악하려고 했던 것이다. 그런 걸 진지하게 믿는 사람을 너무 오랜만에 만나서 웃음을 참기 힘들었다. 그녀가 내게 물었다.

"지금 혈액형 믿는 거 바보 같다고 생각했죠?"

"아니요?"

"혹시 오해할까봐 그러는데, 나도 믿는 건 아냐. 근데 또 이렇게 맞는 건 맞을 때가 있더라고. 신기하죠? 그래서 난 항상 학생들한테 물어봐. 미리 성격을 파악해두면 확실히 수업도 잘되더라고."

그러면서 다시 한번 덧붙였다.

"믿는 건 아니지만."

나는 혈액형 믿는 게 우습다고 생각한 걸 들키지 않으려고 일부러 고개를 더 크게 끄덕였다. 그렇게 주억거리다보니 어쩐지 그 말도 맞는 것 같다는 생각이 들었다. 나는 O형이고, 성격이 급했다. 어쨌든 그건 부정할 수 없는 사실이었다.

의식적으로 아주 천천히 걸으면서 그녀와 속도를 맞췄다. 우리는 촉촉한 카스텔라와 삼각뿔 모양의 커피 우유를 하나씩 사서 다시 오피스 쪽을 향해 느릿느릿 걸었다. 어제보다 맑은 날이었다. 반짝이는 오피스의 유리창에 새파란 하늘과 뭉게구름이 비쳤다. 그녀가 건물을 올려다보며 물었다.

"주연씨 되게 좋은 회사 다니네?"

이 건물은 내가 다니는 곳이 아니라 이번 프로젝트를 진행할 클라이언트의 오피스였다. 진짜 우리 법인의 본사 건물은 이것보다 훨씬 더 크고 화려했다.

"나쁘지 않은 회사죠."

"주연씨 같은 여직원들도 많아요?"

잠시 고민했다. 사실 회계사는 남자가 많은 직업이다. 이번 프로젝트도 참여하는 다섯 명 중 여자는 나 하나뿐이었다. 내가 대답했다.

"네."

"오십대도 있어요?"

아까보다 더 더디게 발을 내디디며 헤아렸다. 오십대. 그런 생각은 해본 적도 없었다. 여자 선생님들 중에 오십대가 있었나? 오십대면 전무급인데, 우리 법인에 여자 전무는 한 명도 없었다. 전무가 아닌 상무급을 생각해봤지만 오십대인지는 확신이 서지 않았다. 당장 떠오른 한 명도 오십대는 아니고 사십대였다. 정말, 정말로 단 한 명도 없는 것일까. 내가 대답했다.

"있어요."

"그래요?"

나는 마지막 남은 카스텔라 한 조각을 입에 털어넣으며 말했다.

"네, 되게 많아요."

걷다보니 다시 지하주차장으로 통하는 엘리베이터 룸에 도착했다. 그녀가 몇시지? 라고 혼잣말하며 휴대폰을 꺼내 측면 버튼을 꾹 눌렀다. 액정 화면이 밝게 빛났다. 슬쩍 내려다보니 메신저 프로필에 걸어둔 그 테니스 소녀의 사진이었다. 금세 불이 꺼졌다. 그녀가 버튼을 다시 눌렀다. 테니스 소녀가 또다시 나타나자 그녀는 엄지손가락으로 액정 화면의 가운데를, 그러니까 머리를 하나로 높게 묶은 까맣게 탄 소녀의 얼굴을 두어 번 문지른 뒤에 다시 주머니에 넣었다. 나는 얼른 시선을 돌려 그걸 안 본 척했다. 그리고 머릿속에 다른 사진을 한 장 그렸다. 테니스 소녀가 커다란 우승컵을 들고 있는 사진이었다. 황금색으로 번쩍번쩍 빛나는 거대한 트로피. 너무 크고 무거워서 소녀 혼자 들지는 못하고 한쪽만 받쳐들고 있다. 다른 한쪽을 받쳐든 사람은 선생님이다. 소녀보다 키가 작아서 우승컵이 그녀 쪽으로 한참 기울었지만, 그녀의 미소는 테니스 소녀의 미소보다 더 크고 환하다. 아마 그 장면은 그녀 인생 최고의 순간 중 하나가 될지도 모른다. 나는 그런 중년여성을 알고 있다.

"내 오십 평생, 오늘이 가장 기쁜 순간이다."

CPA 시험 합격자 발표가 났을 때 엄마가 내게 한 말이었다. 그 전에도 엄마의 삼십 평생, 사십 평생에 가장 기쁜 순간들은 나로 인해 만들어졌다. 내가 반에서 일등을 하고, 원하던 대학에 들어가고, 장학금을 받고, 공인회계사 시험에 합격하고, 회계법인에 입사할 때마다, 엄마의 인생에서 가장 기쁜 순간이 차례로 갱신되었다. 나는 그럴 때마다 겨우 이런 일이, 결국은 자신이 아닌 다른 사람의 손끝에서 결정되어버리는 일이, 일생의 가장 기쁜 순간씩이나 되는 그런 삶은 결코 살지 말아야겠다고 다짐하곤 했다. 마지막 남은 커피 우유 한 방울과 공기가 동시에 빨대를 통과하는 소리가 그녀와 내 입에서 후루룩, 났다. 이제 그녀가 말한 오솔길 코스를 연습해야 할 차례였다.

얼마간 그녀의 지시에 따라 가다보니 도로 양옆에 플라타너스가 줄지어 서 있는 S자 형태의 커브 길이 나왔다. 핸들을 꽤 능숙하게 꺾으면서, 내가 물었다.

"여기가 아까 말씀하신 그 오솔길이죠?"

그녀는 어처구니가 없다는 듯 대답했다.

"이게 무슨 오솔길이에요. 참 나, 오솔길이 뭔지도 모르는구만."

그러면서 한참을 웃다가 또 한번 새청맞게 목소리를 높였다.

"아이고, 주연씨. 여기는 꽃길이다, 꽃길!"

그녀가 말한 오솔길은 십오 분 정도 더 달린 뒤에야 모습을 드러냈다. 초록이 울창한 산로의 초입으로 들어서자, 조금 전 지나온 길은 꽃길이라는 말이 무슨 뜻인지 바로 이해할 수 있었다. 이곳은 비포장도로, 말 그대로 흙길이었기 때문이다. 이 동네에 이런 길이 있었나 싶었는데, 아마 와본 적이 있었어도 차가 다니는 길이라고는 상상 못했을 것 같았다. 자갈들이 타이어에 밟히는 소리가 자근자근 나기 시작했다. 울퉁불퉁한 바닥의 표면이 시트를 거쳐 내 엉덩이와 등에도 고스란히 감각되었다. 지하주차장으로 들어가는 길보다 더 급한 커브 길이 높고 또 낮게, 끝도 없이 이어졌다. 가면 갈수록 더 깊고 우거진 숲이었다. 늦여름 아침햇살이 키 큰 나무들 사이로 들어와 눈앞에 반짝였고, 창문을 통과해 내 뺨에 닿았다. 나뭇잎이 드리워진 모양에 따라 한쪽 볼이 따뜻해졌다가 서늘해졌다가 했다. 구불구불한 길을 자칫 벗어나면 언덕 아래로 떨어질 수 있는 상황이었는데도, 이상하게 마음이 전에 없이 편안했다. 나는 액셀을 밟았다가 뗐다가, 핸들을 감았다가 풀었다가 하면서 오솔길을 내달렸다.

슬슬, 밟았다가, 슬슬, 뗐다가. 살살, 감았다가, 다시 살살, 풀었다가.

지켜보던 그녀가 입을 열었다.

"이제야 완급조절을 좀 아는 것 같은데?"

그때 갑자기 눈앞이 환해졌다. 우거진 숲길이 끊기면서 순식간에 시야가 탁 트였다. 동시에 왼편에 커다란 호수가 펼쳐지기 시작했다. 호수 너머 반대편까지 가려면 한참이 걸리겠다는 생각이 들 정도로 드넓은 호수였다. 이른아침의 햇살이 넓고 고요한 수면 위에 찬란하게 부서졌다. 어딘가에서 새가 지저귀는 것 같은 소리가 들렸고 그 소리를 더 크게 듣고 싶어 버튼을 눌러 창문을 내렸는데, 그러면서 조금 놀랐다. 주행중에 핸들에서 손을 떼고 무언가를 조작한 것은 처음이었다.

액셀을 밟은 발에도 살짝 더 힘을 줬다. 하늘과 구름, 연둣빛 잎사귀들을 머금은 호수가 시야를 가득 채웠다. 그 순간, 나는 운전이 무섭지 않다고 생각했다. 그렇게 느낀 적은 단 한 번도 없었기 때문에 신기한 일이었다. 심지어 전에는 도무지 이해할 수 없었던 드라이브하는 사람들의 마음까지도, 온전히 이해할 수 있을 것만 같았다. 어딘가에 도착하기 위해서가 아니라 그냥 운전이 하고 싶어 핸들을 잡는 사람들의 마음을.

"선생님."

"응?"

"이 길 너무 예뻐요."

그녀가 흐흐, 웃더니 대답했다.

"예쁘죠?"

어느새 내가 멀다고 가늠했던 바로 그 반대편 지점까지 와 있었다. 무리 지은 오리떼가 호수 위를 천천히 지나갔다.

*

"저, 다섯 시간 추가할게요. 내일 그리고 내일모레까지요."

오솔길 코스를 지나 다시 아파트 지하주차장까지 온 내가 말했다. 이틀 동안 네 시간 반의 연수를 받고 나니, 이제 그녀가 유능한 강사라는 사실을 의심 없이 받아들일 수 있었다. 그녀와 함께 다섯 시간을 더 연습하고 나면 그때는 정말 혼자서 운전할 수 있을 것 같았다. 당연히 추가 수업을 반길 거라고 예상했지만, 그녀의 반응은 뜻밖이었다.

"싫어요. 나 안 할 거야."

"아니, 왜요?"

"주연씨는 이제 곧잘 해. 더 받을 필요가 없어. 충분히 혼자 할 수 있어."

예상하지 못했던 반응에 조바심이 나기 시작했다.

"아니에요. 좀더 하고 싶어요. 저 딱 다섯 시간만 더 하고 나면 그땐 진짜로 혼자 할 수 있을 것 같아요."

"아유, 시끄러워. 잠깐 다리 좀 치워봐."

그녀가 허리를 굽혀 운전석 브레이크 쪽으로 고개를 들이밀었다. 연수봉의 끝과 브레이크를 다시 달그락거리며 분해했다. 그녀의 뒤통수와 등을 내려다보면서, 나는 의아해졌다. 정말 수업 더 안 해주려고 하나? 뭘 믿고 내 실력을 이렇게 과대평가하는 거지? 무엇보다 오늘 수업이 아직 삼십 분이나 더 남았는데? 다시 허리를 펴고 앉은 그녀가 금색 봉과 부품들을 정리하며 말했다.

"나야 수업 더 하면 좋지. 우리 딸 레슨비도 벌고."

조수석의 선 바이저를 내린 그녀가 거울을 들여다봤다. 그리고 흐트러진 머리를 정리하면서 이어 말했다.

"근데, 언제까지 연수만 할 거예요? 결국은 혼자 다녀야 하는데."

맞는 말이라 할말이 없었다. 나는 다섯 시간을 추가하고 나서도 다섯 시간이 지나면 또 다섯 시간을 추가하고 싶어할 것이다. 그녀가 한쪽 옆머리를 동그랗게 빼 내리고 반대쪽 옆머리를 귀에 꽂아 넣었다.

"앞으로 남은 삼십 분은 원격으로 할 거예요."

무슨 말인지 이해하지 못해 그녀를 바라보며 눈만 껌뻑이고 있는데, 그녀가 조수석 문을 열고 차에서 내렸다. 왜, 왜 내리는 거지? 그러면 차에는 나 혼자잖아. 조수석 문이 닫혔다. 너무 놀라서 손가락이 파르르 떨리기 시작했다. 휴대폰의 진동이 길게 울렸다. 눈으로는 이미 조수석 밖에 서 있는 그녀를 올려다보면서 손으로는 휴대폰을 찾으려 가방 속을 더듬거렸다. 그녀가 반쯤 열린 차창에 대고 자기 휴대폰을 흔들면서 말했다.

"내 전화예요. 받아서 스피커폰으로 켜놔. 아까 배운 대로 여기서 회사까지 주연씨 혼자 가는 거예요. 알겠지?"

내 차 뒤에 바짝 붙어 따라오면서 스피커폰으로 조언을 해주겠다는 거였다. 넓은 차 안에 홀로 남겨진 심장이 빠르게 뛰기 시작했다. 이곳엔 좋아하는 인형도, 좋아하는 향수도, 좋아하는 사람의 사진도 놓여 있지 않았다. 갑자기 숨이 가빠졌다. 나는 숨을 억지로 크게 들이마신 다음 열부터 천천히 세면서 내뱉기 시작했다. 십, 구, 팔, 칠, 육…… 그때 뒤에서 작고 짧게 빵, 하는 경적이 울렸다. 룸미러를 올려다봤다. 그녀의 구형 은색 아반떼가 약속한 대로 바로 뒤에 서 있었다. 스피커폰 모드로 전환한 휴대폰에서 그녀의 목소리가 흘러나왔다.

"나 보이죠? 출발하세요."

브레이크에서 발을 뗐다. 차가 천천히 앞으로 나아가기 시작했다. 조수석에는 아무도 없었고, 그런 일은 처음이었지만, 그 사실에 너무 몰두하지 않게끔 그녀가 스피커폰으로 계속 말을 걸어주었다.

"자, 사람 건너나 안 건너나 확인하시고. 우회전, 천천히, 그렇지."

"다음에 좌회전해야 하니까 기회 될 때마다 일차선으로 바짝바 짝 붙으세요. 그렇지."

"우리 차선 지금 말고 다음번에 바꾸자. 이 까만 소나타 지나가 면 그때 바꾸자 우리."

애써 진정시킨 호흡을 비집고 불안이 튀어나오려 할 때마다 룸 미러를 올려다봤다. 단 한 번도 빼놓지 않고 그녀와 눈이 마주쳤 다. 그녀는 어떤 상황에서도 바로 뒤에서 날 주시하고 있었고, 그 사실에 의지해 어느새 꽤 긴 길을 혼자 달려왔다. 그런데…… 잠깐 만…… 이 길이 맞나……? 분명히 직진 차선을 그대로 따라가고 있다고 생각했는데, 무슨 일인지 내가 서 있는 곳은 더이상 직진 차 선이 아니었다. 나는 어느새 왼쪽 포켓 차선으로 흘러들어와 있었 다. 내 뒤에 붙어선 그녀를 다급히 불렀다.

"선생님, 어떡해요. 저 잘못 들어온 것 같아요."

"아이고, 그러네."

우측 사이드미러를 들여다봤다. 차들이 끝도 없이 줄지어 서 있 었다. 지금 차선을 바꾸지 않으면 한참을 다른 길로 가야 했다. 그 길은 내가 한 번도 가본 적 없는 길이었고, 혼자 주행하기에는 당연 히 무리였다. 현기증이 일었다. 핸들이 금세 축축해졌다. 왜 이렇게 땀이 나지? 이러다가 핸들에서 손이 미끄러지면 어떡하지? 심장이 또다시 격렬하게 뛰기 시작했다. 그녀가 또박또박한 어조로 외쳤다.

"내가 뒤에서 막아줄 테니까, 그때 오른쪽으로 차선 하나 옮겨 요. 알겠지?"

그녀가 오른쪽 깜빡이를 켜고 옆 차선으로 파고들어갔다. 신호

대기중이던 차 여러 대가 동시에 경적을 울려대기 시작했다. 그 차갑고 신경질적인 경적은 내가 아니라 그녀를 향하고 있었다. 신호가 바뀌었다. 스피커폰에서 그녀의 긴박한 목소리가 울려퍼졌다.

"지금이야, 지금!"

그녀의 아반떼가 포켓 차선과 일차선의 경계를 사선으로 막고 있었다. 나는 그 앞으로 생긴 공간을 재빨리 파고들어갔다. 그리고 배운 대로 비상등을 켜서 고마움을 표시했다. 핸들을 잡은 흥건한 손에 힘이 세게 들어갔다. 거치대에 세워둔 휴대폰에 입을 가까이 가져다대고 말했다.

"고마워요, 선생님."

"어이구, 인사할 정신은 있어? 전방 주시하세요."

스피커폰에서 다시 그녀의 목소리가 연이어 울려퍼졌다.

"계속 직진. 그렇지."

"잘하고 있어. 잘하고 있어."

* '운전공포증 극복하기'라는 웹 문서는 위키하우(wikiHow)의 'How to Overcome a Driving Phobia'를 참고했다.

흘러들어온, 그리고 이어가는

1

　지금껏 소설을 완성하고 나면 "이 이야기는 어떻게 쓰게 되었나요?"라는 질문에 스스로 답해보곤 했다. 데뷔하기 전에도 그랬고, 후에도 그랬다. 그런 자문자답은 주로 잠들기 전이나 샤워하는 동안 머릿속에서 이루어지는데 이상하게 이 소설을 쓰고 나서는 단 한 마디도 덧붙일 게 남아 있지 않다는 느낌이 들었다. 나는 아무것도 덮어두거나 감추지 않고 뚜껑까지 투명한 통에 이 이야기를 담아서 내놓았다고 생각했다. 너무 투명한 나머지 이래도 되나? 싶어 약간 부끄럽기까지 했다. 그래도 이렇게 끝낼 수는 없으니 조금 더 적어보자면……

2

직접적인 연결고리는 없지만, 이 소설은 지난가을에 발표한 「도움의 손길」(『일의 기쁨과 슬픔』, 창비, 2019)이라는 소설과 어쩐지 한 쌍처럼 여겨진다. 「연수」 속 주연과 선생님처럼 「도움의 손길」에서도 새댁과 아주머니라는 서로 다른 세대의 두 여성 인물이 등장한다. 이 둘은 이야기가 진행되는 내내 번갈아가며 서로를 한 방씩 먹이는데, 그 이야기는 그런 식으로 끝나야만 한다고 생각했지만 내심 두 인물에게 작가로서 약간의 도의적인 미안함이 남아 있었다. (미안한 마음과는 별개로 나는 그 소설을 아주 좋아한다.) 「연수」의 초고를 다 쓰고 나서 그때 남아 있던 그 마음이 이 소설에 흘러들어왔구나, 라는 것을 알아차렸고 '작품활동을 이어간다'는 말의 의미를 어렴풋이 이해할 수 있었다.

3

사실, 「연수」의 초고를 쓰는 동안 나는 이 소설이 망했다고 생각했다. 그렇지만 그게 어디든지 어떻게든 도착만이라도 해보자고 스스로를 설득하면서 마지막 페이지까지 끌고 왔다. 마침표를 찍고 나자 그래도 아주 망한 것 같지는 않다는 생각이 들었고, 퇴고를 거치고 나서는 이 소설을 마음놓고 좋아할 수 있게 되었다. 나중에 (아마도 곧이겠지만) 또 '망했다!' 병이 도질 때마다 이 작품을 쓸

때와 완성하고 나서의 내 감정의 낙차를 기억해두고 싶다. 그사이 내게 "잘하고 있어"라고 말해준 사람들에 대해서도.

독행 연수

조대한

이렇게 말해볼까. 도로는 남성성이 지배하는 공간이다. 물론 그것은 생물학적인 성별의 차원에서 그러하다기보다는, 흔히 '남성적'이라고 여겨지는 가치가 즉각적으로 힘을 얻는 공간이라는 점에서 그러하다. 도로는 누가 더 크고 강한 배기량과 몸집을 지니고 있는지, 혹은 누가 보다 빠르게 앞서나가고 있는지 같은 물리적인 우월이 곧바로 눈에 들어오는 곳이다. 경형, 소형, 준중형, 중형, 준대형, 대형 등의 등급 구분과 개인을 숨긴 익명화된 차체들은 즉물적인 감각의 경쟁을 가속화한다.

그 차갑고 공격적인 도로 위의 감정이 누그러지는 순간들이 있다. 가령 "비상등을 켜서 고마움을 표시"(224쪽)하거나 창문을 열고 양해를 구하는 손짓을 하는 경우처럼, 한 명의 개인과 그 사람의 마음이 바깥으로 드러날 때 익명의 공격성은 비교적 손쉽게 수

그러든다. 또 커다란 "초보운전 스티커"(202쪽)를 붙인 차량을 보았을 때에도 운전자들은 대개 너그러워진다. 잠깐의 버벅거림도 참지 못해 경적을 울리고, 차를 모는 여성들에게 주저 없이 '김여사'라는 딱지를 붙이는 이들마저도 "꽉 찬 궁서체로 '초보'라고 적힌 A4 용지"(211쪽)를 보면 선뜻 관용을 베푸는 경향이 있다. 그것은 아직 운전이 서툰 이들을 배려하려는 마음이기도 하지만, 여태껏 경쟁 공간으로 진입하지 못했다고 스스로 선언한 약자들에게만 베풀어지는 선택적 관용이기도 하다.

여기 그 운전의 세계로 들어가는 문턱 앞에서 고투하는 한 여성이 있다. 소설의 주인공인 주연은 삶에서 사회적 경쟁을 요구받을 때마다 별다른 어려움 없이 승승장구해왔다. 지역 명문고 입시, 대학입시, 공인회계사 시험에 모두 합격한 주연은 스물다섯 살의 나이로 내로라하는 빅 펌에 취직했다. 모든 것을 자신의 뜻대로 이루어온 주연에게, "아무리 노력해도 그 모습에 가닿을 수 없다는 게 얼마나 괴로운 일인지"(195쪽) 알려준 것은 바로 운전이다. 살아오며 치른 숱한 평가 중에서 유일하게 '실격'당했던 도로주행시험의 기억은 주연에게 지우지 못할 공포심을 남겼다. "핸들만 잡으면 늘 사고와 충돌"에 대해 생각하는 주연은 스스로의 미숙함 때문에 "도로의 약속된 질서가 망가지고 모든 게 박살날 것만 같"(209쪽)은 두려움을 떨칠 수가 없다. 주연이 진입하는 데 실패한 그 세계는 내가 누군가에게 의도치 않은 피해를 입힐 수 있는 곳인 동시에, 자신의 의지로는 통제할 수 없는 우연한 물리작용에 의해 나의 삶 또한 한순간에 망가질 수 있는 곳이기도 하다. 도로 위 사고로 인한 사망자의 수가 범죄에 의한 사망자 수보다 아득히 많은 현대의 도시에서, 그것은 마냥 과장된 불안은 아닐 것이다.

한동안 운전을 포기하고 있었던 주연은 출근길이 바뀌어 애매해진 교통편과 때마침 발견하게 된 신형 모델의 프로모션 행사, 제때 생겨난 여유자금 등의 요인이 겹쳐 덜컥 차량을 구입하고 만다. 어쩔 수 없이 운전연수를 받기로 결심한 주연은 포털 사이트에서 검색을 하던 중 "동네 맘카페가 출처인 글을 하나 발견"(196쪽)한다. 줄줄이 이어진 댓글과 추천 후기에 믿음이 생겨난 주연은 노력 끝에 강사의 연락처를 알아내고, 그녀와의 접선에 성공한다. 약속 장소에서 만난 그녀는 "어설픈 와중에 또 묘하게 프로다운 구석"(201쪽)이 있는 사람이었다. 익숙하게 안전장치를 설치하고 나름의 절차를 갖추는 그녀의 모습에 주연은 조금 안심한다. 한데 막상 연수를 시작하고 보니 그녀는 어딘지 조금씩 신경을 거스르는 무례한 사람이기도 했다. 돈을 지불하는 주연의 말은 거의 귀담아듣지 않고, 자신이 짜놓은 경로를 강제하며, 자꾸 반말을 한다. 안전이라는 명목과 도로연수라는 특수한 상황 아래 주눅이 든 주연을 보며 그녀는 어르듯이 말한다. "내 눈에 초보들은 다 아기 같단 말이야." "갓 태어난 갓난아기."(204쪽)

주연을 아기처럼 여기는 그녀는 교육이 진행되면 될수록 계약으로 맺어진 관계가 상정하는 안전거리를 자꾸만 넘어오려 한다. 그녀는 주연의 엄마라도 되는 양 남편의 아침상, 결혼 여부와 피부 탄력의 상관관계 등을 이야기의 소재로 꺼내더니, 급기야는 생각에도 없는 출산과 자녀 계획까지 간섭하기 시작한다. 이러한 대화에서 느껴지는 불편함은 주연이 친모에게서 느끼는 감정과 거의 비슷한 종류의 것이다. 엄마는 상의도 없이 수백만원을 들여 주연을 결혼정보회사에 가입시켜놓고, 결혼하지 않겠다는 말을 듣지 못한 척하며 비혼주의자인 주연과 감정적으로 대립하는 인물로 그려진다. 딸아이가 테니스를 치고 있는 사진을 휴대폰의 바탕화면으로 설정해두고 딸아이의 성취를 "그녀 인생 최고의 순간"(217쪽)으로 여기는 연수 강사의 삶과, "내가 반에서 일등을 하고, 원하던 대학에 들어가고, 장학금을 받고, 공인회계사 시험에 합격하고, 회계법인에 입사할 때마다" 자신의 "인생에서 가장 기쁜 순간"을 "차례로 갱신"(217~218쪽)해온 엄마의 삶은 꽤나 선명하게 겹쳐진다. "자신이 아닌 다른 사람의 손끝에서 결정되어버리는"(218쪽) 삶, 자식일지언정 내가 아닌 타인에 의해 좌우되는 삶이 싫어서 주연은 그녀들의 전철을 밟지 않으리라 결심한다.

주연이 비혼에 대한 의지를 한번 더 확고하게 다지게 된 것은 운전연수를 위해 가입한 맘카페에서 어떤 글을 클릭하면서부터이다. 그것은 아이가 입었던 팬티를 중고로 되파는 글이었다. 아이의 삼각팬티를 장당 천원, 열 장 묶음 팔천원에 파는 모습을 보고, 주연은 예전에 보았던 게시물 하나를 문득 떠올린다. 그 게시물은 남편의 속옷을 세탁하는 한 여성의 푸념 섞인 이야기를 담고 있었다. 남편의 팬티를 빨 때마다 미세하게 대변의 흔적이 묻어 있어 정나미가 뚝 떨어진다는 디테일한 묘사와 그에 공감하는 댓글들을 본 후 주연은 커다란 충격에 빠진다. 그녀들의 삶은 자신의 몫만 책임지면 되는 "팬티 한 장만큼 가벼운"(199쪽) 무게의 삶이 아니라, 성인 남자와 아이가 입을 여벌의 팬티를 책임져야 하는 삶이자 타인에게 맞춰 자신의 계획과 경로를 이리저리 수정해야 하는 삶이다. 그것은 가족과 함께하여 생겨나는 기쁨만큼이나 예상하지 못한 뜻밖의 슬픔과 고통을 감내해야 하는 삶이기도 하다. 이 통제하지 못할 기혼 유자녀 생활에 대한 두려움은 예측되지 않는 도로 위 교통사고의 공포와 정확하게 겹쳐진다. 주연은 스스로에게 다짐하듯 되뇐다. "나는 나의 공포감을 통제할 수 있"(210쪽)어, "난 내 팬티만 빨면 돼"(199쪽).

이 소설의 탁월함은 그 미지에의 공포를 해소하는 자리에 엄마라는 표상을 다시 포개어놓는다는 데 있다. 엄마 또래의 강사를 찾아낸 곳이 '맘카페'라는 점은 그렇기에 의미심장해 보인다. 주연은 "팬티 한 개 천원 열 개 팔천원의 세계"(같은 쪽)로 형상화된 후줄근한 현실과 엄마의 삶을 완강히 거부하면서도, '맘'들의 경험담과 구체적인 입소문에는 상당한 신뢰를 보낸다. "머리로는 분명 이해"한다고 여기고 있지만 실제로는 "손과 발이 말을 듣지 않"(213쪽)는 일들, 직접 경험해보지 못해 홀로는 감당할 수 없는 일들을 앞에 두고 주연은 그 삶을 '미리' 살아본 엄마들의 노하우와 디테일을 전수받으려 한다. 즉물적인 남성들의 가치가 통용되는 낯선 도로 위에서, "세계에 홀로 내던져진 아이"(209쪽)가 되어버린 주연은 결국 또 엄마들에게 도움의 손길을 요청한다. 출산과 육아의 문턱에서 번번이 친정 엄마를 찾는 여성들의 어쩔 수 없는 선택처럼, 여전한 시스템의 미비와 책임의 편중이 중첩된 이 세계에서 육체와 감정노동은 돌고 돌아 다시 여성의 몫이 되는 듯하다.

장류진의 소설을 따라 읽어왔던 이들이라면, 이즈음에서 「도움의 손길」이라는 작품이 떠오를지도 모르겠다. 이 단편의 주인공인 '나' 역시 새집으로 이사한 후 청소가 버거워 몸과 마음이 힘들어지는 지경에 이르자, 엄마 또래의 '가사도우미 아주머니'를 고용하기로 결심한다. 재화를 지불하고 가사노동 서비스를 제공받는 깔끔한 계약관계를 원한 '나'의 의도와 달리, 아주머니는 출산에 대한 간섭부터 은근한 반말과 성실하지 않은 태도에 이르기까지 나이 많은 어른에게서 느껴지곤 하는 거북함을 풍긴다. 게다가 지불하는 비용에 걸맞은 노동을 행하고 있는 것임에도 불구하고, '나' 스스로도 나이가 지긋한 아주머니가 남의 세간을 땀흘리며 청소하는 모습을 보며 이유를 알 수 없는 불편함을 느낀다. 세대와 소득이 엇갈리는 이 같은 차등 관계는 「연수」에서도 종종 발견된다. 주연은 운전을 가르치는 선생님이자 프로였던 그녀가 "차에서 내려 나란히 걸으니 깜짝 놀랄 정도로 작"(214쪽)은 존재였음을 새삼 깨닫는다. 체구가 작고 발걸음이 느린 그녀와 속도를 맞추기 위해 주연은 의식적으로 아주 천천히 걸어야만 했다. 주연이 일하는 본사 건물보다 현저히 작은 고객사 오피스의 크기에 감탄하는 그녀에게, 주연은 오십대의 여성들이 그곳에 많이 근무하고 있다는 거짓말을 하게 된다. 그 거짓말이 선의에 가까웠을지는 모르지만, 분명 주연과 그녀 사이에는 결혼과 자녀에 대한 가치관의 차이만큼이나 커다란 계급, 소득, 세대 등의 간극이 놓여 있는 것 같다.

　　결과적으로 관계의 파국을 맞으며 마무리되었던 「도움의 손길」과는 달리, 「연수」 속 인물들의 갈등은 비교적 순조로이 해결되어

나가는 것처럼 보인다. 주행 코스에서 주차 비법에 이르기까지 기본기를 밟아가던 주연은 그녀가 마무리 과정으로 제시한 구불구불한 오솔길에 다다른다. 그곳에서 주연은 일순간 그토록 두려웠던 "운전이 무섭지 않다"(219~220쪽)는 느낌을 받는다. "어딘가에 도착하기 위해서가 아니라 그냥 운전이 하고 싶어 핸들을 잡는 사람들의 마음"(220쪽)까지도 잠시나마 이해할 수 있을 것 같다고 생각한다. 아마도 그것은 다른 차들의 시선을 느끼며 경쟁해야 하는 아스팔트길을 벗어나며 느낀 일시적인 편안함이겠지만, 조수석에 앉아 있던 누군가의 격려와 연습의 누적 덕분에 생겨난 안정감이기도 할 것이다. 주연과 그녀 사이에는 '오솔길'과 '꽃길'의 차이만큼이나 다른 인식의 간격이 놓여 있지만, "어제보다 오늘 더 낫"(212쪽)다는 칭찬과 "처음엔 누구나 헷갈"(213쪽)린다는 따스한 이해의 말들은 주연에게 무형의 자신감을 쌓아주었고, 주연은 자신에게 익숙한 매끈한 삶과는 조금 다른 울퉁불퉁한 생의 경험을 조금씩 받아들이게 된다.

그녀에게 충분한 믿음이 생겨난 주연은 다섯 시간의 추가 연수를 부탁하지만, 그녀는 이제 주연이 충분히 혼자 운전을 할 수 있다고 이야기하며 그 제안을 거절한다. 마지막으로 그녀는 스피커폰을 통해 원격으로 지시를 해주겠다고 말하곤 조수석에서 내린다. 그녀가 사라지고 혼자 운전대를 잡게 된 주연은 식은땀을 흘린다. 다시 이 "차에는 나 혼자"(222쪽)라는 것을 깨닫게 된 순간, 방금 전의 충만함과 자신감 같은 것들은 까맣게 잊어버린 채 주연은 예전처럼 손가락을 파르르 떨기 시작한다. 어쩌면 주연이 진실로 두려워했던 것은 도로의 억압과 날카로운 경적들이라기보다는 자신에게 지침을 내려주는 이가 아무도 없다는 사실, 기댈 곳 없이 쭉 뻗어 있는 길과 차갑도록 우연한 이 세계 위에서 모든 결정과 책임을 홀로 떠맡아야 한다는 사실이 아니었을까.

주연은 뒤에서 따라오는 그녀의 차를 위안 삼아 불안을 억누르며 홀로 운행을 재개한다. 그런데 긴장을 했던 탓인지 연습 때와는 달리 길을 잘못 들고 만다. 심장이 격렬히 뛰고 현기증이 일어 어찌할 바 모르겠는 그 순간, 주연을 주시하고 있던 그녀의 지침이 들려온다. "내가 뒤에서 막아줄 테니까, 그때 오른쪽으로 차선 하나 옮겨요."(223쪽) 그녀는 깜빡이를 켜고 옆 차로로 파고들어 뒤 차량들을 막아선다. 차갑고 신경질적인 경적이 모두 그녀를 향해 있는 동안, 주연은 무사히 차로를 변경하고 연습했던 정상 경로에 다시 올라선다. 등을 떠받치듯 따라오는 그녀의 존재는 실수를 허락하지 않는 이 도로 위에서 주연에게 유일한 버팀목이 되어주는 듯하다. 구원처럼 들려오는 그녀의 목소리와 격려의 주문은 조수석의 빈 자리를 가득 채운다. "계속 직진. 그렇지." "잘하고 있어. 잘하고 있어."(224쪽)

하지만 우리는 이 아름다운 일체감이 잠시뿐이라는 것을 잘 알고 있다. 감동적인 연대를 가능케 했던 소설적 시공간에서 하차하는 순간, 주연이 느낀 친밀감과 고마움에도 불구하고 주연과 그녀 세대의 간극 혹은 격차는 여전할 것이고, 비혼 여성의 삶을 살아가는 주연에게 그녀들의 간섭과 편견은 여전히 일상을 파고들어 불편함과 거북함을 남길 것이다. 예측 불가능한 이 폭력적인 세계를 주연은 홀로 헤쳐나가야 한다. 그러니 마지막 장면의 감동을 부풀려 연대와 호의의 가능성만으로 장류진의 소설을 읽어내려는 독법은 달콤한 거짓말일지도 모르겠다. 하지만 삶의 예행연습과도 같은 이 소설을 읽은 후 잔향처럼 남게 되는 누군가의 음성과 따스함만은 어떻게도 부인하기 힘든 진실의 흔적이라고 나는 생각한다.

조대한
2018년 『현대문학』 신인추천에 평론 「낯선 몸으로 속삭이기」가 당선되어
등단.

장희원

우리〔畜舍〕의 환대

.
.
.
.
.
.
.
.

작가노트
죄인

해설 김녕
눈부신 축사

장희원
2019년 동아일보 신춘문예에 단편소설 「폐차」가 당선되어 등단.

우리[畜舍]의 환대

  재현은 아내와 함께 아들 영재를 만나러 가고 있었다. 그들은 지난 삼 년 동안 서로를 보지 못했다. 영재는 호주 남서부 끝에 있는 퍼스라는 곳에서 지내고 있었다. 인천에서 그곳까지 가는 직항이 없었으므로 그들은 싱가포르를 거쳐가기로 했다. 그는 조금 더 편안한 자세를 찾기 위해 몸을 뒤척였다. 기내는 아직 어두웠고 싱가포르에 도착하려면 앞으로 몇 시간을 더 가야 했다. 영재는 그곳에 있는 지역사회대학 도시계획학과에 편입 신청을 하고 결과를 기다리는 중이었다. 재현은 그 학교가 웬만한 사람들은 다 받아주는 곳이라는 것을 알고 있었고, 스물일곱 살 나이에 다시 새로운 학교에 다니려고 하는 아들을 이해할 수 없었다. 학업을 계속할 생각이라면, 당연히 다시 한국으로 돌아와서 다녔던 학교부터 졸업할 거라고 여겼다. 그러나 아이를 말릴 순 없었다. 그들 부부는 아들과 스카이프로 영상통화를 하곤 했다. 그들은 보름에 한 번꼴로 전화를 걸었고, 영재 쪽에서 전화를 거는 일은 거의 드물었다. 재현은 올겨울의 통화를 기억했다.

"언제 한번 오세요." 티셔츠 차림의 영재가 헝클어진 머리를 넘기며 말했다.

"됐다. 지금이 제일 바쁠 때야." 그는 완강한 어투로 답했다. 재현은 보험회사에서 차량손해사정사로 일하고 있었다. 겨울은 가장 사고가 많은 계절이었다. 도로 바깥에 남겨진 으스러진 차를 살펴거나 고속도로 위에 뒤엉킨 연쇄추돌 차량들을 담담한 얼굴로 바라보는 게 그의 일이었다. 어느 순간 영재의 뒤편에서 낮고도 묵직한 목소리가 들렸다. 영재는 고개를 돌려 룸메이트에게 대답하느라 재현의 말을 듣지 못하는 것 같았다. 한동안 낮은 목소리가 이어지다 사라졌고, 영재는 이제 그만 가봐야 한다며 통화를 마쳤다.

그가 호주에 가자는 말을 꺼내자 아내는 영재에게 줄 새로 산 옷가지와 라면, 마른반찬 같은 것들을 챙기기 시작했다.

"너무 많은 것 아니야?"

그가 상자에 미어터지도록 물건을 담는 아내를 보면서 물었다.

"당신은 몰라."

아내는 옷가지 위로 김 봉지를 던졌다.

"뭐라고?"

"당신은 모른다고."

아내는 상자에 테이프를 여러 번 붙이며 말했다.

"이게 다 필요한 것들이야. 영재에게 필요한 것들이라고."

*

　기내에 불이 들어오자 아내가 재현의 어깨를 툭 쳤다. 그는 비행기 소음 때문에 아내가 무어라고 말하는지 알아듣지 못했다. 창문을 가리키는 걸로 봐선 밖을 보란 말인 것 같았다. 재현은 무심히 고개를 돌렸다. 잠시 후 그는 작게 탄식했다. 밖은 여전히 새카만 밤하늘이었지만, 저멀리 아래로 노란 불빛들이 일렁이고 있었다. 새카만 밤바다 위로 수많은 수상가옥이 떠 있었다. 그는 잠시 배에 달린 조명들이 점점이 빛나는 모습을 넋을 잃고 바라보았다. 배들은 천천히 서로에게서 멀어져가는 중이었다. 불빛들은 여러 곳으로 흩어진 채 너울거리는 물결 위를 느리게 떠다녔다. 비행기가 아래로, 아래로 내려갈수록 환한 빛과 함께 싱가포르 창이공항이 가까워졌고 새카만 밤바다의 모습은 순식간에 사라졌다.

　비행기에서 내리자마자 드러난 목 주위로 더운 공기가 끈적하게 달라붙었다. 그때까지 그들은 두꺼운 스웨터 차림이었다. 화장실에 들어가 옷을 갈아입고 나왔지만 끈적한 기운이 가시진 않았다. 재현과 아내는 그곳에서 여섯 시간을 기다린 후 퍼스로 가는 비행기를 탈 예정이었다. 재현은 그동안 무엇을 하며 시간을 때워야 하나 싶었다.

　"좀 돌아다녀봐."

　아내는 면세점과 가게들이 있는 쪽으로 재현의 팔을 끌었다. 그러나 새벽 두시가 넘은 시간이라 문을 연 가게는 많지 않았다. 기껏해야 편의점과 패스트푸드점, 도넛 가게가 전부였다. 그들은 도넛 가게에 앉아 커피와 주스를 마셨다. 재현과 아내는 기분 나쁠 정도로 습하고 더운 날씨에 대해 이야기를 나누다가 이내 각자 입을 다문 채 주변을 바라보기 시작했다. 카트에 올라탄 청소부가 그들 옆으로 느리게 지나갔다. 의자에 앉아 텔레비전을 보거나, 아예 드러누워 잠을 청하는 사람들도 있었다. 한 건장한 백인 청년은 옆에 놓아둔 배낭에 비스듬히 몸을 기댄 채 눈을 붙이고 있었다. 영재의 또래처럼 보였다.

내가 왜 여기에 있지. 재현은 주변을 둘러보며 그런 생각을 했다. 자신의 인생을 통틀어 가장 낯선 곳으로 떠밀려온 기분이 들었다. 그동안 출장차 산골 마을이나 고속도로, 수십 갈래의 국도들을 찾아다녔지만 이렇게까지 먼 곳은 처음이었다. 순전히 영재를 보기 위해서였다. 왜 아니겠는가. 그들에게 하나 있는 자식이었고, 어디를 가도 눈에 띄는 아이였다. 공부도 곧잘 했고, 축구를 좋아해 어릴 때부터 공 하나만 가지고도 온 동네 아이들과 어울려 놀곤 했었다. 한번은 영국 여행중에 영재가 조르는 바람에 프리미어 리그 경기를 직관하기도 했었다.

"너무 좋아서 가슴이 두근거려, 아빠."

축구장에 들어서기 직전 입구에 멈춰 선 영재가 붉어진 얼굴로 말했다. 거대한 벽 너머로 흥분에 찬 함성이 들리고 있었다. 그는 희미하게 웃었다. 좋은 시절이었다. 그렇다고 해서 그들 사이가 늘 좋았던 건 아니었다. 영재가 고등학생이 되면서 한동안 방황하던 시기도 있었다. 어느 날, 아내는 자기 전에 근심 섞인 목소리로 영재가 포르노를 보는 것 같다고 말했다. 그는 웃음을 터뜨렸다. 너무도 자연스러운 일이었기 때문이었다. 며칠 후, 그는 우연히 혼자 집에 있는 영재를 보았다. 아내는 친구들과 모임이 있었고, 그는 평소보다 일찍 퇴근한 참이었다. 야간자율학습이 의무였던 때라 그 시간에 영재는 학교에 있어야 했다. 영재는 헤드폰을 낀 채 그가 온 것도 모르고 화면에 집중하고 있었다. 화면에는 어깨가 벌어진 근육질의 두 남자가 뒤엉켜 있었다. 조금 더 체격이 큰 쪽이 상대편의 목을 그러쥐고 조르고 있었다. 잠시 후 그는 그들이 무엇을 하고 있는지 깨달았다. 그는 곧장 아들에게 달려들었다.

"더러운 놈."

재현은 씹어뱉듯 외쳤다. 그때 그는 영재가 없어졌으면 좋겠다고 생각했다. 그리고 그것은 진심이었다. 그 순간만큼은 자신이 무엇을 원하고 있는지 분명해 보였다. 그는 주먹이 책상에 긁혀 찢어진 줄도 모르고 계속해서 아이를 때렸다. 아이는 점점 더 몸을 웅크렸다. 시간이 얼마나 지났을까. 다 큰 아들은 바닥에 납작 엎드려 소리 내어 울고 있었고 그는 씩씩거리며 숨을 고르고 있었다.

재현은 얼굴을 찡그렸다. 이제는 안다. 그때 아들을 죽이고 싶었던 게 아니라, 아들이 그러고 있는 것을 보게 된 그 순간, 불시에 들이닥치듯 자신에게 찾아온 그 우연을 없애버리고 싶었다는 것을. 그후로 그들 가족은 여느 때처럼 지냈다. 일주일도 채 지나지 않아 서로 마주보고 밥을 먹고 나란히 앉아 텔레비전을 보며 각자 소리 없이 웃었다. 이따금 재현은 그날이 생각나곤 했다. 그는 무심코 자신의 손을 들여다보았다. 내가 이 손으로 무엇을 하고 싶었던 것일까. 그는 마디가 굵고 두꺼운 자신의 손을 찬찬히 훑어보았다. 그러다 그는 자신의 손을 저만치 던져버리고 싶다는 듯 시야에서 치워버렸다. 그러나 그 손은 여전히 자신의 어깨 아래, 언제나 있었던 자리에 남아 있을 따름이었다. 영재는 별 탈 없이 자라서 성인이 됐다. 어디를 가도 자신의 몫을 해내는 아이였고, 휴학을 하고 워킹홀리데이를 간 것도 아이가 해내고 돌아올 일 중 하나라고, 그는 생각했다.

"아, 상자!" 아내가 벌떡 일어나며 소리쳤다.

그는 놀란 얼굴로 그녀를 올려다봤다.

"두고 왔나봐."

짐을 챙기면서부터 아내는 굳이 그것을 부치지 않고 자신이 직접 들고 가겠다고 고집을 부렸다. 척 보기에도 무거워 보였지만 괜찮다며 혼자서 객실 선반에 올리기까지 했다. 그들은 황급히 자리에서 일어나 비행기에서 내렸던 아래층으로 달려갔다. 하지만 자동문 앞에 서 있는 공항 직원이 그들을 붙잡았다.

"노우."

까무잡잡한 배불뚝이인 그는 단호한 얼굴로 고개를 저었다. 재현은 자동문 너머를 손으로 가리켰지만 그는 계속해서 완강하게 고개를 저었다. 실랑이 끝에 직원은 귀찮다는 듯 건너편 안내 데스크 쪽을 가리켰다. 안내 데스크에는 아무도 보이지 않았다.

한참을 기다린 끝에 만난 안내 데스크 직원은 아까의 배불뚝이와 달리 친절했고 이내 문제를 파악했다. 그는 재현과 아내를 다른 곳으로 안내했다. 재현은 이미 기진맥진한 상태였지만, 짐을 찾을 수 있다는 말에 안심이 되면서 긴장이 한풀 꺾였다. 하지만 아내는 여전히 걱정스러운 얼굴이었다. 그들은 잠자코 직원을 따라갈 수밖에 없었다. 직원이 안내하는 길은 복잡했다. 승강기를 타고 올라간 후 잠시 걷다가, 모퉁이를 돌아 다시 승강기를 타는 식이었다. 그들은 점점 더 공항 안 깊숙한 곳으로 들어갔다. 지나가는 여행객들도 점차 보이지 않게 되었다. 사무실에 도착하자 직원은 재현과 아내를 의자에 앉히더니 그들을 대신해서 사무실 사람과 이야기를 나누었다. 그는 재현에게 걱정하지 말라며 웃음을 지었다. 그러고 나서 사무실 직원에게 허리를 숙인 채 귓속말을 했다. 그들은 재현과 아내 쪽을 힐끗 보더니 웃음을 터뜨렸다. 대수롭지 않게 넘길 수도 있었지만 여러 번 자신들 쪽을 보며 웃는 그들 때문에 신경이 거슬렸다. 하지만 짐짓 모른 척 고개를 돌리며 벽시계를 확인했다. 잠시 후 사무실 직원이 자리에서 일어나 물건을 가져왔다. 재현은 깜짝 놀랐다. 상자는 한눈에 봐도 더러워져 있었다. 어디서 구르다 왔는지 더러운 먼지를 뒤집어쓴 채였고 귀퉁이가 눈에 띄게 찢겨 있었다. 하지만 자세히 보니 자신들의 물건이 맞았다. 그가 어딘가 좀 이상하다고 말을 꺼내려고 하자, 아내는 그를 말리며 괜찮아, 물건만 멀쩡하면 되는 건데 뭐, 하고 상자를 끌어안았다.

그들은 비행기를 놓치지 않기 위해 서둘렀다. 갈 때도 그랬지만, 그곳을 벗어나는 길 역시 복잡했다. 심지어 더 멀게 느껴지기도 했다. 탑승구에 도착하자 그는 다리가 후들후들 떨리는 것을 느꼈다. 비행기 좌석에 앉고 나서야 조금 진정할 수 있었다. 그는 서늘한 기운 속에서 서서히 잠에 빠져들었다.

호주에서 습기 따위는 느낄 수 없었다. 유리창으로 들어온 빛줄기가 줄을 선 사람들 머리 위로 길게 내리쬐고 있었다. 입국심사대를 통과하고 나오자 저 멀리서 영재가 손을 흔들고 있었다. 재현은 자기도 모르게 숨을 참았다. 영재는 환하게 웃고 있었다. 아내는 달려가 아들과 얼싸안았다.

"아빠." 영재가 반가운 얼굴로 그를 불렀다. 얼굴이 많이 타긴 했지만, 전보다 훨씬 좋아 보였다.

"그래." 그는 영재의 어깨를 잠깐 잡았다가 놓았다. 그러고는 영재를 따라 웃어 보였다. 굳이 자신이 지금 긴장하고 있다는 것을 들키고 싶지 않았다. 영재는 힘차게 카트를 밀었다. 그들은 일단 영재가 사는 집으로 갈 계획이었다. 영재는 친구들과 집을 빌려 살고 있었다. 아이는 이미 친구들에게 부모님이 온다는 걸 말해두었다고 했다.

"진짜 계셔도 괜찮은데……"

영재는 걸어가면서 중얼거렸다. 그들은 영재의 집에 들렀다가 시내에 있는 호텔에서 묵을 예정이었다. 영재는 그들이 호주에 있는 동안 자신의 집에서 지내도 괜찮다고 말하고 있었다. 그러나 재현은 어쩐지 영재의 목소리에서 어딘가 망설이는 기색을 느낄 수 있었다. 굳이 아들과 아들의 친구들을 불편하게 하고 싶지 않았다. 그럴 마음은 조금도 없었다. "신경쓰지 마라. 우린 괜찮으니까." 그는 진심을 담아, 부드러운 목소리로 말했다.

그들은 공항을 빠져나와 택시를 타러 갔다. 영재는 능숙하게 그들을 이끌었다. 더운 공기가 얼굴 위로 훅 끼쳐왔다. 하지만 적당히 따스한 햇볕을 받자 피부가 기분좋게 달아올랐다. 마치 휴양지의 볕 같았고, 너무나 평화로운 분위기였다. 더운 바람이 불 때마다 재현의 희끗한 머리카락이 흩날렸다. 재현은 지그시 눈을 감았다가 떴다. 앞서 걷는 영재는 택시 승차장에서 조금 떨어진 곳에 서 있는 밴으로 향하고 있었다. 가까이 가보니 구형 스타렉스와 비슷하게 생긴 차였다. 마지막으로 세차한 지가 언제인지 모를 정도로 누렇게 먼지가 뒤덮여 있었다. 차체에 달린 택시 표시등엔 불이 꺼져 있었다. 운전석에 있던 흑인 노인이 두꺼운 팔을 창에 올려둔 채 그들을 향해 흰 이를 드러내며 웃었다. 순간 재현은 주춤했다. 그는 자신도 모르게 영재가 어디에 있는지 주변을 살폈다. 아들은 택시 운전사와 몇 마디 주고받더니 능숙하게 짐을 실었다. "타세요." 영재가 문을 열어주었고, 그들은 엉거주춤하며 차에 올라탔다. 차 안 깊숙한 곳에서 오래된 퀴퀴한 냄새가 풍겼다. 시트에는 여기저기 담배 구멍이 뚫려 있었다. 그들 부부는 어색한 모습으로 나란히 붙어앉았다. 영재는 조수석에 올라탔다. 운전기사가 그들 쪽으로 고개를 돌려 씨익 웃었다.

　"웰컴."

　노인의 굵고 낮은 목소리가 차 안을 꽉 채웠다.

　차가 달리는 동안 영재는 틈틈이 그들에게 말을 걸었다. 어디 불편하진 않은지 물었고, 집까지 가는 길이 멀어서 걱정이라고 했다.

원래 이곳이 이래요, 어딜 가려면 차로 세 시간, 네 시간 달려야 하니까요, 하고 덧붙였다.

"휴게소가 보이면 바로 알려드릴게요."

걱정하지 말라는 아들의 목소리가 쾌활했다. 영재는 옆에 앉은 운전기사와 간간이 농담을 주고받았다. 머리를 맞댄 그들은 친밀한 친구 사이처럼 보였다. 영재가 말할 때마다 노인은 못 참겠다는 듯 가래 끓는 웃음소리를 터뜨렸다. 아내는 바짝 재현의 옆으로 몸을 붙였다. 재현은 창밖을 바라보았다. 끝없이 펼쳐진 초원에 검은 소 무리가 보였다가 사라졌다. 차가 지나갈 때마다 풍경이 조금씩 바뀌었지만 어디를 가나 쨍한 빛이 내리쬐는 한가로운 경치였다. 너무나 환해서 눈이 시릴 정도였다. 차는 크게 휘청이며 좌회전을 했다. 잠시 후 재현은 옆으로 바다를 낀 채 해안도로 위를 달리고 있다는 것을 깨달았다.

"밖을 보세요."

영재는 드라이브를 하기 위해 일부러 이 길을 선택했다고 했다. 잠시 후 창밖으로 바다가 드넓게 펼쳐졌다. 순간적으로 푸른 바다 위로 부서진 햇살 조각이 번쩍였다. 그는 눈을 질끈 감았다. 도저히 눈이 부셔서 똑바로 뜰 수가 없었다. 감은 눈두덩이 위로 따뜻한 기운이 언뜻 닿았다가 사라지고, 또다시 닿는 게 느껴졌다.

"좋죠?"

영재는 음악을 틀며 말했다. "그래, 진짜 좋구나." 재현은 창문을 열고 고개를 내밀었다. 눈을 감고 있었지만 바로 눈앞에 찬란한 바다가 드넓게 펼쳐져 있다는 것을 느낄 수 있었다. 그는 코를 킁킁

거리며 옅은 바다 냄새를 맡았다. 그리고 눈을 뜨기 위해 안간힘을 썼다. 가늘게 뜬 눈 사이로 새파란 풍경이 보였다가 사라졌다. 다시 보기 위해 안간힘을 썼지만, 햇빛이 끈질기게 그의 얼굴 위로 따라붙었다. 영재는 유명한 곳은 아니지만 서퍼들이 자주 찾는 장소로 꼽힌다고, 지금도 저기 보이는 것처럼 지평선 가까이 보드에 누운 사람들이 있지 않으냐고 말을 건넸다.

"그래, 그렇구나."

그는 저멀리 지평선을 선명히 보고 있다는 듯이 대답했다. 그렇게 그는 차가 달리는 동안 몇 번이고 계속해서 눈을 움찔움찔 떨었다.

한참을 달려 차는 해안도로를 벗어나 주거지역으로 방향을 틀었다. 허름한 식료품점이 하나 보였고 그 옆으로 한눈에 봐도 오래된 집들이 연이어 붙어 있었다. 낮은 담장으로 둘러싸인 집들을 계속해서 지나치며 차는 깊숙이, 더 깊숙이 들어갔다.

"다 왔어요."

장시간 비행으로 신경이 바짝 선 탓에 졸다 깨기를 반복한 그들은 겨우 정신을 차렸다. 그들은 비틀거리며 차에서 내렸다. 아들이 살고 있는 집은 자그마한 주택이었다. 주위로 나무들이 스산하게 우거져 있었고, 멀리서 끊어질 듯 말 듯 구슬픈 새 울음소리가 들렸다. 주택이긴 했지만, 지붕까지 평평한 단출한 모양새였다. 짙은 색 벽돌로 지어진 집은 건너편 집들과 거리를 둔 채 허허벌판에 홀로 덩그러니 있었다. 대문에 거꾸로 매달려 있는 바싹 마른 꽃다발을 보고서야 사람이 사는 흔적을 느낄 수 있었다. 거친 풀 끝이 그의 발목을 건드렸다. 이내 그는 자신이 밟고 있는 것이 죽은 잔디라는 것을 깨달았다. 관리 따위 되지 않은 오래된 집을 보여주면서 아들은 뭐가 좋은지 뿌듯한 기색이 역력했다. 운전석에서 노인이 짧은 신음을 내며 내렸다. 재현은 생각보다 그가 거대한 몸집을 갖고 있다는 걸 깨달았다. 노인은 트렁크에서 거뜬히 짐을 내려 문 앞으로 가져갔다. 그리고 곧바로 자신의 주머니에서 열쇠를 꺼내 문을 열었다. 재현은 깜짝 놀랐다.

"집주인이에요."

영재는 휘둥그레 눈을 뜨는 재현과 아내를 보면서 말했다.

"제가 말했잖아요."

영재는 오히려 의아하게 그들을 바라보았다. 들은 기억이 없었다. 아내도 이마를 찌푸렸다. 재현은 언제 그랬느냐고 묻고 싶었지만, 영재는 말없이 허리를 숙이고 트렁크를 정리할 뿐이었다. 어느새 짐을 집안으로 들인 노인이 문 앞에 서서 그들을 기다리고 있었다. 그는 손을 휘두르며 들어오라고 했다. 두툼한 손바닥이 어두운 피부에 비해 눈에 띄게 하였다. 그는 땀이 번들거리는 얼굴로 흰 이를 드러내며 웃었다. 그는 베이지 리넨 셔츠에 남색 슬랙스를 받쳐 입고 있었다. 그 깔끔한 옷차림을 보고 있자니 재현은 갑자기 자신이 입은, 스웨터 보푸라기가 잔뜩 묻은 폴로 티셔츠가 볼썽사납다는 생각이 들었다. 영재는 차 위에 달린 표시등을 툭 떼더니 좌석 위로 던지고 문을 잠갔다.

"들어가요."

할 수 없이 그들은 영재를 따라 집안으로 들어갔다. 재현이 현관문에 들어서기 직전, 갑자기 거친 손길이 그의 목덜미를 더듬거렸다. 재현은 몸이 굳은 채 그 자리에 멈춰 섰다. 고개를 돌리지 않아도, 자신의 바로 뒤에 노인이 서 있다는 것쯤은 알 수 있었다. 따뜻한 숨결이 희미하게 귓가에 닿았다가 사라졌다. 재현은 천천히 고개를 돌렸다. 노인은 제자리에 멈춰 선 채 자신이 쥐고 있는 하얀 손수건을 살짝 흔들어 보였다. 목덜미에 밴 그의 땀을 닦아준 듯했다. 재현은 억지로 굳은 얼굴을 풀고 노인을 따라 웃었다. 노인은 다른 한 손으로 어서 들어가라는 듯 손짓을 하면서 빙긋이 웃을 뿐이었다.

집안은 지저분했다. 환기를 오랫동안 하지 않은 건지 햇빛 사이로 하얀 먼지가 천천히 가라앉고 있었다. 거실 중앙에 깔린 누렇게 빛바랜 러그 위에 탁자가 놓여 있었고, 주변에는 벗어던진 옷가지와 다 마신 맥주병들이 널브러져 있었다. 여기저기 옷들이 걸쳐져 있는 것으로 보아 한동안 치우지 않은 것 같았다. 재현은 소파에 앉기 전 자리에 있던 수건을 옆으로 치웠다. 수건은 구겨진 상태로 굳어 있었다. 그는 찬찬히 주변을 살펴보았다. 차츰 주변 공간이 눈에 익숙해지면서 이 지저분한 난장판이 그들에겐 제자리라는 것을 깨달았다.

"치운다고 치웠는데."

영재가 재빨리 거실 한구석에서 무언가를 치웠다. 재현이 그게 무엇인지 볼 틈도 없었다. 그들 부부는 소파에 앉아 멍하니 아들과 노인이 수선을 떠는 모습을 지켜보았다. 조그마한 부엌에서 둘은 찬장을 열었다 닫았다 하며 부산스럽게 굴었다. 아내는 걱정스러운 듯 자리에서 일어나 도와줄까? 하고 물었다. 그도 아내를 따라 엉거주춤 일어섰다. 아일랜드 식탁 너머로 더러운 접시가 가득 쌓인 싱크대가 보였다. 노인이 부엌을 등지고 선 채 손을 휘휘 저었다. "괜찮으니까, 앉아 계세요." 노인 너머로 가려진 영재의 목소리가 들렸다. 잠시 후 물과 과일이 담긴 쟁반이 그들 앞에 놓였다. 노인은 연신 싱글싱글 웃으며 손님들에게 음식을 권했다. 목이 타진 않았지만, 뭐라도 해야 할 것 같았다. 재현은 주저하면서 물을 마셨다. 물은 미적지근했다. 입안에 머금고 보니 이전에 느껴보지 못한 밍밍한 맛이 났다. 재빨리 물을 삼켰지만 남아 있는 맛이 한결 더 입안을 텁텁하게 만들었다.

그는 아들이 또래 남학생과 함께 살고 있다고 생각했다. 기억을 더듬어봤지만, 한 번도 아들이 흑인 노인과 함께 산다는 말을 들은 적이 없었다. 들었으면 자신이 잊어버릴 리 없었다. 그들 부부를 중심으로 양쪽 끝에 아들과 노인이 마주보며 앉았다. 노인은 소파에 느긋하게 등을 기대며 재현에게 말을 건넸다. 말하는 속도가 빨라 대부분 못 알아들었지만 대충 영재를 칭찬하는 것 같았다. 아내는 컵을 꼭 쥔 채 어색하게 고개를 끄덕이거나 아…… 예…… 하고 웅얼거리며 대답할 뿐이었다. 재현은 대화에 참여하려고 그들의 말을 듣는 척하면서 신경을 곤두세운 채 노인의 목소리에 집중했다. 그리고 한편으로는 아들과 통화를 할 때 저 멀리서 들려오던 남자의 목소리를 떠올려보려고 애썼다.

"부모님이 온다고 하니까, 아저씨가 오늘 휴가까지 내고 같이 마중 간 거였어요."

아들은 노인을 보면서 눈을 찡긋했다. 노인도 영재를 따라 장난스러운 표정을 지었다. 영재는 이 집에서 가장 큰 방을 비워두었다고 했다. 노인의 방이었다.

"그러니까 묵고 가셔도 돼요."

그는 재빨리 집안을 둘러보았다. 맞은편 복도에 닫힌 방문들이 보였다. 굳게 닫힌 문들을 보며 그는 가장 안쪽 방이 노인의 방일 거라고 짐작했다.

"그럴 필요 없어. 이미 숙소 예약까지 다 해두었으니까."

아내는 사양한다는 듯 크게 손을 휘저어 보였다. 노인은 기대하는 얼굴로 그들을 보고 있다가 아내의 손짓에 실망한 표정을 지었다. 재현과 아내가 묵고 가지 않아 진심으로 섭섭해하는 눈치였다. 그들은 이야기를 계속 이어갔고 이 집에 한 명이 더 살고 있다는 것을 알게 됐다. 재현은 재빨리 어수선한 집안을 살폈다. 집안 어디선가 자신들을 지켜보는 시선이 느껴지는 것 같았다. 어둑한 그늘 속 누군가가 벽에 어깨를 기댄 채 그들을 보고 있는 느낌. 아직 소개받지 못한 나머지 한 사람이 못마땅한 얼굴로 재현과 아내를 기다리고 있을지도 몰랐다.

"걔는 한국 사람이에요."

영재는 그런 재현을 보며 말했다. "그러니?" 그는 고개를 바로하며 대답했다. 하지만 여전히 복도 저 끝 어두운 그늘 속에 누군가 서 있는 것 같았다.

"이 근처에 잠깐 나갔어요. 금방 올 거예요."

영재가 휴대전화로 문자를 확인하며 말했다.

나머지 한 사람이 오기를 기다리는 동안, 그들은 계속해서 이야기를 나누었다. 하지만 별달리 할말이 없었고, 노인의 친절 앞에서 불편한 기색을 보이고 싶지 않았기에 눈앞에 있는 물러터진 멜론을 몇 점 집어먹었다. 흐물흐물한 형태로 변해버린 탓에 집기가 어려웠지만 막상 입안에 넣고 나니 단맛이 순식간에 퍼졌다. 하지만 누구도 다시 과일을 집진 않았다. 아내는 뉴스나 보자며 텔레비전을 틀었다. 하지만 너무 빠른 영어 탓에 좀 주눅이 드는 기색이었다. 잠시 후 눈에 익은 아이돌 가수가 화면에 지나가자 아내는 반색하며 정말 쟤네가 유명하긴 유명하구나, 하고 중얼거렸다. 그러나 재현은 가수 이름이 기억나지 않았다. 노인은 턱을 괸 채, 그들을 따라 텔레비전을 바라보았다. 재현은 텔레비전을 보면서 노인의 옆모습을 훔쳐봤다. 굵고 뭉툭한 코 옆으로 난 주름이 인상적이었다. 노인은 말하는 한 사람 한 사람을 지긋이 바라보는 습관이 있었다. 오랜 세월 동안 사람을 상대하는 일을 하며 자연스러운 친절이 몸에 밴 사람이었다. 그는 노인이 젊었을 적엔 어떤 일을 하며 살았을까 생각했다. 순간 재현과 노인의 눈이 마주쳤다. 그는 황급히 발끝으로 시선을 돌렸다. 이미 늦었다는 것을 알았지만 다시 고개를 돌려 마주하기도 어색한 노릇이었다. 노인은 그런 재현을 이해한다는 듯 희미하게 웃었다. 모두들 침묵한 채 뉴스를 지켜봤다. 잠시 후 현관문쪽에서 인기척이 들리더니 이내 문이 활짝 열렸다. 짧은 트레이닝 반바지를 입은 여자가 두 손 가득 비닐봉지를 들고 들어왔다. 훤히 드러난 허벅지에는 검은 꽃들이 줄기를 타고 흐드러지게 피어 있었다. 한눈에 보기에도 영재보다 어려 보였다. 여자애는 풍선껌을 질겅질겅 씹고 있었다.

"안녕하세요."

아이는 반듯하게 허리를 굽혀 그들에게 인사했다. 풍선껌을 터뜨렸는지 입안에서 딱, 하는 소리가 들렸다.

그러니까, 이 집에는 아들과 흑인 노인, 어린 여자애가 함께 사는 셈이었다. 재현과 아내는 입을 꾹 다물었다. 아내는 아들이 여자와 함께 살고 있다는 사실에 오묘한 표정을 지었다. 그녀는 민영에게 옆자리를 내주며 앉으라고 권했다. 민영은 다리가 저리는지 가느다란 다리를 쭉 뻗었다. 허벅지에 있는 문신이 또렷하게 보였다. 아내는 조심스럽게 민영에게 말을 걸었다. 주저하는 태도였지만 그는 충분히 그 속에서 이 어린 여자애에게 이것저것을 묻고 싶어하는 아내의 마음을 느낄 수 있었다. 민영은 갓 스무 살로 그들이 같이 산 지는 일 년이 넘었다고 했다. 민영은 손님들을 위해 장을 봐온 길이었다.

"오빠가 진짜 저한테 잘해주거든요."

민영이 쾌활하게 말했다. 아내는 그래? 하며 넌지시 웃었지만 재현은 그 말이 아내의 신경을 긁는 것을 눈치챘다. 어쨌든 이 집에 사는 사람들이 손님인 그들을 위해 최선을 다하고 있다는 것만큼은 알 수 있었다. 모두 하나같이 눈빛을 반짝이며 자신들을 보고 있었다. 그들 사이에 감도는 묘한 흥분이 전해지는 것을 느끼며 재현은 겸연쩍게 웃었다.

민영은 저녁식사를 준비하겠다고 했다. 아내도 도와주겠다고 나섰다. 그동안 재현은 집을 좀 둘러보기로 마음을 먹었다. 아내와 민영은 싱크대에서 채소를 씻기 시작했다.

"저기…… 어쩌다 이렇게 같이 살게 됐니?"

아내가 주저하면서 물었다.

"잘 모르겠어요."

민영의 대답이 들렸다.

"진짜 잘 모르겠네. 기억이 안 나요. 아주 옛날부터 함께 살았던 것 같아서 오히려 같이 있지 않은 게 더 이상한 거 같은데."

민영은 뭐가 그리 웃긴지 웃음을 터뜨렸다. 갑자기 나타난 영재가 그들 사이에 끼어들어 찬장에서 컵을 꺼냈다. "이것 좀 씻어줘." 컵을 건네는 영재의 옆모습이 어딘지 모르게 싸늘했다. 민영은 아무렇지 않은 듯 컵을 씻기 시작했다.

"그럼 학교에 다니니?"

아내는 영재의 표정을 눈치채지 못한 것 같았다.

"아니요."

민영은 고개를 저었다.

"변기 닦는 일을 하는데요."

민영은 아무렇지 않게 말했다. 민영은 고개를 돌려 물끄러미 서 있는 재현에게 물은 여겼어요, 하면서 냉장고 아래 칸을 가리켰다. 그녀는 자신이 직접 나서서 물병을 꺼내, 새 컵에 따라주었다. 그는 물컵을 받으면서 짜릿한 냉기가 민영의 손에서 전해지는 걸 느꼈다. 민영의 손에 묻어 있던 비누 거품이 그의 손등에 묻었다. 커다란 비누 거품이 그의 손등 위에 머물다 이내 터져버렸다. 피부에 튀었던 물기가 순식간에 마르는 느낌이 들었다. 손등을 쓸어봐도 그 느낌이 채 가시진 않았다.

재현은 어두컴컴한 복도를 걸었다. 가장 안쪽에 방 하나가 있었고 나머지 두 방은 서로를 마주보고 있었다. 이중 하나가 아들의 방일 터였다. 복도는 어두컴컴했다. 그는 벽을 더듬거리며 스위치를 찾았다. 스위치를 누르자 천장까지 삐거덕거리는 소리가 울릴 뿐 불은 들어오지 않았다. 그는 노인의 방이라고 짐작되는 방문 앞에서 잠깐 망설였다. 어두침침하고 더러운 이 집 거실을 봤을 때 방안도 크게 다를 것 같지 않았다. 어수선하고 너저분하거나 어쩌면 생각했던 것 이상으로 정리정돈조차 안 된 더러운 모습일지도 몰랐다. 그는 문고리를 잡았다. "큼." 그는 기침을 터뜨렸다. 좀처럼 기괴하고 불편한 기분을 떨쳐버릴 수가 없었다. 그는 작게 한숨을 쉬고 조심스레 문을 열었다. 방은 생각보다 단출했다. 그는 살짝 김이 빠졌다. 방은 온통 회색으로 칠한 정사각형 모양이었다. 옷장이나 다탁 같은 가구도 없었다. 방안을 가득 채울 정도로 커다란 침대 하나가 있을 뿐이었다. 침대에는 이불이 여러 겹 단정하게 포개져 있었다. 그는 천천히 이불 위를 쓸어보았다. 선선한 촉감이 좋았다. 그는 조심스레 침대 끄트머리에 걸터앉았다. 그리고 이 방에선 테라스를 통해 뒷마당으로 나갈 수 있다는 걸 깨달았다. 스산한 뒷마당에는 물때가 잔뜩 낀 둥근 수영장이 있었다. 고인 물 위로 썩은 나뭇잎들이 잔잔히 떠다녔다.

"아저씨, 준비 다 됐어요."

민영이 들어오며 말했다. 재현은 나쁜 짓을 하다 들킨 사람처럼 허둥댔다. 민영은 그가 허둥지둥 자리에서 일어나는 모습을 차분히 바라보았다.

"밖에 수영장이 있더구나." 재현은 어쩐지 변명처럼 자신이 수영장을 보고 있었다는 것을 밝히고 있었다. 민영도 그를 따라 힐끗 창밖을 보더니 아, 하고 입을 뗐다.

"가끔 수영을 하거든요."

민영은 그가 앉은 자리를 보며 제 자리예요, 하고 중얼거렸다.

"응?"

"거기가 제 자리라고요. 저희는 수영을 하고 나서 여기 누워요."

그는 그게 무슨 말인지 이해가 가지 않았다. 그는 그렇구나, 미안하다, 하면서 자리를 정리했다. 이불 위에 남은 자신의 온기가 미적지근하게 감돌았다.

"아저씨가 무서운 분일 거라고 생각했는데, 그렇지 않네요."

이건 또 무슨 소리인가. 재현은 어안이 벙벙한 얼굴로 민영을 봤다.

"오빠한테 그렇게까지 했던 사람으론 안 보여요."

민영은 계속해서 자기 말만 했다.

"오빠는 아직도 툭하면 침울해해요. 그럴 때마다 우리가 달래주느라 얼마나 애를 먹는지 몰라요."

민영은 짧게 한숨을 쉬었다.

"그게…… 그러니까 무슨……"

민영은 대답하지 않고 창문으로 시선을 돌렸다.

258

"그래도 오빠가 저희랑 함께 살게 돼서 다행이에요."

다행이에요, 정말로…… 민영은 수영장 쪽을 지그시 바라보며 중얼거렸다.

재현은 밖으로 나갔다. 쌀쌀한 저녁 공기가 신선했다. 그는 숨을 깊게 들이마셨다. 울렁거리던 속이 조금 잦아들었다. 해가 떨어져 주변이 어둑어둑해지기 시작했다. 마당엔 가로등도 하나 없었다. 건너편에서 집집마다 노란 불빛들이 일렁이고 있었다. 그는 아들이 저런 곳 중 한 곳에 살고 있을 것이라고 생각했다. 그는 자신이 지금 너무나도 저쪽으로 가고 싶어한다는 것을 깨달았다. 간절히 저쪽을 바라보고 있는 자신의 꼴이 우스웠다. 쌀쌀한 바람이 불었다. 그래, 난 분명히 용기를 냈어. 그는 들릴 듯 말 듯 작게 중얼거렸다. 재현은 뒤돌아서서 그들의 집 쪽을 바라보았다. 커다란 창 너머로 분주하게 움직이고 있는 사람들이 보였다. 부엌에는 모두가 함께 앉을 충분한 공간이 없기에 거실에 자리를 마련하고 있었다. 영재와 노인이 탁자를 옮기고 있었다. 그 옆에서 민영이 환하게 웃으며 그릇을 들고 있었다. 민영이 탁자에 그릇을 놓아두면서 영재의 팔뚝을 슬쩍 잡았다가 놓았다. 어딘지 애정이 담긴 행동이었다. 그는 자신도 모르게 작은 한숨을 내쉬었다. 민영이 다시 부엌 쪽으로 사라졌고, 아들과 노인은 소파를 좋은 위치로 조금씩 옮겼다. 일이 끝나자 아들과 노인은 서로를 얼싸안았다. 그는 걸음을 멈췄다. 아주 짧은 순간이었지만, 그 순간은 엄청나게 크게 다가왔다. 노인은 두툼한 손바닥으로 아들의 등을 짧게 토닥였다. 티셔츠 위로 솟은 아들의 날개뼈 언저리를 온 마음으로 어루만져주듯 잠시 동안 그곳에 손을 갖다댔다. 그러고는 아들의 목뒤에 짧게 입을 맞췄다. 재현은 그 자리에서 꼼짝도 할 수 없었다. 영재의 얼굴을 보고 싶었지만, 보이지 않았다.

아주 늦은 시간에 그들은 식사를 시작했다. 노인은 비대한 몸을 일으켜 좁은 소파 사이를 지나 부엌에서 술을 가져왔다. 술을 마시면서 그들은 계속해서 이야기를 나누었다. 어느 정도 취기가 돌자 재현의 얼굴이 붉게 달아올랐다. 막상 대화를 시작하니 얘깃거리가 없진 않았다. 그는 긴 비행, 습했던 날씨, 아들의 어린 시절 등을 이야기했다. 특히 아들이 얼마나 좋은 아들이었는지에 대해 쉴새없이 말했다.

"얘가 어릴 때부터 축구를 좋아해서 프리미어 리그 경기장까지 간 적도 있어요." 그는 낄낄댔다.

그는 침묵을 견딜 수 없었다. 아내는 걱정스럽게 그를 봤고, 영재는 물끄러미 그를 쳐다봤다. 오직 노인과 민영만이 재현 쪽으로 몸을 기울인 채 흥미롭게 이야기를 들었다. 그는 이야기를 멈추고 싶지 않았다.

"아!" 대화가 무르익어가던 중 갑자기 아내가 짧게 비명을 질렀다.

"왜?" 그는 의아한 얼굴로 아내를 봤다.

아내의 얼굴이 일그러졌다. 그녀는 무언가를 씹고 있었는데, 무척이나 삼키기 어려워 보였다. "아니…… 아니에요." 아내는 입안에 음식을 문 채로 웅얼거렸다. 혀를…… 혀를 씹었나…… 그녀는 괴롭다는 듯 얼굴을 찡그리더니 힘들게 입안에 든 것을 삼켰다. 탈 날 만한 음식은 없어 보였다. 영재는 방금 전까지 제 엄마가 먹던 감자 샐러드를 떠먹으며 괜찮은데? 하고 고개를 갸웃거렸다. 그리고 재현의 앞으로 접시를 밀었다.

"아빠도 한번 드셔보세요."

영재의 작은 눈이 반짝였다. 노인과 민영이 들뜬 시선을 주고받았다. 그는 살짝 주저했다. 그러나 빤히 자신을 보고 있는 세 사람을 모른 척할 순 없었다. 재현은 망설이다. 으깬 감자를 크게 한술 떴다. 포슬포슬한 감자가 입술에 닿았다. 노인이 일어나 아들과 민영의 어깨에 각각 손을 올렸다. 그들은 그의 반응을 기다리고 있었다. 그 순간 갑자기 무언가가 물컹 씹혔다. 혀로 더듬어보았지만 무엇인지 짐작할 수 없었다. 입안 가득 침이 고였다. 그들은 여전히 싱글벙글 웃으며 그를 바라보고 있었다.

"어때요?"

영재는 기대에 찬 목소리로 그의 반응을 기다렸다. 감자의 단맛이 퍼졌다.

"어때요? 괜찮아요, 아빠?"

그는 아들의 목소리가 이상하다고 생각했다. 어딘지…… 달뜨고 즐거운 목소리처럼 들렸다. 그는 그래…… 하고 맛을 음미하다, 얼굴을 일그러뜨렸다.

"아빠, 왜 그래요? 어디 아파요?"

아들은 집요하게 재차 물었다.

"대체……?"

영재는 그의 얼굴을 조금 더 자세히 살펴보기 위해 몸을 숙였다.

"……왜?"

노인도 걱정스러운 듯 민영의 어깨를 짚었던 손을 가져와 양손 모두 영재의 어깨 위에 올렸다. 그러고는 영재의 목을 좀더 자신의 품안으로 가까이 끌어안았다.

"아."

그는 참지 못하고 입안에 있던 것들을 뱉어버렸다. 모든 게 엉망진창이었다.

그는 노인의 옷을 입은 채 거실에 누워 있었다. 그는 미간에 팔을 올려둔 채 눈을 감았다. 여기 있는 사람 중 누구와도 눈을 마주치고 싶지 않았다. 모두 자리를 치운 후 걱정스레 그를 보살폈고, 아내는 택시를 타고 호텔로 가서 편히 쉬겠다고 했다. 한바탕 소란이 인 후 시간이 얼마나 지났는지 알 수 없었다. 노인은 여기서 묵고 가라고 재차 권유했지만 아내는 거절했다. 영재도 아내와 재현을 붙잡지 않았다. 노인은 그럼 자신이 직접 차를 몰고 호텔로 바래다주겠다고 했지만 재현은 힘없이 손을 내저어 거절했다.

노인은 자신의 회사에 전화를 걸어 택시를 불러주었다. 아주 밤늦은 시간이라 택시는 빨리 오지 않았다. 새벽 다섯시가 넘어서야 마당에서 짧고 굵게 클랙슨을 울리는 소리가 들렸다. 노인은 친절하게 짐을 택시에 실어주었다. 영재는 점심때쯤 제가 거기로 갈게요, 라고 말했다. 민영 또한 걱정스러운 듯 그들을 맴돌았다. 택시에 타기 전 노인이 힘껏 그를 끌어안았다. 그는 시큼한 냄새가 나는 것도 아랑곳하지 않고 한동안 그를 부둥켜안았다. 그의 넓은 품에 안기면서 재현은 순간 울음이 터져나올 것처럼 얼굴을 일그러뜨렸지만, 아무도 그의 얼굴을 보지 못했다. 재현과 아내는 차례로 차에 올라탔다. 재현은 출발하기 전 잠깐 뒤를 돌아보았다. 영재와 노인, 민영이 셋이서 나란히 선 채, 걱정스러운 얼굴로, 정말이지 아쉽다는 얼굴로 손님들을 배웅하고 있었다. 차는 순식간에 그곳을 빠져나갔다. 저 멀리서 새 울음소리가 끊어질 듯 말 듯 울리다 사라졌다. 차는 계속해서 달리고 달렸다. 그는 아내와 자신 사이에 무언가가 있는 것을 깨달았다. 집에서부터 가져온 상자였다. 미처 그것을 전해주지 못한 것이었다. 상자는 먼지를 잔뜩 뒤집어쓴 채 그 자리에 있었다. 아내는 멍하니 창밖을 바라봤다. 잠시 동안 그들은 아무런 말도 하지 않았다. 한참 후 아내가 깊게 한숨을 내쉬었다. 운전기사가 힐끗 뒤를 돌아봤다. 그는 아내가 본능적으로, 이제 영원히 아들을 잃었음을, 자신들이 도저히 좁히지 못할 어떤 경계선을 기어이 넘어버렸음을 깨닫는 중이라고 여겼다. 그들 앞으로 동이 트고 있었다. 그는 눈을 감은 채 아들을 생각했다. 침울해하는 영재 곁에서 위로해주는 노인과 민영을 그려보았다. 이윽고 눈앞에 햇살을 맞으며 수영을 하는 그들의 모습이 보였다. 나뭇가지 사이로 비치는 찬란한 햇빛에 그들의 벌거벗은 몸뚱어리가 미끈하게 빛났다. 영재는 물속으로 깊숙이 뛰어들었다. 노인과 민영은 그 모습을 보고 웃음을 터뜨렸다. 민영이 젖은 머리칼을 그들을 향해 털었다. 영재는 손을 펼쳐 얼굴을 가렸다가 도망가는 민영을 잡기 위해 다시 물속으로 들어갔다. 노인은 그 모습을 흐뭇하게 바라보았다. 물에 젖은 그들의 몸이 반짝반짝 빛났다. 투명한 물결이 동심원을 그리며 주황색으로 변했다. 그리고 쉴새없이 요동쳤다. 너무나 평화롭고…… 아름다워 보였다. "너무 좋아서 가슴이 두근거려, 아빠." 저 멀리서 앳된 아들의 목소리가 들려왔다. 찬란한 해가 점차 크게 떠오르고 있었고, 그의 얼굴 위로 노란 빛줄기가 일렁였다. 그는 앞을 향해 맹인처럼 더듬더듬 손을 뻗었다. 손바닥 위로 따뜻한 기운이 일렁였다. 시야에서 반짝거리는 그들의 모습이 스쳐지나갔다. 그는 눈을 뜨기 위해 안간힘을 썼다. 조금만, 조금만 더…… 그는 자신이 감히 쳐다볼 수 없을 만큼 저 빛 너머의 모습이 눈부시다는 듯 자꾸만 두 눈을 움찔움찔 떨었다.

죄인

이따금 나는 살면서 중요한 무언가를 놓치고 있다는 생각을 한다. 아주아주 중요한, 결코 놓쳐서는 안 될 무언가를 내 손으로 놓아버리고 말았다.

그럴 때면 내 잘못으로 헤어진 사람들을 생각한다.

글을 쓰고 발표할 때마다 그런 죄인의 마음이 된다. 이것밖에 타인의 세계를, 아픔을, 환희를 표현하지 못해 죄스러워 차마 얼굴을 들지 못한다. 영원히 고개를 묻고 살아야 하리라는 예감에서 벗어날 수가 없다.

작년 한 해, 쓸 수 없을 것 같은 한계를 느끼고 많이 울적했다.

어떤 계기로 글보다는 삶이 우선이라는 생각이 들었고, 그 일을 겪고 나니 이상하게 모순처럼, 다시 쓸 온도를 되찾아가게 되었다. 새삼스레 깨달은 것은 우리의 일상이 정말 소중하다는 것, 결코 꺼져서는 안 될 촛불이라는 점이었다. 무언가를 하나둘 깨달을 때마다 그제야 비로소 잠깐 고개를 들 수 있었다. 부끄러웠지만, 숨통이 트였다.

평생을 고개를 묻은 채 산다고 해도, 잠깐이라도 고개를 들 수 있으면 그것만으로 충분하고, 행복하다. 나의 무지를 깨닫는 일, 부디 조금 더 나은 글을 쓰는 일. 그것만으로도.

이 단편소설은 누군가의 세계가 얼마나 천국인지 보여주고 싶다는 단순하고 직접적인 나의 울분에서 시작된 것이다. 하지만 쓰면서는 그런 마음을 조금 억눌렀고, 오히려 더 냉정해질 필요가 있다고 판단했다.

세계의 '기준'이나 '잣대'에 대해서 곱씹었던 것 같다.

이 소설을 다 쓰고 나서는 이런 마음이었다.

모두가 자신의 세계를 의심하지 않았으면 좋겠다.
당신이 기쁨을 느끼는 곳이 옳다.
옳다.

그것은 누구도 뺏을 수 없다.

온 마음을 담아, 부디 모두가 그런 세계에서 지내기를 바란다.

눈부신 축사

김녕

    단지 '우리의 환대'일 뿐이었다면 내용을 살펴보기도 전에 이미 지루함과 피로감을 느끼게 되었을는지도 모른다. 그만큼 '환대'는 담론적으로 흔하고 당연한 윤리적 강령이 되어버린 측면이 없잖다. 그러나 말하는 이가 자신과 가까운 이들을 아울러 이르는 '우리'라는 흔하디흔한 말 곁에 축사(畜舍)라는 의미가 병기되는 순간, 그것이 '환대'라는 단어와 뒤얽혀 획득되는 전복성은 얼마나 예리하고 시의적인가. 그 절묘한 매력은 단순히 동형동음이되 뜻은 정반대인 '우리/우리[畜舍]'를 통해, '우리'의 구성이 실은 저 바깥에 '우리[畜舍]'를 설정하는 배제를 거쳐 작동한다는 진실을 드러내주고 있어서만이 아니다. 장희원은 그로부터 더 나아가 환대의 주체를 '우리'로부터 '축사'로 비틀어놓았다. 이 작다면 작은 비틀림으로부터 이 소설의 수많은 빛나는 지점들이 비롯된다.

재현과 아내. 그들은 누구인가. 이십대의 장성한 외아들을 둔, 대한민국의 장년층 부모. 보험사 손해사정사라는 번듯한 직장을 갖고, 영국으로 떠난 여행에서 아이가 졸라 예정에 없던 프리미어 리그 경기를 직관할 만큼의 문화자본을 보유했으며, 아들을 호주로 유학 보낼 만큼의 교육 자본을 가진 중산층. 이 소설을 읽으면서 다수의 독자들이 영재보다 재현 부부를 자신과 더 가깝게 여겼다면, 그것은 단지 소설의 초점이 그들에게 주로 맞추어져 있기 때문만은 결코 아니다. 그건 한국의 사회문화적 관습과 규준들로부터 벗어나지 않은 채 살아가는 재현 부부의 모습이 곧 선험적이고 암묵적인 합의의 공동체인 우리를 대표하고 있기 때문일 테다.

그러나 아들 영재의 초대를 받아 건너온 낯선 땅에서 그들은 더 이상 삶의 모범적 표본도 기준도 상황을 주도하는 주체도 아니게 된다. 단지 객(客)으로서, 영재와 흑인 노인과 민영이라는 묘한 구성원들로부터 환영받는 대상으로 낙착되는 것이다. 늘 타자에 대한 시혜처럼 '우리'의 손아귀에 쥐어져 있던 '환대'는 이 집에 사는 '저들'의 몫으로 넘겨진다. 그 누가 자신을 환대의 대상으로 여겨보았을까? 그렇게 될 수 있다고 상상이나 해보았을까? 이 예기치 않은 역전은 하나의 중요한 믿음을 깨부순다. 환대라는 시혜를 베풀어 포함할 것인지, 그러지 않음으로써 배제해둘 것인지를 선택할 권력이 자신에게 있다는 믿음을. 자신만이 중심이며 주체라는 믿음을.

단 한 번도 의문에 부쳐지거나 흔들려본 적이 없던 '기준'이 유의미하게 작동하지 못한다. 저 '낯섦'을 다룰 권력도 권한도 우리에겐 없다. 그것 앞에 무방비로 노출되어 있는 것이다. 아이러니하다고 해야 할지 당연하다고 해야 할지 모르겠지만, 울타리가 높고 단단할수록 우리는 그 이외의 것에 예민해지고 취약해진다. 이 소설은 환대의 주체를 뒤집음으로써 바로 그 '우리'의 면역반응을 선명히 전경화해내고 있는 셈이며, 그 불안과 공포를 통해 우리와 그 이외의 것들을 가르는 기준선이 무엇인가를 식별하게 해준다. 그렇다면 재현 부부의 낯설어하는 모습이 말해주는 바는 무엇일까.

본디 낯섦이란 무엇인가? 그러하다 여기기에 익숙하지 않은 것, 일상적이지 않은 것. 그러니까 자연스럽지 않은 것이다. 아닌 게 아니라 재현 부부를 짓누르는 낯섦의 감각은 비단 영재의 집에 국한되지 않고 소설 전체에 걸쳐 표현되고 있다. 가령 이국에 대한 묘사들, 특히 싱가포르의 공항에서의 묘사는 어떤가. 글로벌 스탠더드로 획일화되어 정체성 없는 비공간(non-place)임에도 엄습해오는 습기에 대해 불쾌감을 토로하면서, "인생을 통틀어 가장 낯선 곳으로 떠밀려온"(242쪽) 것 같다는 언술. 여기에는 물리적으로는 한참 더 먼 영국이나 호주, 그러니까 서구권 국가에 대한 것보다도 훨씬 격심한 심리적 거리감이 깃들어 있다. 이 대목은 현재의 한국을 살아가는 우리가 다른 대륙의 서구 선진국을 같은 대륙의 동남아 국가보다 더 익숙하고 가깝게 여긴다는, 나아가 거기에 속하고 싶어 한다는 자의식을 암시하지 않나. 그러니까 이국 가운데서도 영국보단 싱가포르가 한층 낯선 세계인 셈이다.

나아가 영재와 노인, 민영이 함께하는 집안의 광경은 어떤가. 재현 부부는 이곳과 이 사람들에게서 형언하기 어려운 불안과 불쾌를 느낀다. 먹던 음식, 심지어 낯선 식재료도 아닌 감자의 질감마저 소름 끼치게 느낄 만큼 말이다. 재현 부부에게 이곳은 도무지 자연스럽게 여겨지지 않는다. 영재와 노인과 민영의 일거수일투족, 서로에 대한 아주 사소한 몸짓이며 한마디 말까지도 그들이 그저 단순한 하우스메이트를 넘어서는 관계라는 것을 암시하고 있는데, 재현 부부는 그 관계에 부여할 이름과 언어와 인식을 갖지 못했다.

재현 '부부'라고 묶었지만, 실은 재현과 아내는 서로 다른 것에 초점을 두고 있긴 하다. 저마다의 앎에 따라 가장 불편해하는 포인트가 다른 것이다. 재현은 흑인 노인과 영재 사이에 오가는 스킨십에, 아내는 민영의 존재에 특히 촉각을 기울이는 듯 보인다. 이 차이를 빚어내는 근원은 과거 영재의 포르노 시청 문제가 그들 부부에게 대두되었던 짤막한 에피소드를 통해 비교적 분명하게 드러난다. 아내는 포르노 시청 자체를 우려하는 반면, 재현은 청소년기의 자연스러운 과정이라고 여기면서 웃어넘겨버린다. 그러나 바로 뒤이어 그려지고 있듯이, 재현에게 이 문제는 영재가 보고 있던 포르노가 남성 간의 관계를 담은 것이라는 사실을 깨닫고서부터 심각성을 얻게 된다. 그 심각성은 두말할 필요 없이 눈앞에서 영재와 흑인 노인의 묘한 유대를 바라보는 현재의 두려움과 직접 연결된다. 그가 두려워하는 것은 자신의 아들이 게이일 가능성, 나아가 흑인 노인과 우정 이상의 관계일 가능성일 터이다.

하나 재현이 두려워하는 '가능성'은 어느 쪽으로도 쉽게 판명 나지 않는다. 암시는 있되 확신은 없다. 이 미묘한 진실의 줄타기가 불안을 조성한다. 대표적으로 "오빠가 저희랑 함께 살게 돼서 다행"(259쪽)이라 할 만큼 영재를 가까이 여기고 있는 민영의 존재는 어떤가. 그녀가 영재와 흑인 노인과 함께 삶으로써, 이 구성원들은 게이 커플 또는 게이 가족으로 명명될 수 없는 예외성을 갖게 되지 않는가. 그런데 도대체 그들의 관계를 낯설지 않은 이름으로 명명해야 할 이유, 그러니까 기존의 앎의 영역 안에 포획해야 할 이유는 무엇인가? 기실 그래야 할 이유는 없다. 그러나 재현 부부의 불안과 불편은 그들이 계속해서 그러한 포획을 시도하고 있고, 또한 계속해서 실패하고 있음을 말해준다.

여기서 결국 재현과 아내를 '부부'라고 묶을 수밖에 없게 된다. 왜냐하면 그들 각자의 불편함에 내재된 것이 결국 이성애와 가부장제 이데올로기에 기초한 '정상가족'이라는 이데아의 면면이기 때문이다. 이 부부는 불편해한다. 동성애, 정숙하지 않은 여성상, 전통적 의미에서 호칭을 부여할 수 없는 저 관계, 이국. 그것을 불편하게 여기게 만드는 기준은? 이성애, 가부장제 이데올로기에 기초한 여성상과 '정상가족'의 형상, 그것들의 공고한 영토 한국.

단지 익숙한 것을 가까이하고 익숙한 것으로 삶을 구성하려는 관성이 낯선 것들을 '우리'의 세계 바깥으로, "어두침침하고 더러운"(257쪽) '축사'로 의미화하도록 한다. 하나 실은 더 좁고 어두운 곳에 갇힌 것은 오히려 이쪽이리라는 건, 두말할 필요 없다. 그러니까 이 소설은 단지 환대하는/받는 자의 위치를 뒤바꾸어놓고 있을 뿐만 아니라 '축사'의 내부/외부마저 뒤집어서, 실은 이쪽에서 축사라 일컫는 저편이야말로 더욱 광대하고 자유로운 세계이며 안온하고 무결하게 느껴지는 이편이야말로 좁고 어두운 축사임을 암시적으로 보여준다.

그러나 그것만은 아니다. 그리 절망적이거나 부정적이지만은 않다. 앞서 진실을 두고 절묘한 줄타기를 했던 것처럼 이 소설은 작지만 밝은 창문 한쪽을 열어두고 있다. 낯선 호주의 초원을 바라보자 "너무나 환해서 눈이 시릴 정도"(248쪽)라는 말. 창밖으로 펼쳐진 바다를 보며 "도저히 눈이 부셔서 똑바로 뜰 수가 없었다"(같은 쪽)는 말. 그런 "눈두덩이 위로 따뜻한 기운이 언뜻 닿"(같은 쪽)는 걸 느꼈다는 말. 이 '눈부심'에 대한 재현의 표현은 소설의 뒷부분에서 다시 한번 의도적으로 반복된다. 영재와 그의 새로운 가족들의 모습이 "너무나 평화롭고…… 아름다워" 보였다고, 그 광경에 "눈부시다는 듯 자꾸만 두 눈을 움찔움찔"(264쪽)거렸노라고. 사실상 재현은 이 '눈부심'에 대하여 소설 내내 거듭 이야기하고 있는 셈이다. 이 사실은 무엇을 말해주는가.

재현은 과거에 아들을 "더러운 놈"이라 "씹어뱉듯"(243쪽) 욕하고 때렸으며 현재 아들과 흑인 노인의 관계를 의심하고 두려워하고 있지만, 어쩌면 알고 있는 것은 아닐까? 그러니까 민영이 영재의 팔을 살짝 잡았다 놓던 "애정이 담긴 행동"(259쪽)이나, 노인이 "온 마음으로 어루만져주듯"(260쪽) 영재의 등 언저리에 손바닥을 대고 있던 그 행동들, 더 나아가서는 그들 사이에 있는 영재의 모습 그 자체로 미루어 보건대 이곳에서 영재가 빛나고 있다는 걸 말이다. 눈부시리만치 사랑받으며 행복해하고 있다는 걸 말이다. 그 모습을 자신의 내면에 받아들이고 인정하지 못하는 건 정말이지 그 모습이 '너무' 눈이 부시기 때문에, 그 광채에 눈이 익지 못했기 때문은 아닐까. "오빠가 저희랑 함께 살게 돼서 다행"이라는 민영의 말을 아마도 재현은 아직 가슴 깊이 인정하지는 못하되 부정하지도 못하고 있으리라.

만약 그렇다면 재현 부부, 특히 재현은 자기 가족'이었던' 영재를 어떻게 받아들일 것인지를 선택할 중요한 기로에 서 있다고 말할 수 있을 것이다. '우리'에 속하던 존재로서의 영재를 '우리[畜舍]'의 존재로 추방시켜 지워 없앨지, 영재 스스로 수행적으로 꾸려나가고 있는 새로운 '우리'들을 존중하고 응원할지의 기로. 재현은 아내의 내면을 이렇게 짐작한다. "영원히 아들을 잃었음을" "깨닫는 중" (263쪽)이라고. 하나 사실 그것은 '깨달음'이 아니라 전자를 '선택'하는 것에 가깝다. 재현이 아내의 심중을 그런 식으로 지레짐작하는 것은 어쩌면 그의 내면에 뿌리내린 가부장제의 남성우월주의의 증후일지도 모르지만, 재현은 어쨌든 그들의 모습에 대해서만큼은 마지막까지 눈부셔하며 "눈을 움찔움찔 떨"(264쪽)고 있다.

갑자기 강한 빛을 맞닥뜨렸을 때 눈을 찡그리거나 고개를 돌려 빛을 차단하려는 행동은 우선은 반사적인 작용이다. 만일 우리가 그 빛을 피해 어둠 속으로 숨어들지만 않는다면, 우리의 눈은 점차 그 빛에 익숙해지리라. 어쩌면 재현에게도 영재의 저 눈부신 모습에 눈이 익을 약간의 시간이 필요할 뿐인 것은 아닐까. 확신할 수는 없다. 다만 그러길 바라면서, 혹여나 그가 영재에 대해서뿐 아니라

아내나 다른 이들을 향해 축사의 울타리를 세울 가능성을 경계해
야 하리라. 축사(畜舍)가 축사(祝辭)가 될 때까지.

김녕
2017년 동아일보 신춘문예에 평론 「경계에 대한 감수성. '지금—여기'와
'바깥'의 관계론—이장욱 소설 읽기」가 당선되어 등단.

2020 제11회 젊은작가상

심사 경위
심사평

심사위원

강지희 권여선 서영채 오정희 전성태

선고위원

김건형 김녕 이지은 한설 선우은실 오은교 조대한

2020년이라는 상징적인 숫자와 함께 젊은작가상이 11회를 맞았다. 지난 십 년을 걸어오는 동안, 이 상은 문단을 넘어 많은 이들이 기대하고 함께 즐기는 축제로 자리잡은 듯하다. 등단 십 년 이하의 젊은 작가들이 한 해 동안 발표한 중단편소설 중에서 가장 놀라운 성취를 이루어낸 일곱 편을 선정하는 이 상이 여기까지 올 수 있었던 동력은 온전히 젊은 작가들을 향해 전폭적인 지지를 보내주신 독자들께 있다.

작년에 이어 이번에도 김건형, 김녕, 이지은, 한설 평론가가 2019년 한 해 동안 발표된 대상 작품 이백오십여 편을 꼼꼼히 읽고 토론해 선별해주었고, 선우은실, 오은교, 조대한 평론가가 합류해 최종 선고 작업을 도왔다. 그렇게 열여덟 명의 작가가 쓴 스무 편의 작품이 본심 심사위원(강지희, 권여선, 서영채, 오정희, 전성태)에게 전달되었다.

1월 17일에 열린 본심은 이 명단이 얼마나 섬세하게 추려진 것인지를 실감하는 자리였다. 먼저 돌아가며 간단한 소감을 나누는 동안 심사위원들은 각기 다른 작품들을 지지한다는 것을 알게 되었으나 동시에 서로의 소감에 깊이 공감하기도 했다. 그만큼 잘 추려진 스무 편의 작품들 안에서 다시 수상작을 가려낸다는 것이 쉽지 않아 심사는 격렬한 토론과 함께 난항을 겪었다. 치열한 논의가 진행되는 동안에 다시금 확인한 사실은 젠더나 퀴어의 문제가 이제 단순히 소재의 맥락에서 이야기될 수 없을 만큼 다양한 방식으로 들어오고 있고, 앞으로도 이는 계속 주요한 흐름이 될 것이라는 전망이었다.

　　수상작을 뽑아놓고 보니 김초엽, 이현석, 장류진, 장희원 네 분이 첫 수상자들이었다. 믿고 읽어온 작가들의 안정적인 약진과 더불어 이미 눈 밝은 독자들에게 발견되고 있는 신예 작가들이 조화롭게 섞여 있는 결과였다. 이후 대상을 선정하는 과정은 수월한 편이었다. 강화길 작가의 「음복(飮福)」은 한 번 읽었을 때보다 두 번 읽었을 때 가부장제 구조의 둔중한 배음(背音)이 서늘하게 들려오는 큰 작품이라는 의견에 다수가 동의를 표했다. 이 작가가 그간 치열하게 쌓아온 소설세계 속에서도 특별한 성취를 이루어낸 작품이라는 것에 대해서도 지금 한국문학에 관심을 가지고 계신 많은 분들이 흔쾌히 고개를 끄덕일 거라 확신한다. 강화길 작가의 대상작을 비롯해 어디 하나 빠질 데 없이 좋은 작품들을 이렇게 소개할 수 있게 되어 충만하고 기쁘다.

강지희 _문학평론가

여성 스릴러 너머—강화길

최근 한국문학에서 심리 스릴러의 장르적 문법을 차용하는 경향에 대해서라면 누구나 강화길이라는 이름을 가장 앞에 떠올릴 수밖에 없을 것이다. 그러나 강화길의 「음복(飮福)」은 그가 천착해온 스릴러를 기법적인 면에서 더 기민하게 펼치는 대신, 그 뒤에 자리하고 있던 둔중한 배후를 살피는 소설이다. 시댁에 가서 첫 제사를 지내는 저녁을 배경으로 하는 이 소설의 표면에는 특정한 사건이 벌어지지 않는다. 하지만 날이 선 긴장감이 감도는 가운데 여자들은 암투를 벌이는 후궁들처럼 악역을 도맡고, 돌봄과 감정노동을 이행하며, 은밀히 비밀을 전수한다. 그 핵심에 끝내 아무것도 모르는 무해한 남편이 있다. 그의 무지할 수 있는 권력이야말로 제사상 가운데 이물스럽게 놓인 토마토 고기찜처럼 가부장제의 핵심이었음이 드러날 때 전율이 찾아온다. 남성들은 폭력을 행사하거나 권위적이어서 문제가 되는 것이 아니라, 집안의 온갖 비밀과 불안한 기류 앞에서 단 한 번도 자신을 기소해본 적 없는 게으른 나르시시즘으로 인해 악이 된다. 서사 곳곳에서 음험한 기운으로 흘러나오는 질문("기억나?")은 아무것도 기억하지 못할 남편을 향해 있기도 하지만, 서사를 초과하며 읽는 이마다 기억 어딘가에 자리해 있을 불편한 장면들을 들춰내게 한다. 그렇게 강화길의 시선은 모두가 다 알고 있으나 너무 익숙해져 누구도 인지하지 못하게 된 가부장제 구조를 투명하게 묘파해내는 데 성공한다.

페미니즘 리부트 이후 많은 이들이 새로운 여성 서사를 찾고 있고, 이전과는 다른 여성 인물을 보고자 하는 욕망이 들끓고 있다. 이 가운데 강인하고 주체적이며 권력을 지닌 여성 인물들이 계속해서 출현하는 것은 중요하다. 하지만 남성의 자리에 여성이 온다고 해서 사회의 권력이 그리 쉽게 이양될 수 있을까. 완벽한 여성 인물들은 실은 구조의 급진적인 변화를 요청하는 대신, 우리를 손쉬운 쾌감과 착각에 빠지게 만드는 것은 아닐까. 이제 강화길의 시선은 질투나 연대로 간명하게 판별되곤 하는 여성들의 관계가 얼마나 복잡할 수 있는지 보여주기 시작했다. 이 작가는 다른 여성에 대한 지독한 질투와 무자비한 증오가 실은 깊은 동경과 부드러운 사랑의 이면이라는 것을 안다. 그리고 무엇보다 이런 관계 바깥의 강건한 남성 질서를 빼놓고 여성들만의 관계를 재단하는 것은 아무 의

미도 없다는 것을 안다. 이 모든 사랑과 증오의 도착들이 여성들이 여성들에게로 물려주는 유산이라는 것, 이를 집요하게 응시하며 쉬지 않고 써나가는 강화길이라는 작가가 우리 곁에 있다는 것 모두가 자랑스럽고 즐겁다.

혐오의 시선들 앞에서―장희원

장희원의 「우리〔畜舍〕의 환대」는 어떤 묘사 하나도 넘치거나 흐트러지지 않은 채 완벽하게 제자리에 놓여 있는 축조술이 놀라운 소설이다. 이 소설은 아들 '영재'를 만나러 호주에 가는 한 부모의 여행기다. 그런데 아들을 향해 가는 설렘 아래에는 다른 긴장감이 압도적으로 자리하고 있다. 경유지의 습하고 더운 날씨 속에서 "자신의 인생을 통틀어 가장 낯선 곳으로 떠밀려온 기분"은 '재현'에게 오래전 아들 영재가 고등학생이던 시절 남성 간의 성행위를 담은 포르노를 보는 걸 목격하고 폭력을 휘둘렀던 기억으로 연결된다. 이때부터 독자들은 이 여행에 짙게 깔려 있는 긴장감의 실체가 아들의 성 지향성을 불안하게 살피는 보수적인 아버지의 시선에서 오고 있음을 감지하게 된다. 아들이 같이 사는 두 사람이 흑인 노인과 허벅지에 문신을 한 어린 여자라는 것을 안 후, 재현의 혐오는 신체로 육박해 들어오는 노골적인 감각들로 표출되기 시작한다.

하지만 이 소설의 구심점은 아들을 민감하게 살피는 재현의 시선을 따라가거나, 그 부부가 영원히 아들을 잃었다는 비애에 함께 잠기는 데 있지 않다. 오히려 소설의 내포 화자가 끊임없이 응시하는 것은 바로 '믿을 수 없는 화자'로서의 재현이다. 아들의 주거지로 향하는 길과 그곳을 떠나는 길에서 반복되는 "자꾸만 두 눈을 움찔움찔 떨"고 있는 재현에 대한 묘사는 그가 한 마리 파충류처럼 집요한 관찰 대상이 되고 있음을 알려준다. 아들 친구들의 환대 앞에서도 수시로 몸과 얼굴이 굳고, 주저하며, 신경을 곤두세우고, 기괴한 불편함을 떨치지 못하던 그의 실체가 가장 적나라하게 드러나는 순간은 영재와 그의 하우스메이트들의 공용 침대에 앉았을 때다. '민영'이 재현이 앉아 있는 자리가 자신의 자리라는 것을 일러줄 때, 그 자리에 감돌고 있는 미적지근한 재현의 온기는 그 역시도 타인에게 이물감을 주는 불결한 신체일 수 있음을 적나라하게 드러낸다. 곧이어 "오빠한테 그렇게까지 했던 사람으론 안 보여요"라는 민영의 붙임성 있는 말은 건너편 집들의 노란 불빛을 보며 막연히 정상적인 '저쪽'을 갈망하는 재현 안의 폭력과 기만을 놓치지 않는다. 그렇게 제목인 '우리〔畜舍〕의 환대'는 '우리'의 자리를 슬쩍 바꿔낸다. 재현의 시선에서 아들과 그 친구들의 이해할 수 없는 생활방식은 더러운 '우리'로 다가오지만, 서술의 층위에서 아들과 그 친구들의 의식적인 '환대'가 조금이라도 물러나는 순간 언제든 재현 내외가 '우리' 쪽에 놓일 수 있는 것이다. 2000년대 문학에서 자주 전용하던 타인을 향한 환대의 윤리가 이미 사회에 주류로 상정된 주체에게 윤리의 당위성을 설득하고자 했다면, 장희원의 「우리의 환대」는 어떤 주체라도 타인에게 경멸과 두려움과 혐오의 대상이 될 수 있는 하나의 몸뚱어리에 불과하다는 사실을 영리하게 보여준다. 평균과 상식의 세계에서 살아간다고 믿는 누구든 미적지근한 온도를 지녔으며, 타인의 공간에 침투하는 기생의 존재일 수 있다는 냉

혹한 진실만큼 우리를 윤리적으로 만드는 전제는 없을 것이다.

사회문제와 싸우는 또다른 방식—이현석, 최은영

2019년 4월 낙태죄에 대한 헌법불합치 결정이 나온 이후, 낙태와 관련해 다른 관점과 상상력이 요구되는 시점에서 이현석의「다른 세계에서도」는 적시에 도착한 소설이다. 세 여자 의사를 중심에 두고 있는 이 서사는 두 관계망을 주축으로 하고 있다. 한편에는 혼전임신을 하자 결혼해 아이를 낳기로 마음먹은 여동생 '해수'가 있고, 다른 한편에는 같은 산부인과 의사이자 활동가 선배로서 낙태죄 합헌에 맞서 싸우고자 하는 '희진 언니'가 있다. 해수의 임신이 그리 시기적절하지 않았다고 생각하는 엄마가 임신중지의 가능성을 넌지시 종용하는 가운데, 희진 언니와 낙태죄 폐지를 위해 싸우는 중인 화자는 미래의 조카인 '당신'에게 은밀한 죄책감을 느낀다.

이 소설이 가장 쉽게 비난받을 수 있는 지점이 있다면, 아마도 여동생 해수가 임신을 중지하길 바라는 주변 사람들의 마음에 잘 공감이 안 된다는 것에 있지 않을까. 그러나 임신중지의 가능성을 생각해보게 되는 인물이 절박한 상황에 처해 있지만은 않다는 바로 그 지점 때문에 소설은 끝까지 뻗어나갈 수 있었던 것 같다. 임신을 유지하는 것이 당연하며 생명을 지켜내는 숭고한 일이라는 의미망을 일단 벗어날 수 있어야 많은 여성들이 져야 할 깊은 죄책감과 비감의 무게로부터 자유로워질 수 있다. 임신중지는 자신의 삶을 중심에 놓고 고려한 다양한 선택지 중 하나여야 하고, 그렇다면 그 이유들이 때로는 사소한 것일 수도 있어야 할 것이다.

그러나 이 소설은 임신중지를 둘러싼 선택지 중 단순하게 어느 한쪽만을 선택하고 옹호하는 길을 선택하지는 않는다. 그 균형감각은 혈연으로 묶인 자매 해수와의 관계보다 운동을 함께해온 희진 언니와의 관계를 비중 있게 다루는 데서 온다. "옳다고 여기는 거랑 말해져야 하는 게 늘 같을 수는 없더라고"라는 말로 희진 언니는 대의를 위해 화자의 생각을 잠시 접어두고 타협해주기를 바란다. 그런 가운데 화자가 희진 언니와 갈라설 때가 왔음을 직감하는 순간, 그 어긋남과 결별은 서늘하다. 하지만 그 서늘함이 응급실에서 무명아기 둘을 받던 어느 해 성탄절 새벽 운명적으로 직감하던 서늘함과 다를 수는 없을 것이다. 어떤 관계의 밀도와 사랑이 때로 멀어짐으로써 더 짙어지곤 한다는 걸 이해한다면, 우리도 기꺼이 이 소설의 마지막 문장을 받아들일 수 있을 것이다. 곧 태어날 아이를 기다리는 여동생의 동의를 구하는 눈빛 위에 희진 언니의 억지웃음을 겹쳐놓을 때, 소설은 여성들 안에서 그 세계와 이 세계가 평행 우주처럼 나란히 갈 수도 있음을 이해하고 있다. 마치 아직 태아인 '당신'에게 빠져들 것을 직감하면서도, '당신'이 없는 다른 세계에서도 '당신'을 사랑한다는 것이 모순이 아닌 것처럼.

　최은영의 「아주 희미한 빛으로도」를 읽는 많은 이들은 소설이 이제 십일 년이 지난 용산 참사를 다시 바라보고 있다는 사실에 우선적으로 눈을 뺏길 것 같다. 그런 점에서 소설은 세월호, 베트남전, KTX 여승무원 고용 투쟁 등의 사회문제를 적극적으로 발화하는 동시에 글쓰기 윤리를 치열하게 자문자답하던 최은영 소설세계의 연장선상에 있다. 비정규직으로 은행에 다니다가 스물일곱의 나이에 대학교 삼학년으로 편입한 '희원'은 강의실에서 한국어 억양이 강한 영어로 또박또박 자기 생각을 말하는 한 여자 강사를 만나게 된다. 그들에게는 불안정한 처지에서도 문학을 사랑해왔다는 점 외에도 용산이라는 곳에서 나고 자랐다는 공통점이 있다. 그러나 2009년에 이르러 용산은 가벼운 화제로 담을 수 없는 공간이 되어버렸으며, 그날 같은 시간 무엇을 하고 있었는지

강지희

를 생생하게 떠올리는 것만으로도 상처가 된다는 사실을 두 사람은 조심스럽게 나눠간다. 소설은 용산 참사를 바라보는 사람들 중 건물주에게 감정이입하는 이들이 적지 않음을 숨기지 않는다. 그리고 이 모든 것을 재현한다는 것은 균형과 편향 사이에서 아슬아슬한 선을 걷는 길이다. 균형감 있게 잘 쓴 글이라는 누군가의 칭찬 앞에서, 자신이 순응주의로 안전한 글쓰기를 택한 것은 아닌지 가혹하게 스스로를 몰아세우며 수치심을 느끼는 희원의 모습은 고스란히 작가의 초상으로 겹친다.

용산 참사를 둘러싼 참담함과 재현의 곤혹스러움이 소설의 중핵에 있기는 하지만, 소설은 '사람들은 어디로 갔을까'라는 질문을 되풀이하는 가운데 다른 곳에 다다른다. 선생이자 선배였던 그녀에게 '정교수'가 아닌 '젊은 여자 강사'라는 취약한 위치를 상기시켜줌으로써 자신의 자격지심을 공격적으로 분출했던 희원은 십 년이 지나

바로 그 여자 강사의 자리에 서서 "나는 나아갈 수 있을까. 사라지지 않을 수 있을까" 중얼거리는 중이다. 그리고 "사라지지 않고 계속 나아갈 수 있다는 걸 알려주는 빛"이기를 바랐던 그녀의 자취는 찾아볼 수 없게 되어버렸다. 최은영은 「먼 곳에서 온 노래」와 「몫」에 이어 이번 소설에서도 대학이라는 공동체 안에서 누구보다 열심히 읽고 쓰고 싸우던 여성들 안의 긴밀한 관계를 타진하고 그녀들의 희미한 발자취를 되짚는다. 그런데 정말 그 여자들은 다 어디로 갔을까. 이는 여성들 안의 계보를 찾아나가는 지금, 가장 뜨거운 질문이다. 부당한 사회구조를 직시하며 싸우던, 자신이 겪는 부당함을 인지하면서도 그 조건을 자신의 방패막이로 삼지 않기 위해 안간힘을 쓰던, 누구보다도 똑똑하고 강해 보였던 그 여자 선배들은 어디로 갔을까. 하지만 어떤 빛이 지금 보이지 않는다고 해서 그 빛이 남긴 잔영까지 거짓일 수는 없을 것이다. 한겨울 공중에서 흩어지는 나약한 숨처럼 잠시 자리한 그녀의 흔적은 다시 여자들을 더 멀리 나아가도록 이끌어간다.

경쾌하고 따뜻한―장류진, 김초엽

장류진 소설 특유의 경쾌함은 「연수」에서도 여전하지만 어딘가 따뜻해졌다는 느낌을 받는다면, 그것은 소설 속 관계 한복판에 엄마가 자리하고 있다는 사실과 무관하지 않을 것 같다. 그런데 장류진은 엄마라는 단어에 딸려오는 익숙함과 습하고 농밀한 감정들을 서투르기에 잠시도 긴장을 놓칠 수 없는 운전연수와 겹쳐놓음으로써 휘발시킨다. 주인공 '주연'은 비혼주의라는 걸 재차 밝혔음에도 수백만원짜리 결혼정보회사의 서류를 꺼내드는 엄마와 냉전중이다. 그때 동네 맘카페를 통해 알게 된 운전연수 강사는 딸을 가진 작달막한 단발머리 아주머니다. 설명보다 거침없는 동작이 먼저 나가고, 안전을 위해서라며 자연스럽게 반말을 쓰는 무례함에 감정이 상하려고 할 무렵, "내 눈에 초보들은 다 아기 같단 말이야"라는 그녀의 말은 두 사람의 관계를 유사 모녀 관계로 정립시킨다. 실제로 교통사고에 대한 상상에서 벗어나지 못하며 "처음 겪는 세계에 홀로 내던져진 아이"처럼 초조해하는 주연과 터프한 운전 강습 스타일을 고집하는 그녀가 빈정 상하는 면면을 뒤로하고 여러 코스를 하나하나 성공해가는 과정은 그야말로 도로에서 벌어지는 '육아일기'나 다름없다.

그러나 이 소설에서 가장 미묘한 긴장감이 흐르는 장면은 운전연수중 잠시 쉬는 순간에 찾아온다. 주연씨가 다니는 회사에 오십대 여자도 있느냐는 강사의 질문에 주연은 오십대 여자 전무가 단 한 명도 없다는 사실을 자각하지만 있다고 거짓말을 하며, 곧이어 그녀가 액정 화면에서 테니스 소녀의 얼굴을 확인하고 그 얼굴을 문지른 뒤 주머니에 넣는 것을 본다. 그런 그녀의 모습 위에는 인생의 기쁨이 딸인 자신의 성취에 달려 있었던 엄마의 모습이 고스란히 겹쳐진다. 그렇게 이 소설은 엄마에 대한 다정한 이해에 가닿은 것일까. 혼자 주행할 때, 차로의 경계를 사선으로 막으며 차갑고 신경질적인 경적을 대신 받아준 강사를 통해 '도움의 손길' 없는 온전한 자립이란 불가능하다는 걸 깨달았다고 할 수 있을까. 그렇게 볼 수는 없을 것 같다. 강사에게 느끼게 된 친근감에도 불구하고 회사에 여직원들이 많고 오십대 여성도 있다고 거짓말할 때 화자는 그녀에 대한 감정이입을 적절히 차단하며, 인생에서 가장 기쁜 순간이 자신이 아닌 다른 사람의 손끝에서 차례로 갱신되는 삶은 결코 살지 말아야겠다는 다짐을 끝내 철회하지 않는다. 결국 유사 모녀 관계는 혼자 잘 다닐 수 있기 위해 잠시 성립되었을 뿐이고, 이제는 각기 다른 차를 탄 채 스피커폰으로 조언을 받고 비상등으로 고마움을 표시하는 적절한 거리감이야말로 관계에서 가장 요긴하게 남은 무엇이다. 그렇게 장류진은 연수 과정을 경유하며 모녀 서사를 산뜻하게 갱신해낸다.

김초엽의 소설을 읽다보면 이 세계가 일 인치쯤 더 확장되는 느낌을 받게 된다. 그것은 새로운 과학적 정보의 양적 확대 때문이 아니라, 어둡게 자리하던 사고의 가장자리와 맹점이 환하게 밝혀지는 쪽에 더 가깝다. 이번 소설 속 중요한 배경이 되는 '인지 공간'은 개개인의 지식의 총체가 데이터베이스화된 세계다. 외부에서 특별한 충격이 가해지지 않는 한 우리 역시 지극히 한정된 세계 속에서만 살아가듯이, 그곳은 한번 진입한 이들에게 "우리가 가진 모든 것"으로 명쾌하게 설명될 만큼 절대적이다. 하지만 인지 공간으로부터 누락된 '이브'는 바로 같은 이유로 그 바깥에서 한계를 읽어낼 수 있는 현자가 된다. 언제나 세계에서 소외된 존재 안에 가장 경이로운 우주의 비밀 한 조각이 숨어 있음을 발견해왔던 김초엽은 이번 소설에서는 이브를 통해 인간들이 아는 최대치의 지식과 보편적인 상식의 결합이 때로 어떤 허점을 가질 수 있는지 보여준다.

살아 있는 이브가 인지 공간의 한계를 유일하게 응시하는 존재였다면, 죽음 이후에 이브는 인지 공간 바깥의 무한한 우주에 대한 증거가 된다. 인지 공간의 중핵에 자리한 불변하는 법칙과 이치와 달리 변두리로 밀려나 망각되는 것들이란 대개 지극히 개인적이거나, 용도를 찾지 못하고 무가치해진 것들이다. 인류가 생존해나가는데 당장 긴요하지 않은 것들의 리스트라고도 할 수 있겠다. 하지만 집단기억에 담기지 않을 이브를 잊고 싶지 않은 주인공이 인지 공간을 떠나고자 할 때, 이브는 인류에게 잊혀진 '세번째 달' 위에 정확히 겹쳐진다. 그래서 우리가 이브를 쉽게 잊을 수 있다면, 그것은 격자 안에 담기지 않는 바깥의 무한한 우주를 잃는 일이 된다. 한 개인을 세계에서 지워버리는 무신경함이 곧 우주의 무한함을 감각하지 못하는 무지함과 다르지 않다는 사실은 우리를 기이한 전율에 잠기게 한다. 세계가 깜박할 만큼 작고 사소한 존재에게 온 우주의 무게를 실어 그 존재 증명을 해내는 것이 소설의 역할이기도 하다는 걸 김초엽은 이번에도 다시 한번 우리에게 알려준다.

권여선 _소설가

이번 심사에서 나는 원래 초대받지 않은 심사위원이었다. 이런저런 사정으로 뒤늦게 합류하게 되었는데 그래서 좋았던 점은, 단기간에 젊은 작가들의 소설을 몰아 읽는 기쁨을 누렸다는 것과 그 기억과 느낌이 날아갈 새도 없이 곧바로 심사에 투입되는 효율성을 함께 누렸다는 것이다. 심사를 마치고 나니 격렬하고 황홀한 꿈을

꾼 듯했다.

　젊은작가상에 처음 이름을 올린 김초엽과 장류진에 대해서는 무슨 말이 필요할까. 첫 책이라기엔 믿을 수 없을 만큼 경이롭고 매력적인 소설로 수많은 독자들을 단숨에 사로잡아버린, 책을 낸 시기와 그 폭발적 반응의 유사성 때문에 내겐 서로 다른 무늬와 빛깔을 지닌 한 쌍의 알처럼 각인된 두 작가. 그들은 이미 알에서 깨어 찬란히 비상하고 있지만 나는 아직도 그들의 소설을 읽으면 그들이 알이었을 적에 꿈꾸었던 세계의 기이한 진동을 느낀다. 김초엽의 「인지 공간」은 사람들이 공동 인지 공간을 통해서만 사유하도록 조건 지어진 세계를 배경으로, 그것에 의문을 품고 개인 인지 스피어를 만든 친구가 죽은 후 '나'가 그 스피어를 들고 인지 공간 바깥으로 나가는 과정을 그린다. 작은 스피어는 세계 너머를 꿈꾸는 혁명의 심장 같고, 그것을 품고 세계 밖으로 한 발을 내딛는 '나'는 기존의 소설 공간의 경계를 확장해나가는 소설가 김초엽의 초상 같다. 장류진의 「연수」는 성깔 있고 주관 뚜렷한 '나'와 엄마의 갈등을 은근히 깔면서, 겁 많고 불안한 '나'의 운전에 대한 갈등을 내놓고 밀고 나가는 소설이다. 황금색 연수봉을 들고 나타난 운전연수 선생의 풍모가 심상치 않은데, 연수 과정 속에서 따스하게 쌓여가는 연대감은 세대적 차이는 물론 계급적 차이도 은연중 넘어선다. 장류진은 천생 소설가인 게, 어떤 서사를 가져와도 그 운동이 어떤 착지로 끝나야 하는지를 생득적으로 알고 있는 듯하다. 엮고 풀고 맺는 솜씨가 놀라울 만큼 깔끔하면서도 까칠한데, 이 까칠함이 우리를 자주 웃고 믿게 한다.

이번 심사의 새로운 발견은 단연 이 현석과 장희원일 것이다. 아직 단 한 권의 책도 내지 않은 신인 작가들의 작품이 이토록 넓고 깊다니 놀라울 따름이다. 이현석의 「다른 세계에서도」는 임신중지에 대한 다양한 입장들의 스펙트럼 속에서 산부인과의인 '나'의 사유와 의문과 반성의 실마리들을 어떤 명의의 메스보다 더 섬세하고 사려 깊게 드러낸다. 관념과 실감의 충돌 속에

권여선

서 어느 쪽에도 함몰되지 않으려는 안간힘이 투명한 날갯짓처럼 언어 위에 사뿐히 내려앉으며, 그 언어의 잎사귀 뒤에 맺힌 생에 대한 긍정과 축복의 마음이 이슬처럼 영롱하다. 장희원의 「우리의 환대」는 노련하고 능란한 솜씨로 한 가족의 삶의 진상에 육박한다. 지극히 상식적이며 평범한, 그리하여 진부한 편견과 맹목적 혐오에서 자유롭지 못한 중년 남성이 아내와 함께 아들을 만나기 위해 호주로 간다. 거기서 그가 마주한 실상은 어쩌면 예견된 진실이다. 그러나 생의 가장 두려운 장면을 목도하고 돌아오는 차 안에서 그가 느끼는 당혹과 슬픔에는 의외로 기대치 않았던 평온과 눈부심이 숨어 있다. 가장 끔찍한 두려움은 대상의 실체에 있지 않고 그것을 끊임없이 추문화해온 자신의 오랜 주관적 집착 속에 있었음을 깨닫게 만드는, 삶의 사후적 진실의 여운이 대단한 소설이다.

젊은작가상의 단골 수상자인 최은영은 도무지 독자들을 식상하

게 만드는 데는 재능이 없는 작가인 듯하다. 「아주 희미한 빛으로
도」는 희미한 빛을 찾아 어두운 허공을 오래 찬찬히 응시한 자의
고요와 열기를, 마치 한 자루의 초에 불을 붙이고 그것이 타오르는
것을 지켜보는 행위와 같은 경건함으로 그려낸다. 이런 문장은 당
해낼 길이 없다. 나는 늘 최은영에게 다른 것을 바란다고 생각하지
만 그의 작품을 읽고 나면 늘 이것을 바라왔다는 걸 깨닫는다. 비
슷한 것 같지만 읽을 때마다 생판 다른, 최은영은 그런 작가다.

　강화길의 「음복」은 음, 그렇지, 결혼생활이란 게 뭐 그런 것이
지, 하며 읽어나가게 만드는 소설 같다. 나는 '같다'고 말했다. 그렇
게 결혼의 일상을 태연히 서술해나가는 중에 뭔가 이물적인 소리
들이 끼어든다. 특별할 것 없는 결혼생활과 시댁 방문의 시시콜콜
함 속에 불편하게 박혀 있는 이상한 웅얼거림, 그때 '너'로 호명되는
자는 누구인가. 우리는 보통 무엇을 아는 것, 지(知)가 곧 권력이라
고 생각하지만, 가부장제 내부에서 이루어지는 재생산과정에 대해
서는, 그 징글징글한 폭력적인 대물림에 대해서는 모르는 게 권력이
다. 짐짓 모르는 아버지든, 해맑게 모르는 아들이든, 무엇을 모르거
나 모른 체할 권리는 남성에게만 있다("너는 아무것도 모를 거야").
여성은 생물학적 재생산뿐만 아니라 가족구조의 재생산 또한 맡
고 있으니 모르려야 모를 자격이, 모를 새가, 모를 수가 없다. 늘 촉
각을 곤두세우고 모든 것을 미리 알고 살피고 단속해야 한다("기억
나?"). 그렇게 여성은 가족 내에서 발생하는 차별적 폭력과 억압의
대리 주체가 된다. 딸을 딸답게, 아들을 아들답게, 며느리를 며느리
답게 훈육하는 과정은 언제나 여성의 몫이다("네가 나를 이해해줘

야지. 네가 아니면 누가 나를 이해해줘"). 그 속에서 어떤 '너'는 아무것도 몰라도 되지만 또다른 어떤 '너'는 모든 것을 알고 이해하고 감내해야 한다("걔는 아무것도 몰랐으면 좋겠어. 아무것도"). 그래서 강화길이 '너'에게 하는 말은, 우리 귓가에 울리는 초조한 주문이며 무력한 한탄이며 가망 없는 저주이다("참…… 시시하지?"). 이제껏 강화길은 현실을 찢고 파열시켜 피 흐르는 생채기를 자주 보여주었다. 그런데 강화길이 여기까지 왔다. 더 아프고 시린, 생채기가 덧나고 아물고 다시 그렇게 되기를 반복한, 생의 표면에 새겨진 유구한 주저흔을 이토록 태연한 저주파의 배음으로 재생하고 있다. 강화길은 이제 어디로 가려는가. 나는 조마조마한데, 이보다 더 두근거리는 기다림은 드물다는 걸 알고 있다.

한동안 꿈에서 깨고 싶지 않았으나, 늦게 초대받은 자로서 나는 모든 것을 누렸다. 감사한다.

서영채 _문학평론가

이번 심사를 하면서 새삼스레 느끼게 된 것이 있습니다. 단편소설이라는 장르의 독특한 매력, 좀더 정확하게는 '한국 단편소설'에 대한 경탄이라 해야겠네요. 단편소설이라는 장르 자체의 매력을 강조하는 것은 불필요합니다. 알 만한 사람들은 다 아는 것이지요. 그런데 그것이 현재 한국의 젊은 작가들에 의해 높은 수준으로 발현되는 것은 놀랍다고 해야 하지 않을까요. 작품들을 정독하며 제가 느꼈던 정도의 질량감이라면, 한국에서 단편소설이라는 장르는 이제 자기 고유의 경지를 만들어냈다 해도 좋겠다는 생각을 하게 되더군요. 특정 작품의 문제가 아니라 '한국 단편소설'이라는 장르 자체가 그렇다는 말입니다.

이런 생각을 하게 된 것은, 심사 대상이 된 단편소설들 한 편 한 편에서 대단한 공력이 느껴졌기 때문입니다. 그것은 작품들 속에서 천재적 발상이나 놀라운 예술성을 발견했다거나 하는 뜻이 아닙니다. 그런 평가야 작가들의 의지와는 상관없이 독자들과의 만남 속에서 결과적으로 이루어지는 것이겠습니다. 평가의 숙성을 위한 시간도 좀 필요하겠지요. 제가 작품들을 읽으며 느꼈던 공력이란 그것과는 달라서, 작가들이 단편 한 편에 쏟아부었으리라 짐작되는 힘의 질량감이라 표현할 수 있겠네요. 물론 본심작 스무 편이 모두 예심을 거친데다 신진들의 예기로 충전된 것이라서 그렇기도 할 것입니다. 수준으로 말하자면, 보는 사람마다 개인적 편차가 있다는 점도 감안해야 하겠습니다.

하지만 제가 느꼈던 작품들의 질량감은 한두 작품에 국한되는 것이 아니라 하나의 전체로 밀려오는 것이었어요. 그래서 그런 힘은 어떤 특정 개인들의 소산이라기보다는, 지난 백여 년 동안 동인지와 특히 문예지를 통해 축적되어온 역사적 힘의 결과가 아닌가 하는 생각을 하게 되더군요. 공력을 쏟는다고 해서, 단편소설 한두 편에 목숨건 직업작가는 쉽게 상상하기 어렵습니다. 그러나 단편을 통해 역량을 인정받고 다음 단계로 나아가겠다는 생각을 하는 신진들이라면, 단편이라 해서 설렁설렁 쓸 수 있는 것은 아니지요. 그런 마음의 결기들이 작품으로부터 뿜어져나와서, 젊은 작가들의 단편소설을 읽는 제 호흡을 쥐락펴락했습니다. 시속에 물든 기계적 독법의 주인장에게 그것은 괴로운 일이 아닐 수 없었습니다. 편해지고, 나아가 즐거워지기 위한 방법은 간단합니다. 물속에 들어갔으면 물고기처럼 아가미로 호흡을 해야 하지요. 물고기 눈이 되어 물속이 보이기 시작하면 다른 세계가 열릴 일입니다.

이번에 선정된 작품들이야 여러 선자들의 눈을 거쳐 나온 것이니 저마다 한 편씩의 가작이 아닐 수 없습니다. 심사 과정은 예상보다 즐거웠습니다. 단단한 작품들을 대상으로 하는 것이니 배부르지 않을 수 없지요. 자유로운 토론과 투표를 거친다는 점에서 심사란 민주적 원리가 관철되는 장입니다. 저마다 다른 눈과 취향을 가진 사람들이니 당연한 일입니다. 그렇다고 해서 심사 결과가 곧바로 예술적 가치에 부합한다고 말할 수는 없겠습니다. 특이함이나 개인적 고집이 얼마든지 가치 있는 것으로 통용될 수 있는 것이 심미적 판단의 영역이지요. 그럼에도 모난 취향들이 서로 부대끼며 어떤 식으로든 합의를 도출해냅니다. 그것 자체가 취향 정치의 과정이지만, 저에게 이번 심사는 특히 타자들의 시선을 통해 취향을 단련받는 교육의 장으로 느껴졌습니다.

장희원씨의 「우리의 환대」에 나오는 부모의 시선이 아마도 저와 같지 않았을까 싶었습니다. 그런데 삼 년 동안 못 본 아들을 찾아 호주까지 날아간 「우리의 환대」의 부모는 자기들에게 어떤 일이 벌어질지 몰랐을까요. 무지를 가장하는 것은 불안에 대한 방어지요. 자기 불안을 의식 표면에 꺼내놓는 것은 누구에게라도 두려운 일입니다. 게다가 물질적으로 박두해오는 생경함과 낯섦을 정서적으로 처리하는 것은 보통 일이 아닙니다. 장희원씨는 매우 조심스럽게 독자들을 인도합니다. 그래서 저와 같은 독자들에게는 「우리의 환대」는 새로운 감각 정치의 학교가 아닐 수 없습니다. 이 작품이 보여주듯이, 문학작품에서 윤리적 감각은 핵심적인 미학적 요소로 작동합니다. 그리고 그것은 독자와 나눌 공감의 선을 따라 움직입니다. 문제는 누구의 어떤 공감이냐 하는 것이지요. 미학적 요소로서의 윤리는, 사회적 차원에서 말하자면 공정성과 올바름에 대한 감각이자 소수성에 대한 옹호라 할 수 있지 않을까 싶네요. 작가들의 역량과 개성은 그와 같은 윤리적 감각을 자기 고유의 방식으로 포착해내는 데서 발휘되는 것이 아닐까 싶더군요.

최은영씨의 「아주 희미한 빛으로도」에서는, 세상과 사람을 바라보는 순정한 시선이 윤리적 감각을 감싸안고 있습니다. 소설의 세계가 열리면, 익숙하지만 비범한 강의실 풍경이 펼쳐지고 뒤이어 가슴 아픈 사회적 참사가 느릿느릿 나옵니다. 소설이 끝나는 자리에서 보자면 인물도 사건도 특별한 것 없는 익숙한 길을 걸어왔다는 느낌을 줍니다. 그런데도 지워지지 않을 선명한 사진 한 장이 남습니다. 한국식 억양의 영어로도 또박또박 영어 작문 강의를 하는 한 여성, 그리고 강의실에 앉아 그런 모습을 홀린 듯 바라보는 나이든 편입생 여성의 모습입니다. 사랑에 빠지지 않을 수 없지요. 사람들이 나누는 정감의 깊이를, 넓은 바다에서 물고기 건지듯 턱턱 건져올리곤 하는 최은영씨의 개성이 잘 발휘된 작품이 아닐까 싶었습니다.

인기 없는 산부인과 전공을 선택한 미혼의 여성 의사가 있습니다. 일곱 살 어린 여동생도 언니를 따라 의사가 되었습니다. 그 뱃속에 아이가 생겼습니다. 그 아이에게, 아직 모습을 보지 못했지만 상상하는 것만으로 사랑스러운 조카에게, 산부인과 의사가 경어체로 말을 건넵니다. 그 내용이 이현석씨의 「다른 세계에서도」라는 소설입니다. 그런데 그 이야기라는 것이, 낙태죄 폐지 운동을 해온 그 자신의 작은 역사라면 어떨까요. 아이러니

서영채

가 아닐 수 없지요. 우리 현실에서도 낙태죄는 어려운 시간을 거쳐 마침내 위헌 판결을 받았지요. 자기결정권을 지닌 주체로서의 여성 되기와 생명 자체에 대한 사랑이 서로 배치되는 것이 아님은 자명합니다. 그 당연한 이야기를 흥미롭게 듣게 만드는 것은 여성 의사의 일과 삶에 대한 정밀한 디테일이 아닐까 싶습니다.

강화길씨의 「음복」은 일견, 결혼 삼 개월 된 직장여성이 시댁 제사에서 겪는 부조리한 일을 다루는 것처럼 보입니다. 시고모가 악역입니다. 시어머니는 오히려 며느리를 보호하려 하지요. 남편은 백치인 듯 아무것도 모르는 사람이고요. 독자들은 자연스럽게 며느리에게 감정이입하며, 공평함과 올바름에 대한 감각을 곤두세우게 됩니다. 그런데 소설을 따라가다보면 사정이 그렇게 단순하지 않음을 알게 됩니다. 며느리 자신의 어머니와 외갓집의 사정이 시댁과 겹쳐지기 때문입니다. 외삼촌의 집에서는 자기 어머니가 곧 시고모

가 되는 것이지요. 그리고 어디에서나 남성들은 아무것도 모르는 사람의 자리에, 죄 없는 사람의 자리에 놓이게 됩니다. 그들에게 그런 자리를 허여하는 사람은 엄마라는 이름을 지닌 여성이 되는 셈이 아닌가. 거기에, 이제는 화자에게 향후 생길지 모를 아이의 존재가 겹쳐집니다. 그렇게 작가는 하나의 이야기 위에 여러 겹의 윤리를 쌓아올립니다. 삶이 그렇듯 이런 문제가 단순할 수가 없지요. 이런 이야기의 배치 속에서 돋보이는 것은 삶과 윤리의 다층성을 잡아내는 솜씨의 정교함입니다.

김초엽씨의 「인지 공간」은 다수의 SF가 그렇듯 천천히 읽어야 했습니다. 낯설고 새로운 세계의 이야기니 그럴 수밖에 없지요. 위성을 세 개 거느렸던 행성에서 벌어지는 두 친구 '제나'와 '이브'의 이야기입니다. 인지 공간은 그 행성이 지닌 집단기억 관리 장치인데, 지금 우리 세계의 학교이면서 도서관인 셈입니다. 성장기를 함께 보낸 두 친구는 다른 운명을 맞습니다. 한 사람은 인지 공간에 들어가고, 다른 한 사람은 진입에 실패한 후 죽게 됩니다. 여기에서 핵심이 되는 것은 인지 공간이 관리하는 집단기억의 문제입니다. 평균만이 남고, 그 이하도 이상도 사라져버리는 것이 문제적입니다. 이 소설을 읽으며, 알레고리가 지닌 추상적 틀에 어떻게 삶의 체취를 담아내느냐가 SF라는 장르의 문제가 아닐까 생각했습니다. 그런데 김초엽씨는 한 발 더 나아가, SF라는 서사 언어 자체가 이미 우리 삶의 미메시스임을 보여주고 있더군요. 그것이 장르 수준의 번역이라면 원본 없는 번역이라는 것이겠네요.

「연수」를 쓴 장류진씨는 벌써 미메시스의 장인이 된 듯한 풍모여서 신기했습니다. 소설에서는 제목 그대로 운전연수를 받는 한 젊은 여성과 그를 지도하는 유능한 강사의 모습이 생생하게 펼쳐집니다. 그 이상도 이하도 아닙니다. 공인회계사 시험에 합격하여 유명한 회계법인에서 근무하는 구 년 차의 전문직 여성, 살아오면서 오직 하나 실패한 것은 운전하기입니다. 그런 여성에게 운전 공포를 극복하게 해주는 훌륭한 여성 강사의 모습이 소설을 가득 채웁니다. 어느 세계에서나 능력자 고수의 모습은 멋지고 아름답지요. 장류진씨의 서사는 어떤 장식도 우회도 없습니다. 너절한 것은 너절한 대로 고급진 것은 또 그대로, 삶이 날것 그대로 살아 있어서 신통하게 느껴집니다. 아무렇지도 않은 이야기를 멋지게 꾸려내는 솜씨에, 처음엔 좀 의아하다가 이내, 장차 장인이 될 작가의 풋풋한 젊은 시절을 미리 보는 것 같아 신기함은 놀라움으로 바뀌었습니다.

오정희 _소설가

강화길, 「음복」

짧은 시간, 단조로운 정경으로, 다소 불친절하게 진행되는 이 소설은 그러나 보다 섬세한 독법을 요한다. 별다른 사건 없이 이어지는 서사 표층의 얇은 껍질 밑에 위태롭게 내재되어 있는, 은폐하고 비켜가고 타협해온 많은 문제들이 점차 민낯을 드러내며 여러 층위의 질문을 던진다. 화자는 아내와 남편, 남성과 여성, 세대 간의 간극에서 비롯되는 가치관과 의식의 차이와 함께 풍속과 제도 안에

오정희

서의 여성적 삶(그것은 또한 남성적 삶이기도 하다)을 에둘러 보여준다. 가족을 구성하고 있는 각 사람들의 무반성한 행위와 사고, 상처의 공격성과 폭력성에 대해 묻는 방식이 교묘하고 신선하다.

뜬금없이 반복되는 '네가 아니면 누가 이해하겠니'라는, 이해와 공감을 요구하는 이러한 다정한 말의 교활한 자의적 변용, 격식을 갖춘 제상 한가운데 놓인 정체불명의 붉은색 고기 요리를 담은 검은색 르크루제 무쇠 냄비는 엉뚱하고 강렬한 풍자로 보인다.

김초엽, 「인지 공간」

추상적 사고를 물리적 공간으로 형상화하는 SF 소설의 패턴을 전형적으로 따르고 있다. 비교적 단순한 구조와 예측할 수 있는 결말이어서 이 작가의 안전한 착지가 조금은 아쉽기도 하다. 그러나 이 작가가 일관되게 해오고 있는 이러한 작업은 문학 공간의 확장, 상상력의 활달한 펼침과 모험을 이끌어내리라는 기대를 갖게 하기에 충분하다. 인간의 사유와 개념, 지식의 영역을 '격자'라는 현실적 구조물로 형상화하는 데 거친 면이 있으나 완벽한 세계에의 꿈, 설혹 격자밖의 세계가 비록 '무'일지라도 그곳을 꿈꾸고 나아가려 하는 본능은 생명체로서의 당연한 실존적 지향이라는 전언이 깊이 와

닿는다.

장류진, 「연수」

소설 전반에 걸쳐 일관된 생생한 묘사와 군더더기 없는 서술력
이 뛰어나다. 다섯 시간에 걸친 연수 과정을 통해 극복하게 되는 화
자의 오랜 운전 공포증이 실은 생에 대한 두려움일 수도 있다는 것
을 암시하며 살아간다는 일 전반에 대한 물음과 답을 함께 보여주
고 있다. 기술의 방식은 유연하고 경쾌하고 명쾌하다. 운전의 기법
에 삶의 준칙과 기술과 철학을 멋지게 대입시키는 기지가 돋보인다.

장희원, 「우리의 환대」

부모와 자식, 특히 아버지와 아들의 관계란 문학의 영원한 주제
라고 할 수 있을 것이다. 나로 인해 태어났으되 완전한 개별자라는,
그래서 가장 가깝되 가장 낯설고 먼 존재라는 관계의 숙명 때문이
기도 하겠다. 이 소설은 우리가 알아온 것들, 더없이 사랑하고 친밀
했던 모든 것과 이별하면서 겪는 그 상실감과 슬픔과 고독을 시종
건조하고 몽환적인 문체로 그리고 있다. 나름의 상식과 건전성을
갖고 살아왔다고 생각하는 사람들의 '인생을 다 산 끝에 가장 낯선
곳에 떠밀려온 듯한' 치명적인 낭패감과 절망감을 이보다 더 잘 표
현하기는 어려울 것이다.

이현석, 「다른 세계에서도」

임신중지 합법화 운동에 동참하는, 비혼주의자이며 산부인과 의

사인 화자를 통해 여성들의 출산에 대한 자기결정권과 의사로서의 생명윤리 사이에서 겪는 고뇌와 딜레마를 보여주고 있다. 특정 분야의 전문성과 현장성은 이 소설의 큰 매력이자 미덕이기도 하지만 또한 그 때문에 진영 논리나 편향된 시각에 갇힐 위험도 있을 터이나 확신을 유보한 회의와 성찰, 복잡한 인간의 내면을 읽어내는 힘이 이 민감한 사안에 깊고 넓게 접근하는 문학성을 부여하고 있다.

최은영, 「아주 희미한 빛으로도」

멀리, 더 멀리 가보기를 열망하던 젊은 날을 돌아보는 아련한 시선으로 복원한 과거의 공간이 아름답게 다소 쓸쓸하게 펼쳐진다. 소설은 뒤돌아보는 시선이 흔히 갖게 마련인 회한과 감상에 빠지지 않는다. 대신 힘겹게 통과한 청춘의 시간은 곧 욕망과 상처와 죄의식과 분노, 고통의 연대의식, 수치심 들이 온 힘을 다해 살아낸 시간이며 그 아픔과 슬픔과 부끄러움들이 바로 빛으로 존재한다는 것, 그것이 혼탁하고 무기력한 현실을 강한 환기력으로 흔들어 다시금 살아갈 힘을 준다는 것을, 인간으로서의 예의와 품격을 지켜나가게 한다는 것을 단정하고 예민하고 뜨거운 글쓰기로 보여주고 있다.

전성태 _소설가

수상작을 추리고, 그중에서 또 한 편을 고르는 과정이 힘겨웠다.

스스로의 독법에 대해 회의하고 긴장하게 하는 작품이 많았다. 일테면 강화길의 「음복」 독후에 나는 '다시 읽기'라고 메모해두었고, 다른 분들의 평을 들으며 '다시 읽기'에 여러 번 동그라미를 쳤다. 후덥지근한 여름밤 비좁은 아파트의 제상 앞에서 물러나도 끝내 모르는 부분이 남아 부대낄 것 같은 기분이었다.

「음복」은 곳곳에서 모서리를 내보이는 것 같았다. 나는 '세나'의 눈으로 소설을 읽는 게 아니라 남편 '정우'의 입장이 되곤 한다는 사실을 어느 순간 깨달았다. 시아버지가 세나에게 절을 하라고 권할 때 흠칫 버티고 서는 그녀를 보며, 마지못해 절을 올리며 낯선 집에서 단 한 번도 본 적 없는 이를 위해 절하는 걸 이상하다고 여길 때 세나의 당혹감을 다 헤아리지 못했다. 시댁 부엌에 내 발로 걸어들어가고 있다는 느낌이 싫다는 세나의 저항적 자의식에 무감했다. 정우 네가 진짜 악역이라고 지목하는 대목에 이르러 소설을 되짚게 된 것도 그래서였을 것이다. 정우의 입장에 설 때 세나는 예민하고 과민한 언어의 소유자로 읽힌다. 뭔가 일어날 듯한 서사에 독법이 기울어지면 시어머니가 세나에게 보낸 장문의 문자 메시지 내용을 꿰맞추느라 골머리를 앓게 된다.

정우가 무엇을 모른다는 사실은 단지 모르는 것으로 끝나는 게 아니다. 거기에는 가족 내 여성들의 희생이 연루되어 있다는 사실, 그리고 '모름'이 구조적이고 선택적 악이라는 인식이 악역의 캐릭터성을 통해 형상화된다. 가부장제가 할머니, 어머니와 같은 역할에 의해 떠받쳐진다는 공모론 역시 근본적으로 젠더 문제라는 걸 보여준다. 그 문제까지 밝혀나가는 안목과 형상화 능력이 놀라웠다.

그럼에도 나에게 이 소설을 거듭 읽어야 할 이유가 남는다. 악역의 딸들에게 주어진 시간들을 펜다고 그 절망과 고통까지 이해했다고 할 수 있을까? 무지도 죄라고 수긍하고 나면 딸들의 진실을 알 수 있을까? 나선형의 구조물인 「음복」은 나와 텍스트 사이에 문제적인 모서리들을 생성한다. 세계에 대한 작가의 열망과 곤혹이 진심어리게 담긴 점도 이 소설의 미덕으로 강화길 소설의 전위성을 입증한다.

김초엽의 「인지 공간」은 얼핏 작가의 전작들에 비해 형상화가 덜되고 설명에 기운 감이 없지 않다. 우선 '인지 공간'이라는 격자 구조물이 갖는 추상성이 그런 인상을 갖게 한다. 심사 과정에서도 논의되었지만 '인지 공간'은 애초에 보여주기 불가능한 세계인지 모른다. 만만찮은 주제를 이만큼 설계해내기도 쉽지 않아 보였다. 「인지 공간」은 개별성이 소거된 동일성의 세계에 대한 강한 회의를 표한다. 세계는 개별성의 총합으로서 기억되어야 한다는 전언은 문학의 존재 방식을 상기시키기도 한다. 그래서 세번째 달 이미지가 강렬하게 남는다. 클라우드며 빅 데이터, 집단무의식, 교육 시스템과 같은 개념들을 떠올리며 읽어나가는 재미도 좋았다. 단편 하나 읽고 존재론적 그리움이 마음에 차오른 경험도 간만이었다. 이 새로운 이야기꾼이 성큼성큼 다가오는 모습이 인상적이다.

이현석의 경우는 새로 만나는 작가다. 「다른 세계에서도」는 낙태죄 헌법불합치 결정 전후의 뜨거운 논쟁들을 섬세하고 엄정한 시선과 감수성으로 갈무리해낸 소설이다. 총정리한 텍스트를 읽은 느낌이랄까. 임신중지를 선택한 여성이 모성에 얽매여 고통스러워하

지 않아야 한다는 메시지에 이르는 과
정이 설득력 있다. "옳다고 여기는 거
랑 말해져야 하는 게 늘 같을 수는 없
더라고" 말하는 '희진 언니'와 같은 인
물을 통해 삶의 층위에서 발생하는 딜
레마를 간단히 처리하지 않은 균형감
도 돋보였다. 보건의료 현장에 종사하
는 작가의 전문성이 소설적 실감에 일
조하고 있는 건 자명하다. 이현석 작가
의 시선과 경험으로 밝혀지는 이야기
의 세계가 넓고 깊을 것으로 기대된다.

전성태

장류진은 첫 소설집에 이어 「연수」에서도 공감 가는 소설을 선보
이고 있다. 그 공감력에는 '초보들'의 이야기에 능한 점도 있고, 그
세대의 여성에게 포착되는 우리 사회의 세태와 군상들을 실감나게,
그러나 유머러스하고 생명력 있게 제시하는 점도 있을 것이다. 아주
머니 강사와 만나면서 운전연수는 '주연'에게 앞 세대 여성들의 삶
의 질감을 추체험하는 과정으로 확장된다. 실패의 경험이 없는 그
녀가 앞 세대 여성들의 좌절을 돌이키고 '어설픈 프로들'로부터 용
기를 얻는 모습은 말 그대로 생명력 넘친다. 소설을 덮고도 "잘하고
있어. 잘하고 있어" 하고 독려하는 이 독특한 언니의 목소리가 귓전
에 남는다.

장희원의 「우리의 환대」는 서사가 독특하고 분위기가 묘한 퀴어
소설이라고 할 수 있다. '재현'과 아내는 호주에 유학중인 아들을

만나러 먼 여행길에 오른다. 싱가포르를 경유하는 평범한 여행길은 부부가 아주 평균적인 한국 중년들이라는 걸 보여준다. 아들이 사는 퍼스라는 지방도시에 도착하면서 긴장이 발생한다. 집주인 노인과 '민영'이라는 갓 성인이 된 여자아이, 그리고 아들이 어둡고 지저분한 집에서 함께 사는 모습이 재현 부부에게는 언짢고 위태롭기만 하다. 소설은 시종 담담한 시선으로 전개되지만 인물들의 감정 층위에서는, 그리고 독서의 층위에서는 매우 스릴감 있게 진행된다. 새로운 형태의 가족이 주는 이질감, 그로부터 재현 부부가 밀려나는 쓸쓸함은, 이들이 스스로 자초한 감도 있어서 우리 소설에서 쉬만나지 못한 낯선 감정을 불러일으킨다. 제목을 왜 이렇게 지었나, 갸우뚱하면서도 앞서의 느낌을 전하려는 작가의 의도가 읽히기도 했다.

「아주 희미한 빛으로도」는 최은영 작가가 오랜 세월이 흐른 후 밝힌 작가로서 첫 마음을 느끼게 한다. 용산 참사라는 사건이 얼비치는 이 소설에는 뉴타운으로 상징되는 도시개발의 폭력성도 드러나 있지만, '안전한 글쓰기'에 대한 회오와 장소성을 넘어서서 기억하는 일이 영혼을 증명하는 일이라는 언급을 보면 최은영 작가가 용산을 겪으며 어떤 작가가 되고 싶어했는지 그 마음의 정황이 아프게 그려진다. 무엇보다 자신의 영혼을 지키는 일에 대해 선생과 나누는 대화들은 소설적 배경을 넘어서서 이 작품을 빛나게 하는 대목이다. 최은영이 왜 귀한 작가인지 수긍하게 된다. 그때 쥔 주먹이 십 년이 넘은 지금도 풀리지 않았다는 걸 그간의 빛나는 작품들을 통해 충분히 보여주었다고 전해주고 싶다.

봄을 앞두고 훌륭한 소설들을 독자들과 나누게 되어 기쁘다. 수상자들에게 축하와 감사의 인사를 전한다.

문학동네 젊은작가상 수상작품집

2020 제11회 젊은작가상 수상작품집
ⓒ 강화길 최은영 이현석 김초엽 장류진 장희원 2020

1판 1쇄 2020년 4월 8일
1판 9쇄 2020년 7월 15일
2판 1쇄 2020년 8월 3일
2판 5쇄 2021년 1월 14일

지은이 강화길 최은영 이현석 김초엽 장류진 장희원
펴낸이 염현숙
책임편집 정은진 | 편집 이상술
디자인 김마리 유현아 | 마케팅 정민호 이숙재 우상욱
홍보 김희숙 김상만 이소정 이미희 함유지 김현지 박지원
제작 강신은 김동욱 임현식 | 제작처 영신사

펴낸곳 (주)문학동네
출판등록 1993년 10월 22일 제406-2003-000045호
주소 10881 경기도 파주시 회동길 210
전자우편 editor@munhak.com | 대표전화 031) 955-8888 | 팩스 031) 955-8855
문의전화 031) 955-3576(마케팅) 031) 955-8864(편집)
문학동네카페 http://cafe.naver.com/mhdn | 트위터 @munhakdongne
북클럽문학동네 http://bookclubmunhak.com

ISBN 978-89-546-7395-2 03810
* 이 책의 판권은 지은이와 문학동네에 있습니다.
   이 책 내용의 전부 또는 일부를 재사용하려면 반드시 양측의 서면 동의를 받아야 합니다.
* 이 도서의 국립중앙도서관 출판예정도서목록(CIP)은 서지정보유통지원시스템 홈페이지
  (http://seoji.nl.go.kr)와 국가자료종합목록 구축시스템(http://kolis-net.nl.go.kr)에서
  이용하실 수 있습니다.(CIP 제어번호: CIP2020031048)

잘못된 책은 구입하신 서점에서 교환해드립니다.
기타 교환 문의 031) 955-2661, 3580

www.munhak.com